廉涛 著

心中那片海

陕西新华出版传媒集团
太白文艺出版社·西安

图书在版编目（CIP）数据

心中那片海 / 廉涛著. -- 西安：太白文艺出版社，2022.8
　　ISBN 978-7-5513-2205-8

Ⅰ. ①心… Ⅱ. ①廉… Ⅲ. ①散文集－中国－当代 Ⅳ. ①I267

中国版本图书馆CIP数据核字(2022)第139818号

心中那片海
XINZHONG NAPIAN HAI

作　　者	廉　涛
责任编辑	陈勉力
封面设计	郑江迪
版式设计	建明文化
出版发行	陕西新华出版传媒集团 太 白 文 艺 出 版 社
经　　销	新华书店
印　　刷	西安市建明工贸有限责任公司
开　　本	787mm×1092mm　1/16
字　　数	280千字
印　　张	21.75
版　　次	2022年8月第1版
印　　次	2022年8月第1次印刷
书　　号	ISBN 978-7-5513-2205-8
定　　价	68.00元

版权所有　翻印必究
如有印装质量问题，可寄出版社印制部调换
联系电话：029-81206800
出版社地址：西安市曲江新区登高路1388号（邮编：710061）
营销中心电话：029-87277748　029-87217872

廉涛，写有情有义的散文

周 明

陕西是文学大省，自古以来文人代出，佳篇佳作留传于世，脍炙人口。陕西的年青一代更是仿效前贤，文学作品在当代文坛上竞相绽放。联想此情此景，着实让人颇感欣慰。

廉涛是来自民航系统的年轻作家，也是我的"乡党"。他的专业不是文学类的，但他却酷爱文学，且钟情于文学，创作颇丰。他的作品曾多次被报刊转载、获奖，其中《遥念玉树》获得2010年度最佳散文新作奖，《琴音难忘》获中国当代散文奖。他还主编了很多企业文化文集。廉涛曾兼任《中国民航报》记者、《中国民航报》西安记者站站长等。他个人在文学创作上也取得了不错的成绩，现在已经成为中国散文学会会员、陕西省作家协会会员，以及西安市作家协会会员、签约作家。

这一次收到他寄来的作品，我很高兴：一是因为这些年我看到越来越多年轻的陕西籍作家迅速地成长起来；二是因为看到廉涛在繁忙的工作之余还能够坚持写作，且取得成就，这在当下这个诱惑颇多的时代甚是难得。

他的散文作品以"情"见长，多数都是有感而发，情发于中。生动记录了作者的所见、所闻和所感。因为工作的原因，廉涛经常穿梭于各地，他在记录个人行程的同时，也记录了身边的很多人和事，而这些人大多数是在平凡岗位上的普通劳动者。他把跟他们在一起时经历的事情、彼此的对话写出来，且恰到好处地记录了这些"小人物"善良、智慧和坚忍的性格。比如《遥念玉树》《高原之夜》《戈壁滩上的陕西乡党》等文章，就真实地记录了在西藏艰苦环境中工作的建筑工人、遇险时生死时刻患难与共的同事们、坚强且令人感动的随军家属"军嫂"和"难中相助的朋友"陈团长，以及从兴平出来到西藏打工奔生活的司机……这些都是他亲身经历的人和事。在这些文章中，他没有过多的文字渲染，却让读者深深地感受到来自每个人心中的真诚和真挚的情感。

能够把散文写出真情实感的作家也一定有丰富的内心世界。这种情感在《李师傅，您在哪里》的篇章中体现得淋漓尽致。文中讲述了作者大学毕业后为找工作而在雨夜回家时却意外地掉进地沟里，在被陌生的修车人李师傅救助后，心怀感恩，念念不忘。当得知李师傅家居住的临建房被拆迁后又去寻找恩人，却遍寻不见。作者一句发自肺腑的呼唤"李师傅，您在哪里"，瞬间令人泪眼迷蒙，感慨人间自有真情在。

廉涛的散文，不仅能着眼于远方，更能关注家乡的巨变，《榆林变了》《情系唐延路》很好地向读者展示了改革开放以来城市的新面貌："绿了、净了、富了、美了，精神追求也更高了。"这才是新陕西的写照，"尘埃不见咸阳桥"的历史一去不复返了！

廉涛的文章有情，有义，有心，有故事，能够打动读者，给人以启迪，传递正能量，让人深深地感受到作者的真情、作者笔下人物的真情、作者想传递给读者的真情。这三个"真情"构建了廉涛散文作品的情感基调。我们常说，好的散文作品，是传情达意的。他做到了，可喜可贺！

2017 年 4 月于北京

周明：著名作家。曾任《人民文学》杂志常务副主编、中国作家协会创作联络部常务副主任、中国现代文学馆副馆长、中国作家协会全国委员会委员、中国报告文学学会常务副会长，中国散文学会名誉会长。

目 录

辑 一

003　母爱在瞬间永恒

005　母亲语录

007　大,您在天堂可好?

011　"瓦"之失

014　黑河情思

017　关于西红柿的记忆

019　甜蜜的记忆

021　一张明信片

024　又是一年腊月时

028　岁月有痕

031　堂　姐

033　男大当婚

038　不泯的童心

041　汉宝趣记

044　"我"假虎威不灵了

辑 二

049　遥念玉树

054　春到映秀

058　情系唐延路

060　民众的乐园

062　台北书店

065　榆林变了

068　我的家乡是陕西

070　高原之夜

074　戈壁滩上的陕西乡党

079　文化澳门

081　深圳文明

084　孝　心

086　得失之间

089　巴　马

093　樱花时节忆江城

098　感受严寒

101　杏柿沟

104　"七一"断想

107　健步走

110　假日况味

114　同心抗疫的日子

辑 三

- 121　琴音难忘
- 123　周明印象
- 126　李师傅，您在哪里？
- 128　圆　梦
- 132　抹不去的记忆
- 136　想起杨靖宇
- 139　追忆陈忠实老师
- 142　西湖山水还依旧
- 148　一颗年轻的心
- 154　忆毛锜先生

辑 四

- 159　时代的脊梁
- 164　风物长宜放眼量
- 167　银鹰将从这里腾飞
- 169　无须扬鞭自奋蹄
- 172　空中丝绸之路新起点
- 179　班车会议
- 181　点点滴滴都是情
- 185　七十六小时
- 187　奋进的足迹

- 194　我心中的跑道
- 196　不变的追求
- 201　古城明净的窗口
- 207　艰难的起飞
- 209　空港吹雪四更天
- 211　空港不了情
- 213　心齐自有回天力
- 217　冬天里的一把火
- 220　为了这黄土地
- 227　打破坚冰好行船
- 234　人气从何而来
- 239　为西部开发添翼
- 244　不经风雨　何以见彩虹
- 249　筑得金巢在　引凤翩翩来
- 255　和谐的音符
- 257　空港欣语
- 262　从空港到新城

辑　五

- 269　拜谒马克思墓
- 273　樟宜机场
- 276　企鹅漫漫回家路

279　韩国纪事

283　黄叶无声

286　绅士风度

290　从花园城市到城市花园

293　英国的火车

296　足球，原来你如此迷人

299　想起了英国球迷

302　热泪为祖国奔涌

辑　六

307　给父母的一封信（一）

309　给父母的一封信（二）

311　给儿子的一封信（一）

315　附：

329　附一：

330　附二：

333　后　记

辑 一

母爱在瞬间永恒

汶川大地震虽然已经过去快一年了,但一幅幅救人的画面依然无时无刻不在撞击着我的心,一次次勾起我对32年前唐山地震时一件往事的回忆。

唐山地震那年,我在上初中。记得那是一个阴雨连绵的秋季,为了防震,村子里家家户户都在院子搭起了防震棚。城里的防震棚是用帆布搭的,农村大部分人家的防震棚都是用玉米秆、麦草或床单搭的,虽然简陋,但防震倒还实用。由于余震持续时间长,大约一个多月村子里的人都是住在防震棚里。

一天傍晚,我正在玉米秆搭的防震棚里,忽听街道上喊声四起,连忙跑出来朝屋里大喊:"地震了!"当时父亲和大姐正在屋顶为防震棚拉照明线,大姐闻声本能地将手里的台灯扔进了七八米外屋旁的小河里,从梯子上溜到了地上,朝院子中间狂奔。父亲一边喊着叫大姐快点离开,一边迅速从梯子上跳到地上,跑向院子中间。这时,母亲和二姐也闻声从屋里跑了出来。母亲环顾了一下四周,突然说道:"小小(我小妹的乳名)还在屋里炕上呢!"她用急切的目光看着站在院子中间的每一个人,不等有人回答,母亲斩钉截铁地大声说:"你们不去,我去,我去抱我娃!"话音未落,母亲便义无反顾地向屋子冲去。母亲的举动在那一瞬间让我想到了课本里描写的刘胡兰大义凛然赴刑场的情景。母亲是那样镇定自若,是那样毫不畏惧，是那样奋不顾身，也是那样视死如归……望着母亲的背影，父亲、姐姐和我都惊呆了。就在我们正为母亲揪心、被母亲震撼的那一刻，母亲用床单裹着熟睡中的小妹冲了出来。

事后得知，是本村街道上的电线冒火花，有一个小伙发现后没头没脑地喊了一声，村子人都以为是地震了，拼命地在喊叫，我也以为是地震了。

尽管是一场误会，但30多年来，母亲从容、果敢、无私、无畏救小妹的那一幕、冲向屋子的那一个背影却永远地凝固在了我的脑海里，母爱在那一刻化成了永恒的记忆。

2008 年 6 月 17 日于原西安西关机场

母亲语录

有时，一个人静静地坐在桌前，会想起儿时母亲常说的一些话。

"不走高山，不显平地。"意思是说，不在高山上走，就不知道在平原上走路舒坦。长大的我才知道受挫折未必是一种苦难，它让我更加珍惜来之不易的生活。

"不要这山望着那山高。"意思是说，不要眼高手低。它教会了我一生要踏实做人。

"人狂没好事，狗狂挨砖头。"意思是说，人轻狂了就会有灾祸，狗乱叫乱咬就会招来砖头砸。它教我学会了做人做事要谦虚谨慎，不要肆意妄为。

"为人不做亏心事，不怕半夜鬼敲门。"意思是说，只要不做亏心事，晚上就可以睡个安稳觉。它教我学会了为人处世宁可自己吃点亏，也不要亏了别人、伤了别人。

"要得公道，打个颠倒。"意思是说，要想把事做公道，就得想着别人。它教我学会了处理问题要换位思考。

"心中无冷病，不怕钻水瓮。"意思是说，自己没做坏事，就不怕别人说三道四。它教我学会了谨言慎行。

"要说别人长，先把自己量。"意思是说，要说别人的不是，先看看自己做得好不好。它教我学会了正人先正己。

和母亲在老家周至仙游寺，这里是史诗《长恨歌》的诞生地，法王塔是国内现存最早的方形砖塔

"欺负人的人不得好死。"意思是说，欺负人的人没好下场。在那个以阶级斗争为纲、是非颠倒的年代，父母双亲因家庭成分，历次政治运动都在劫难逃，精神、肉体屡受摧残，母亲出离愤怒地呐喊，是她唯一无奈的反抗。它教我学会了为人处世要与人为善、忍辱负重。

"吃人家的嘴软，拿人家的手短。"意思是说，不要随便吃拿人家的东西，贪小便宜，否则在人面前说不起话。它教我学会了自律。

"人心都是肉长的，手心手背都是肉。"我姊妹6个，家里负担重，父母亲在儿女的吃喝穿戴上要一碗水端平不容易。每当买吃买穿时，母亲总这么说。它教我懂得了骨肉亲情，孰轻孰重。

母亲出生在一个殷实人家，上过完小，能识文断字，能大段大段地背出古装秦腔戏的台词。我们姊妹六人小的时候，常常会听到她自己总结的这些"至理名言"。如今已80岁高龄的老母亲见到我们这些已经有儿有女的姊妹，仍不忘用她的这些"至理名言"教导我们。母亲说，这些话"话丑理端"。几十年过去了，已过了不惑之年的我越来越觉得这些平凡的话里蕴含着大智慧、大道理。正是有了母亲的这些诲言一路提醒、警醒、唤醒着我，我的生命历程才如此踏实。

感谢母亲！祝福母亲！

2009年5月4日于原西安西关机场

大，您在天堂可好？

大，转眼您离开我们已经10年了。10年来，您从未离开过儿的心，每当儿一个人静静地独处时，您总浮现在儿的眼前，儿的心总会阵阵楚酸，泪水不由自主地盈满眼眶，总想给您说说心里话……

10年前的阴历九月十二日，儿在单位加班，回家已是半夜12点多了，累了一天的儿躺下就睡沉了。凌晨4点多，蒙蒙眬眬听到放在客厅的BP机在叫，困乏不堪的儿懒得起来看个究竟，便下意识地又睡着了。直到5点多，小妹晓晓在好友伯衍的陪同下来敲门，说是您又发病了，我连忙到咸阳接上弟弟建立往回赶，车快到武功时，又接到家里从马召邮局打来的传呼，用伯衍的大哥大回过电话时才知道您已于凌晨2点多永远地离开了我

上世纪80年代，作者在陕西周至老家院内为父亲拍摄的照片

们。听闻此信，儿脑子一片空白，泪如泉涌……儿怎么也不相信您会走得这么快这么急，您刚从西安铁路中心医院出院才三天呀！按照以往治疗的效果，您至少可以维持半年多，过了春天才会发病的么……可这一切都成了无法接受的事实……儿悔恨交加，后悔还没来得及带您到儿刚装修好的新房看看，哪怕住上一天也行；儿恨自己不孝，若能让您活过七十，儿向上天也好交代些。可您就这么撒手走了，给儿留下无尽的遗憾……

大呀，您走了，可您教儿的点点滴滴无时不在撞击着儿的心……

记得那是一个夏日的夜晚，繁星满天，收割了一天的人们铺着凉席、三五成群地在大场上乘凉，儿躺在您身边数着满天的星斗。您一边扇着扇子，一边问儿长大想干啥，儿说想当作家、记者，您会心地笑了，说当作家要著书立说，当记者得写文章，得有满肚子的学问才行。并说，咱家几代人都爱文学，这是遗传，只要儿能发奋图强，将来定会有出息。正是大的这一席话激励着儿，儿几十年来孜孜以求，从未放弃过对文学的坚持，后来竟改行做了文字工作，当上了记者，圆了儿时的梦，也算是兑现了对大的承诺。

粉碎"四人帮"后的第二年，儿以优异的成绩考上了县唯一一所重点中学，全家跟过年一样高兴，街坊邻里羡慕不已。开学那天，您骑车子驮着上百斤粮食，粮袋上还坐着我，一口气骑了30多公里路，好像车后面啥都没带似的。到了学校，您的衣服都湿透了，可您歇都没歇，高兴地在学校里转来转去，临走时对儿说："学校真好，要珍惜啊！"高二要分文理科，儿说读文科，您说高考理科录取比例大，咱只要不在这黄土地上打转转，考上啥都行，硬是不让儿考文科。儿知道您的一片苦心，您是被以阶级斗争为纲的年代给整怕了，怕政策万一有变，儿连考的机会和权利都没了。可儿压根不是学理科的料，四年屡试不第。面对高考连连失利的儿，您只是说："只要你不放弃，大就供你，直到你考上。"大，前年您的孙子高考失利，每当儿心生抱怨要发火时，总会想起当年儿高考连连失利，家里经济压力自不必说,您还得承受多少难以想象的煎熬和精神压力啊!可您从未抱怨过。如今已过不惑之年的儿今天才深深地体会到"要知父母心,先来抱儿孙"的滋味……

在儿复读的那年秋天,一个细雨蒙蒙的下午,您突然来到学校说趁周末带儿到省城西安看看。一路上您语重心长地对儿说:"能不能考上大学是你穿皮鞋还是穿布鞋、住楼房还是住瓦房、坐小车还是拉架子车的分水岭。"您要儿到城里见见世面,看看城里人的生活。公共汽车走了3个多小时,到西安天都黑定了。在西大街一家好像叫大众浴池的旅馆住下,在桥梓口吃了半斤饺子后,您便带着儿沿着路灯稀疏、若明若暗的街道走到了南大街光明电影院看了场电影。那天晚上您睡得很香,呼噜震天响,儿憧憬着城里的生活却兴奋不已,彻夜难眠……第二天,您带着儿绕钟楼转了一圈后便进了当时西安最大的解放商场。那琳琅满目的商品让儿眼花缭乱,您问儿想要啥,儿说想要那件27.5元的西服,您沉思了半晌对儿说,那西服要配白衬衣和领带才能穿,要不穿上不好看,说完您再没吭声。儿琢磨您是怕花钱才这么说,从西安回周至儿生了您一路气,和您一句话没说。后来才知道那天您口袋没那么多钱,买了衣服,钱就不够买回程车票了,您是怕当着售货员的面说没钱伤了儿的心才那么说的。儿为自己不理解您的难怅的举动后悔不已,可大呀,正是这次进城,坚定了儿不达目的誓不罢休的信念。1984年,儿终于如愿以偿。您拿着高考录取通知书,半天不说话,红着眼睛看了又看……

儿上班的头两年,干的出纳,您常对儿说:"国家的光一分都不能沾。"一次儿对账差了300多元钱,两个晚上都没找着原因,急得儿直想哭,赶紧回家告诉您,您二话没说凑了300块钱给儿,要儿回单位赶紧补上。儿心想:这可是儿半年的工资啊,上了班还没让您和我妈花儿挣的工资呢,倒让您给儿贴了这么多。想到这儿,儿难过极了,您看出了儿的心思,笑着说:"刚上班难免出错,以后工作用心就是了,给单位补上,别给人留下工作马虎的印象。"一番话，听得儿眼泪直流……

　　大，您可知道村里人对您的怀念！每到农闲的时候，村里人聚在咱家门口的石桥上，男女老少总会把您的名字一遍一遍地提起。有的说您生不逢时，平生不得志，要是把您放在个位位上，您肯定能干出个像样的事情来；有的说您肚子能撑船，在那么多"运动"中挨了那么多整，受了那么多委屈，您总是那么坚强乐观；有的说您知识渊博，您走了再也没人给他们谈古论今了；有的说您口才雄辩，10岁您就在宝鸡站在桌子上演讲得了第一；有的说您交际广拉扯大，天南海北都有朋友，不光给社办企业搞销售，还自己办企业；有的说您走后，村里的红白喜事就办得没那么好了；有的说您走了，这村里的戏团自乐班再也没人张罗了……您走了，这夏夜家门口的石桥再也没有那么热闹的场面，冬日的火炕再也没有那么多开怀的笑声了……

　　大，送您的那天，大雨如注，村里的壮劳力齐刷刷地一拥而上，争着抢着要抬"三哥"，送"三哥"一程……

　　大，儿平时回去看您是没个准日子的。儿心里有事没人商量时就去看您，梦见您时就去看您，您给儿托梦时就去看您，想您时就去看您。每当跪在您的坟前，看着这里的青山绿水，看着从您身边穿过的宽广的环山旅游大道，想着我们姊妹6个这一天天好起来的光景，儿心里总会情不自禁地对您说："大，您好没福啊！"要是您还活着，您一定会手捧一本书，坐在这光溜溜的大路边咱家果园的房子门口，一边惬意地享受着文化的浸润，一边欣赏着田园风光，赞叹享受着这车水马龙的文明盛世；您还会把您的"讲坛"从石桥搬到这马路边，村里人围着您，听您谈古论今、纵论天下大事，那您该是多么高兴、多么幸福啊！

2010 年 3 月 24 日于原西安西关机场

"瓦"之失

大唐西市（唐长安城重要的对外贸易集散地，今得以重建）离我工作的办公楼仅百米之遥。开业那天，听说很是热闹，心已往之，但一想起那片"瓦"，心里便咯噔咯噔地难受，硬是没迈开脚……

大约是在1992年秋天，全国民航系统在银川召开宣传工作会，会间，朋友邀我一同去西夏王陵转转。

西夏王陵位于贺兰山北麓，距市区约30公里，但路不好走，我们驱车约40分钟才到陵地。放眼望去，明代诗人所描绘的"贺兰山下古冢稠，高下有如浮水沤。道逢古老向我告，云是昔年王与侯"的景象尽收眼底，一座座高大的土筑陵台，默默地矗立在风雨之中，尽显着神秘王朝的昔日辉煌。在陵台周围，环绕着破败的土墙，羊群三三两两若隐若现其中。陵墓并无严密的保护措施，我们径直到了最大的墓冢，仔细看来，这墓冢没有秦陵的铺张、没有唐陵的华丽、没有明陵的气派、没有宋陵的考究，但在这连绵的贺兰山背景中，一片无垠的野性大漠托起这座墓冢，更表现出了一种磅礴的气势。

我和朋友绕着墓冢转悠着。朋友是个细心之人，我在前面走马观花地走着看着，他却一边走着，一边时不时地用手在墓冢上的坑和洞的旮旮旯旯摸着。突然，他对我大喊："快来！"我急忙向他跑去，只见他正手捧着一大一小的"瓦片"仔细端详着。大的约有关中民间盖房用的瓦片那么大，小的没有了两个角，我定睛一看，上面赫然有文字，朋友越看越兴奋，对我说"小的给你留个纪念"，我便小心翼翼地脱下外衣包裹起来。两人拍了张到此一游的照片，便踏着秋日的余晖尽兴而归。

乘机回到西安，一进家门，急忙先找了个装电饭锅的盒子把"瓦片"放好，再用绳子把盒子捆好。我的家是单位分的13.5平方米的平房，空间自然紧张，我上蹿下跳地折腾了一番，总算找到了一个自认为保险的地方——放衣服的柜子。我把盒子放在柜底，才放下心来。

过了一年，单位分房，我向领导申请能不能照顾我分套大一点的平房，单位领导怜惜我整天加班写东西，家里连张桌子都没法摆，便开恩破例给我分了套一室一厅约30平方米的大平房。搬家那天，书和放"瓦"的盒子我亲自押车（三轮）搬到了大平房，其余的东西我请在家门口搞搬运的几个哥们用三轮车帮着拉。房子大了，东西自然也就好摆放些，我把装"瓦"的盒子放在了衣柜的顶上，再三叮咛家人别乱碰乱动。一日，一位研究西夏文字的乡友回到西安，我便拿着"瓦"请他看个究竟，他端详了半天，郑重地说："是个东西，放好。"我兴奋极了，便隔三岔五地把"瓦"折腾下来观瞻一番。

1995年初夏，我分上了三室一厅90平方米的楼房，喜不自禁，心想：这下可好，终于可以有个静静地读书写东西、放置自己心爱之物的书房了。经过一番精心设计施工，通透明亮的玻璃书柜成了家装的一个亮点，来参观的同事朋友络绎不绝，一片叫好。搬家那天，我在新房一面应付参观者，一面接应搬来的东西。东西都搬完了，可就是没见那个装着"瓦"的盒子。我急了，飞似的赶到了大平房，环顾家中，一片狼藉，问帮忙的哥们，都说没见。正在我焦急纳闷之时，母亲从外边回来了，我连忙询问母亲，母亲不屑地说："是不是装烂瓦的那个盒子？我扔了。我当啥宝贝呢，还里三层外三层地裹着，咱家里那烂瓦多得是。"我愕然，顾不得给母亲解释，连忙问："扔哪儿了？"母亲说："扔到垃圾堆了。"我冲出门以百米冲刺的速度跑到堆放垃圾的地方翻腾了半天，却了无踪影……

"瓦"是母亲扔的，母亲刚从老家来城里住没几天，谁叫自己粗心没给母亲把"此瓦片"不同于"彼瓦片"说清楚呢？除了痛惜、遗憾、无奈，我无话可说。母亲是识文断字，可她老人家不认识西夏文字呀，怎么能怪母亲呢？不是连自己也看不懂那"瓦"上的文字吗？……

2010 年 5 月 25 日于原西安西关机场

黑河情思

"周至的山来周至的水，周至的山水实在美……"上高中时唱的这首《周至美》，30多年来一直萦绕在我的心头，我常常会情不自禁地唱起这首赞美家乡的歌。

山曲曰盩（音周），水曲曰厔（音至），盩厔（周至）因此而得名。在周至境内，秦岭北麓的"九口十八峪"，大小52条峪沟，形成平原15条河流，俗有"从周至到户县，七十二道河脚不干"之说，足见其河道纵横，水力资源之丰富。地处八百里秦川腹地的周至之所以被称为"金周至"，恐怕与其南依秦岭，北濒渭河，山重水复，土肥水美的"七山一水二分田"的地理格局有着直接的关系。这些良好的自然条件集中了农业文明所必需的一切自然要素，从当下来看，这些也为发展现代农业、建设生态文明提供了天然条件。

周至美，最美不过黑河水。我的老家在楼观团标村，这里南依秦岭，西濒黑河，我从小就生活在这依山傍水、如诗如画的"桃花源"中。

记得小时候，每逢节节令令，父亲到河对面的马召镇去赶集，总喜欢带着我。那时，黑河水大面宽，整个上游没有一座桥，渡船是唯一的交通工具，去的时候大人们都空着手，小木船还算稳当，回来时大家都背着提着买的东西，小木船就不堪重负，晃晃悠悠的。父亲看我有些害怕，就让我站在大人中间，说是看不到水头就不晕了，也就不怕了。

大约是在上世纪70年代初，在黑河出口处建了一座大桥，我和小伙伴们放学后常常看桥是怎么架起来的。在竣工典礼那天，十里八乡的人都来了，桥上桥下，人山人海，锣鼓喧天，比过年还热闹。桥两头桥头堡上的对联格外醒目，东头是"虎踞龙盘今胜昔，天翻地覆慨而慷"，西头是"一桥架东西，天堑变通途"，我似懂非懂，就将对联照猫画虎抄在生字本上，回到家里问父亲是啥意思，父亲把毛主席《七律·人民解放军占领南京》《水调歌头·游泳》的诗词给我讲了一遍，我才知道这是借用毛主席的话，我觉得毛主席的诗词大气、实用，后来，我就喜欢上了，在写作文时，我时不时会引用几句给文章增加点神韵，常常会受到老师的表扬。

黑河一出山，在东西两侧有人工挖的两条干渠，将一部分黑河水分流，再经若干个小渠将水引入村村庄庄，不仅为黑河上游两边的村民提供了洁净的生活用水，还使得黑河两边大片的农田有充沛的水源灌溉。据村里的老人们讲，当年祖父廉守信担任黑惠渠管委会主任期间，曾大修水利，改变了原来农田灌溉无序的状态。祖父造福桑梓至今被百姓传为佳话。对于顽童时代的我来说，最美的事莫过于放学后和同伴们在院子东墙根下的渠里摸鱼逮青蛙了。小伙伴们会趁着大人们不注意偷偷地将渠上游的闸门关掉，用稻草将渠某段的两头一堵，然后向中间逐渐摸来，便十有八九能逮到五六条胡须很长的瓜娃鱼来。

上世纪70年代中期，我们队里来了五个知青，三男两女。知青住在我家的西邻。有一年夏天，从外地又来了几个知青。一天午饭过后，外面来的这几个知青男的穿着泳裤，女的穿着泳装，尽情地在我家旁边的渠里嬉戏玩耍，引来村里许多孩子围观。晌午过后，下地干活的大人们从渠边路过看到此情此景，纷纷露出鄙夷的目光，女人们有的赶快把头扭到一边，有的边走边嘟囔"丢人现眼"。生产队长看到后朝队里知青住的房子大吼："阿搭来的这些人，成何体统？"队里的知青二话没说连忙跑到渠边将耍得正起劲的知青叫了回去。

心中那片海

黑河水库位于陕西省西安市周至县秦岭山中，是西安市城市供水的水源地。图为作者2021年拍摄的库区风貌

在外工作这些年，经常有人问我牙咋这么白，用的啥牙膏。我说我从小喝黑河水长大的，黑河水是全国闻名的优质水。朋友们听了半信半疑。上世纪90年代末，国家建成了黑河水利枢纽工程，将黑河水引入了西安，日供优质水60万到80万吨。

黑河成了西安人的母亲河，朋友便对我"喝黑河水长白牙"的话深信不疑了。在引水工程贯通之日，我情不自禁地写道："带着太白不尽的积雪/载着终南巍峨的雄风/你/关中古老的巨龙/是我生命的祖宗/你深深的碧水/曾摄下黄巢的刀光剑影/你激流中不倒的石狮/铭刻着高迎祥的英明/你夹岸的秋叶/浸透着红军战士的鲜血/你仙游寺的胜景/撩拨过多少文人墨客的诗兴/你哺育过多少优秀的儿女/你拯救过多少黄土地上的生灵/黑河/我爱你/请把我一腔情怀/送给古城。"作为黑河之子，今天我能在自己工作生活的古城西安天天喝上家乡的水，能时时感受儿时的甜美，是多么惬意啊！

也许是在河边长大的缘故，对于水我向来比较敏感。1991年初夏，我在青岛栈桥第一次看到大海，看着潮起潮落，浪来浪去，心情格外激动，突然，我对身边同事说："这海水要是能像我老家的黑河水，趴在渠边就能喝该有多好！"逗得大伙都笑了。同事说："你咋总忘不了你老家的那渠水呢？"是啊，流进血液里的东西又怎么能忘记呢！

2011年8月16日于西港雅苑

关于西红柿的记忆

在我的记忆里，西红柿是绿色的。

小时候，我家屋后有一块低洼的空地，约两分大小。父亲说这块地在水渠边，又临家里的粪池，浇水施肥都很方便，是一块难得的种菜的宝地，便带着我的两个姐姐，用架子车一车一车地从不远处的自留地里运来厚土，把那块洼地给填平了。每到春天，父亲便在这块地里种上洋柿子（西红柿）、茄子、黄瓜，夏忙后又种上菠菜、芫荽、白菜、萝卜。家里一年四季新鲜蔬菜不断，加上母亲有一手做饭的好手艺，家里的可口饭菜总让邻里羡慕不已。在母亲做的美味佳肴里，我最喜欢吃的就是热蒸馍就着绿辣子炒绿西红柿了。长大后我曾问过母亲："为啥那时我从来没吃过红西红柿呢？"母亲无可奈何地说："瓜娃呢，那时村里种菜人少，洋柿子屁红（刚红一点点）的时候，早都被邻家的娃娃们偷吃了，哪还能等到红了才吃呢！"

1981年，高考落榜的我在一所中学复读。给我们教英语的老师据说是当年从省城下放到我们县上的右派，容貌俊朗，气质脱俗，课教得也好。每逢夏日炎炎的早上，他便搬一把木质的躺椅坐在他屋前的圆石桌旁，切一盘鲜红的西红柿，旁边放一罐白糖，把糖一勺一勺地撒在西红柿上。白糖很快就溶化在了西红柿里，成了鲜红的糖水，然后，他便一勺一勺地享用着……在学生食堂吃罢早饭的我每每从老师身边走过，看到此情此景，口水便在嘴里打转转，心想：啥时候自己才能美美地吃上一顿又红又大的西红柿呢？

前年夏天，我和朋友去了趟玉华宫。车到山顶的酒店时，正是午饭时分，朋友让我点菜。我问服务员："有没有辣椒炒西红柿，辣椒和西红柿都要绿的。"服务员说有。朋友连忙说："绿西红柿有毒呢，不能吃啊。"我笑着说："我就是吃着这绿西红柿长大的，没见咋么！"朋友是城里长大的，看着我认真的样子大感不解。接着我又要了一盘锅盔，对朋友说："今天你尝尝这锅盔就着绿辣子炒绿西红柿的味道，没准你会吃了这次还想着下次呢。"一会儿工夫，服务员端来一盘香喷喷的绿辣子炒绿西红柿，又端来一盘热腾腾的锅盔，我便急不可耐地大口猛吃起来。朋友先是小心翼翼地尝着，两口下去便连声说好吃，也大口吃了起来。

在回西安路过朋友家的时候，朋友乡下的远房亲戚恰巧送来一箱绿西红柿、绿辣子和绿苹果。朋友的母亲要给我带些苹果回城，我硬是不要，非要绿西红柿和绿辣子不可。老人家连忙说："绿西红柿？那可吃不得、吃不得，有毒呢！"我笑着对老人家说："我从小就吃这个，我们都吃了，没事的。"老人家疑惑地看着我，把一箱绿西红柿和绿辣子给我装上了车，我惬意地带回了家……

在城里生活了20多年了，如今菜市场上各种蔬菜琳琅满目，应有尽有，可卖的西红柿都是红的，哪里还能买到绿西红柿呢？我每每把绿辣椒炒红西红柿做成酱拌面吃时，总觉得还是没绿辣子炒绿西红柿好吃，总觉得没有那样吃着过瘾。

2011年12月18日于西港雅苑

甜蜜的记忆

　　人的一生，有许多事情看似偶然，实则必然。但中奖这类事情恐怕偶然性大于必然性。愈是偶然的，愈是能留下永恒的记忆，无论是悲是喜。

　　1988年盛夏的一个周末，我和女友相约去城里转转。女友问我去哪儿，我说自然是去最热闹最繁华的解放路了（解放路是改革开放初期西安商业最集中的地区）。下午1点多，我俩会合后从西稍门乘1路电车直奔解放路。在大差市站下车后，便向火车站方向走去。走到民生百货商场门口，见有一个残疾人福利彩票销售点，我对女友说："试试运气吧。"于是拿出1元钱买了一张彩票。拿到彩票我急不可耐地打开，将号码与奖牌上的号码一对，一下子跳了起来，大喊："中了、中了！"但我还是不敢相信自己的眼睛，让女友反复对了好几遍。这时，工作人员认真核对了我的中奖号，当场对众人宣布"中了，三等奖"，并立马兑现了奖金39元。现场人群中立刻响起"哇塞""哇塞"的羡慕声和赞叹声。我和女友更是喜不自禁，想着这每月70多块钱的工资，看着这"得来全不费工夫"的39元钱，又怎能不激动万分呢？这时，工作人员叫来了一位记者采访我，要我谈谈获奖感言，还要给我和女友拍合影照，说是要放大贴在中奖牌上。围观的路人越来越多，有人在喊："请客、请客！"还有人在喊："手气好，再买，再买！"我们被里三层外三层地围在人群中央，女友对我说："算了，别买了，再买万一中不上多扫大家的兴，买包糖给大伙散一散

1989年7月16日，作者结婚时留影

吧。"说罢，她迅速穿过马路，到对面的副食品店买了两斤水果糖发给了大家，周围的人这才慢慢散去。这时，我对女友说："给你买条裤子吧。"她说："给你也买一条。"我说："不，听说今天晚上省体育场有一场崔健的摇滚音乐会，剩下的钱咱们去听音乐会吧。"她说："好啊！"随后，我俩兴高采烈地进民生商场买了条裤子，手挽着手从解放路一路走到南门外的省体育场，买了两张门票、两瓶矿泉水和一包瓜子，把39元刚好花光。那天晚上崔健唱的第一首歌是《一块红布》，歌声一起，整个体育场喊声、跟唱声、尖叫声与崔健的音乐声和成一片。我从未见过如此狂热的观众。我不喜欢摇滚，但女友自始至终扭着身子扯着嗓子喊着，处于亢奋之中。

那天晚上我回到宿舍，躺在床上望着窗外的星星，那场景美得我一夜未眠……

2012年3月13日于西港雅苑

一张明信片

马上要进手术室了,妻子从包里拿出一张明信片递给我,说是儿子寄来的,昨晚刚收到。上面写着:

爸爸:奶奶的身体还好吧!你也要注意身体啊……我都挺好的,不用老担心,多大的人了都。明年等我顺利毕业了,和我妈一起来啊!我带你们玩。

儿子

in London

2013.12.28

读着儿子来自英国的牵挂和问候,感觉儿子赴英读研四个多月似乎一下子长大了,知道疼人了……我的心不由得一阵潮热,眼眶湿润了。

妻子说:"把儿子的明信片装在上衣口袋里,带到手术室,会给你精神力量的。"

是啊!精神力量,此刻对我来说是多么重要啊!

2013年11月22日,一大早,当我拿着体检报告和心脏CT片到四医大请心血管专家李教授诊断时,他用凝重的神情告诉我,堵塞的面积大,应该立即住院，要我做好两手准备，在做造影手术的同时测试一下血流量，视情况决定是否放支架。

听了教授的话，我一下子蒙了，提前准备想问的一些病情方面的问题一个都想不起来，傻愣愣地坐在了沙发上。

半天缓过神来后，我说："能不能让我回趟榆林把单位的事处理处理再住院？"教授一脸严肃地说："不行，不能再耽误。"

从教授办公室出来，我顿感下楼的步子有千斤之重。一个人在车里静静地坐了不知多久，茫然地向家里开去。

一路上车子开得很慢，不时能听到后边车辆的鸣笛声和开车人的骂声，我的心似大海的波涛在翻滚着……在榆林工作的这一年多时间里，明显感到胸口疼痛的频次在增加，是饮食油腻还是气候寒冷所致，环境对身体的影响会这么大？人生竟如此无常，难道自己的生命从此以后真的要借助外力（支架）来维持？自己才刚过知天命之年啊！爷爷72岁离世，没有等到孙儿我金榜题名的时刻；父亲68岁离世，没能看到我们子女一天天过上的好光景，也没能看到他的孙子出国留洋；叔父57岁去世，没能看到他的儿子——我的堂弟们今日的出息，难道自己生命的时钟真的会这么早停摆？自己还有那么多的事要做啊，上苍怎么会这般无情呢？

就在我的思想被这一连串的问题折腾得混混沌沌时，车子到了家门口，平常仅40分钟的车程，我开了近3个小时。回家我二话没说，便蒙上被子钻进了被窝。醒来时，我开始给认识的医院的朋友逐一打电话，咨询支架放还是不放、放了好还是不好、什么样的支架最好之类的问题。朋友们自然都是一一认真作答并对我进行心理辅导，知道我病情的亲人们从各个角度对我进行安慰，但此刻的我却深感亲友的温情和宽慰在病魔面前显得是那样苍白无力，自己是那样无助，我告诉自己病痛别人无法代替，自己无法逃避，必须自己直面应对……

为了不让远在海外求学的儿子担心，我告诉亲戚们不要将我的病情告诉儿子。

如今，就在自己手术前却意外地收到了儿子的问候和思念，这算不算是我们父子心有灵犀呢？看着明信片上的字字句句，我似乎身心一下子轻松了许多，微笑着走进了手术室……

在手术后康复的一周里，我给儿子写了一封信。在信的末尾，我写道："寄给爸妈的明信片都收到了，奶奶还是老样子，不会说，看不见，听不着，但生命体征一切正常。爸爸每次回老家把奶奶抱在怀里，在她的耳边大喊，似乎奶奶还是有心灵感应的，都会转过头，眼睛睁一睁……家里一切都好，勿念。明信片内容让爸妈感到很温暖，就是字写得丑了点。"发完信，我用微信告诉儿子给他寄了东西，让他注意查收。儿子说："这里啥都有，啥都不缺，啥都不用寄。"10天后，儿子收到"快递"，来微信说，同学们争先恐后地看信呢！都很羡慕他，还说他原以为给他寄的是羊肉泡馍呢，写信比给他寄1000英镑都重要。从儿子的话语里，我倒体会出"谁知游子心，家书抵万金"的滋味了。

2014年5月于榆林机场

又是一年腊月时

看到街上越来越多的红红的灯笼、红红的窗花、红红的对联,市场上五光十色、花花绿绿的各种年货,听到不时响起的噼里啪啦的各种鞭炮声。妈,儿知道又到了一年里您最忙碌的日子,也是一年里您最得意最快乐的日子。

去年的这个时候,儿在榆林城里给您买了当地最有名的羊肉、麻花、炉馍、红枣等七八种特产,想着这么多年因为公家的事没陪您过上一个整端年,今年无论如何也要陪您过个整端年。可就在腊月二十九儿回到西安的那天晚上11点多,接到家里的电话,说您不行了。闻讯我心乱如麻,连忙通知外甥女婿王涛和我一同回周至老家。那天晚上大雾弥漫,在路上我心里一遍遍呼唤着:"妈,您可要坚持住,儿就回来了。"凌晨3点,等我赶到家时,您已静静地躺在您最熟悉的那张床上……

儿用双手默默地捧着您的脸颊,万箭穿心,心如刀割,泪如雨下……儿对您说:"妈,您就不能坚持到儿回来,咱们过个团圆年么……您还没尝一口儿给您买的榆林特产呢,哪怕您闻一闻也行,哪怕熬成汤您只喝一口,儿心里也好受些……"

一晃快一年了。妈,在这一年里,儿一个人回老家跪在您和我大的坟前哭过,儿带着您的儿媳和已从英国留学回来的您的爱孙跪在您和我大的坟前哭过。儿哭什么呢?哭我大一辈子含辛茹苦却没享多少我们兄妹的福，早早地走了；哭我们兄妹努力想让您活过90岁，到头来还是没能如愿；哭您走了，这个家从此便散了架，不再像个家，儿再也感受不到回家的滋味了……

妈，今天是腊八节，儿多想吃一碗您做的腊八粥，单位食堂做的是陕北腊八粥，像八宝粥，儿吃不惯。儿记得小时候您做的腊八粥里有玉米仁、黄豆、蒜苗、胡萝卜、豆腐、香菜、四季豆、瘦猪肉。我端着香喷喷的腊八粥在咱家门口吃时，小伙伴们多羡慕呀！不光是腊八粥，妈，您过年做的醪糟酒醇香甘甜，泡的豆芽菜又鲜又嫩，做的豆酱炒肉肥而不腻，还有您平日做的油泼扯面又长又宽又薄，打的搅团漏的鱼鱼又细又长，蒸的甑糕又软又黏又甜，蒸的凉皮、摊的煎饼又筋又薄。每当儿想起您做的这些美味佳肴，嘴边便会不由自主地流口水……村里人提起您，谁不说"三嫂"的饭做得好！

妈，我记得过了腊八，在您和我大的指挥下，全家人齐动手"扫灰纤"，把家里的箱箱柜柜、锅碗瓢勺、铺盖被褥、杂七杂八，全都搬到院子里，洗的洗、刷的刷、整的整，屋里上上下下、旮旮旯旯都被扫得净净的，炕上的围墙和顶棚用白纸或报纸糊得光光的，您和我姐剪了窗花，把大小窗户贴得美美的，家里里外外收拾得好温馨……

妈，蒸馍、煮肉是腊月的"重头戏"，也是您的"独角戏"。那两天全家人都眼睁睁地围着锅台等着您的"产品"，馍出笼了、肉出锅了，看着全家人吃得美滋滋的，从早忙到晚的您站在旁边是那么心满意足。儿最爱吃的就是您包的糖包子和豆腐粉条包子，您总会把猪尾巴留给儿吃，说是能治儿流"哈喇子"的毛病。

妈，儿七八岁的时候，大腿上出了个大疖子，疼得走不成路。临近过年了，您说："我娃疼成这个样子，过啥年呢！"您背着儿迎着刺骨的寒风、冒着大雪走了4里多路到羊场，请驻在那里的部队医生给儿看病。儿看见三四个军医戴着口罩，拿着亮锃锃的刀子，心里害怕极了，喊着、踢着、骂着、闹着……您对医生说:"有水果糖没?给我娃嘴里放一个。"医生很快拿了两个水果糖给我嘴里放了一个,我不知咋的一下子就折腾得慢了,几个医生把我按住很快做完了手术。祸不单行,儿从小爱吃甜食又有了蛀牙,疼的时候哭得全家不得安宁。您背着儿从屋里转到屋外,从咱家门口的桥东转到桥西,给儿讲关公刮骨疗毒的故事、讲猪八戒做梦娶媳妇的笑话……儿听着听着便趴在您的背上睡着了……在您晚年得了脑梗,常常半夜三更不能自控大喊大叫时,儿总能想起当年牙痛时您想方设法哄儿开心的情景,便不由自主地把您抱在怀里抚摸着您,直到您能安然入睡……

妈,儿常想起腊月时光,全家人围坐在炕上,听您说戏唱歌的情形。只有完小文化程度的您却能大段大段背诵《花亭相会》《三娘教子》《铡美案》等十几个秦腔折子戏里的台词,还能一字不落地背下《总理遗嘱》。您常说"为人不做亏心事,不怕半夜鬼敲门""心中无冷病,不怕钻水瓮""不走高山,不显平地""不要这山望着那山高""人狂没好事,狗狂挨砖头""吃人家的嘴软,拿人家的手短""人心都是肉长的,手心手背都是肉""要得公道,打个颠倒"……这些话话丑理端,无不蕴含着至善至真至美的人生哲学,警醒着儿走过生命历程的风风雨雨、沟沟坎坎,让儿受用终身……

妈,过年的脚步越来越近了。往年的这个时候,即使您躺在病床上听不见、看不见、说不了,儿知道您在心里呼唤着儿早点回家。可如今您走了,儿没了根,儿像断了线的风筝,不知身归何处。儿多想再看一眼您站在桥头看到儿回家时的笑容,儿多想再看一眼您看儿狼吞虎咽吃您做的饭时的满足,儿多想让您再摸一摸儿的胖瘦,儿多想让您再喊一声儿的乳名……

妈,您安心地走吧!我大已在天堂等您14年了,有您陪伴,我大不再孤单了。我买好了您和我大都喜欢吃的年饭,我们姊妹还有您的孙儿会跪在您和我大的坟前，一筷子一筷子地夹给您吃，您不用再像以往腊月那么忙碌，和我大安安生生过个团圆年吧！

2015 年 4 月 3 日于榆林机场

岁月有痕

正在热播的电视连续剧《平凡的世界》,我一集不落地看完。几乎每集里都会有一些情节勾起我对那段岁月深沉的回忆,让我或悲或喜。

电视剧一开始便有接二连三的批斗会,看到少安四处奔走求人放了他姐夫的场面,看到孙玉厚老汉到公社批斗会现场看望儿子少安挨批的场面,我泪流满面……

上世纪60年代初出生的我,姊妹六人。两个姐姐为了供我和弟妹们上学,早早便辍学务农,成了家里的"壮劳力"。母亲生我时因没出月子便下地干活,致使脚落下终身疾病,不能远行。那时生产队壮劳力每天10个工分,好年份8分钱,差年份才2分钱。父亲体弱多病,一年下来,我家不仅分不上红,大部分年份还要给生产队倒找钱。父亲为了养活一家8口人,只好白天参加生产队劳动,晚上又不顾眼睛高度近视,东奔西跑,想方设法找挣钱的门路。而在以阶级斗争为纲、将正常的市场行为看作是投机倒把的年代,历次公社、大队办割资本主义尾巴之类的"学习班"、开打击投机倒把批斗会,父亲都在劫难逃。

父亲在"学习班"里每天只能吃两顿饭,不时遭到毒打。我和姐姐曾数次深更半夜躲过盯梢的民兵、蹚过寒冬冰冷的河水,偷偷去给父亲送吃的。一次,我和姐姐去探望"学习班"里的父亲,刚进"学习班"的院落,就听到抽打声和喊叫声。我听出是父亲的声音,便不顾一切地冲进屋

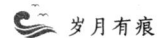

去，看到父亲正蹲在屋子的角落里，民兵连长手里正握着皮带抽打父亲。我和姐姐扑上去，我牢牢抓住民兵连长拿皮带的手，在他手腕上狠狠地咬了一口，夺下了正在抽打父亲的皮带……为了让父亲早点从"学习班"里出来，少受些人身摧残，奶奶让我给大队领导下跪，求他放了已被折磨得胃出血的父亲；黑夜里，母亲紧拉着我的手，冒着遭遇狼的危险，走十几里的山路去求人说情。那时的我只有七八岁，对黑夜爬山极度恐惧，但母亲说："你是男娃，你姐是女娃，男娃比女娃有杀气。"自那以后，我便些许理解了男人比女人应有的担当。

大约上小学三年级的时候，学校通知全体同学去公社参加一个大会。我和同学们步行七八公里路，到了公社平时常开大会的一个广场。晚到的我们，被安排在广场中后部的位置席地坐着。我抬头定睛一看，戏台上方写着"批斗大会"几个大字。主持人坐在戏台上方宣布大会开始后，十几个胸前挂着牌牌（中间一个还戴着纸糊的高帽子）的人被带到戏台前。这时我听见坐在我旁边初二年级的同学对另一个同学说："今天是要法办人呢！"我知道法办人就是坐牢的意思，心想：会是谁呢？这时，坐在我前面的一位邻居姑姑悄悄过来趴在我耳边说："强娃，你看戏台左边站着的第一个是不是你大？"我一下子慌了，急忙猫着腰从人群里钻到前面，在离戏台约20米的距离，我看到站在戏台左侧第一个胸前挂着牌牌、弯着腰的正是我的父亲。我的心一下子揪成了一团，全身颤抖。我已经两个多月没有父亲的消息、没能见到父亲了，我多么渴望把父亲能看得更清晰一些。于是，我从人群里又向前钻了十几米，终于看清了父亲的面孔。父亲骨瘦如柴，眼窝深陷，满脸胡子，低着头，胸前挂着写有"投机倒把"的牌子。想着父亲为了家里的生计，为了儿女们能生活得像个人样，为了偿还生产队的欠款，初春远赴千里到兰州给生产队买化肥，在长武被市管会扣留两个多月；盛夏的晚上乘车赶100多公里山路翻越秦岭买卖木材；深秋的晚上乘车赶150多公里路到乾县买卖辣椒；隆冬时节将自己家里的柿子树的树杈锯下来做成锤把晚上偷偷运到西安……如今却遭受这般的苦难和屈辱，我泪流满面、心如刀绞。我想冲上前去紧紧地抱住父亲，可不知这样做会带来什么后果。我想让父亲看见我，又怕父亲看见我伤心的样子。我最担心的是今天的批斗会，法办的人会不会是父亲？会不会从今以后我再也见不到父亲？今天会不会成为我和父亲的诀别？就在我极度惊恐心焦之际，主持人宣布了逮捕人员的名字，两个公安迅速上来把中间戴高帽子的人五花大绑带走了。随后，父亲和其他陪斗人员也被带走了。我痴痴地站在原地，泪眼目送着父亲远去的身影，直到散会后邻居姑姑在我身后大声喊着我的名字……那天，我茫然地走在回家的路上，走在同学队伍的最后，生怕同学们看到我红肿的眼睛，问我为什么。

　　回想起那个年代，极"左"路线对人们物质生活的禁锢，对人们精神生活的践踏，我倍加感到改革开放是多么正确，依法治国是何等重要啊！

2015 年 5 月 21 日于榆林机场

堂 姐

这是一个秋日的周末，下班从机场回西安的路上，接到堂弟打来的电话："今天凌晨大姐不在了。"我脑子嗡的一下……屈指算来，大姐今年应该是60岁出头的年龄……

大姐是大伯的长女，是我的堂姐，在我这一辈人里排行老大，所以族里的兄弟姐妹都叫她大姐。

大姐身材高挑，在我印象里，她说话做事麻利，待人厚道热情。上世纪60年代，村里有个剧团，大姐在剧团里是个主角，扮演过《智取威虎山》里的小常宝。小常宝女扮男装，控诉完土匪罪状后，把火车头帽子一摘，昂首挺胸，一条粗长的辫子从身后甩在胸前的造型赢得过村民无数的掌声。在大姐出嫁这么多年后，村里人提起大姐，总还是少不了要说一句当年的小常宝。

大姐嫁给了当地一家银行行长的儿子，这在当年曾引来十里八乡人的羡慕，都说大姐命好，找了个好婆家。可婚后大姐的生活并不像大家想象的那样。在生完第一个女孩后，她就开始了不幸的人生。公公是个公家人，见识自然也不一般，但在孙子是男是女的问题上却有着非常强的传宗接代观念，非要大姐生个男孩不可。在此后漫长的岁月里，大姐为了生个男孩，东躲西藏，坐过9次月子，却都是女孩，跟前留了2个，3个给了人家，4个先后夭折。经年的生育使大姐的身体受到了严重摧残，直到不能再生了才放弃。后来，大姐抱养了本家小叔的男孩，供着上学，直到考上大学，参加工作，生活总算一天一天好了起来，有了盼头。心气高的大姐为了给儿子结婚又盖了楼房，全家正喜气洋洋地筹划着20天后给儿子办婚礼呢，可就在给大姐的婆婆过三年的当晚，她人却殁了……她真真正正地白忙活了一辈子！

听堂弟说，这些年大姐腰部、腿部伤过多次。每次在医院治疗稍有好转，她就说没事了，非要回家，然后在家里忙个不停。半夜三更常常病痛难忍无法安睡，便用纳鞋垫、做针线活缓解病痛。就在去世的当晚，为了给婆婆过三年忙活了一天的大姐，又纳起了鞋垫……

在大姐的灵堂前，看着她清瘦的照片，泪水模糊了我的双眼。当年女扮男装、英姿飒爽的小常宝，在世俗的逼迫下为了生养男孩苦其一生，但却终究没能享受到儿子成家立业的幸福，这是何其悲哀的人生命运啊！

"峥嵘岁月为育男儿苦一生；试问苍天忠孝勤俭谁人比"，我默默地将这两句话送给大姐，以此寄托我对大姐无限的痛惜和哀思……

2018年4月8日于西安咸阳机场

男大当婚

每每参加同学或朋友孩子的婚礼，总会看到父亲将女儿交给女婿的那一瞬间。父女二人依依不舍，相拥而泣，难舍难分。儿子结婚的那天早晨，当儿子西装革履笔挺地站在我的面前，双手捧着茶对我和他妈说："爸、妈，你们辛苦了，我知道这一路走来，你们养我不容易……"我的心竟也像潮水一般，泪水夺眶而出，儿子成长的一幕幕似乎就在眼前……

儿子乳名叫虎子，实则属马，1990年生。一天，我下班回家，和妻子说起丈人家隔壁的飞行员养的猎犬（名叫虎子），今天见我突然不叫不咬了，说着我便模仿"虎子"的模样和叫声，嘴里有节奏地念着："虎子虎子——虎子虎子——虎子——虎子……"突然，我发现出生不到十天的儿子开心地笑了。我觉得儿子似乎对"虎子"这两个字有一种特殊的反应，便决定给儿子取名叫"虎子"。

儿子一岁零七个月就上幼儿园了。入园后因年龄小，吃饭时他还没吃几口，碗里的饭就被大一点的孩子抢光了。保育员只好给他另盛一碗，看着他吃。在班里，他常常被大孩子抠得青一块紫一块，回家后我问："你怎么不还手？"他说："我不打他们，我告诉老师。"中央电视台在民航幼儿园拍摄《快乐的幼儿园》电视剧，儿子被选为演员。导演说："这孩子憨态可掬，可好玩了。"家里至今还保存着剧组拍摄时的花絮影集。

儿子上一年级时，每每接他下学，班主任老师总要给我"告状"，说儿子在课堂上喜欢看小人书，回头和同学说话，玩橡皮泥……上了一天班的我，不由得火从心起。回到家里，我便命儿子脱掉裤子，趴在床边。这时儿子像一个士兵服从长官一样乖乖地趴着，一动不动地任凭我打，既不反抗，也不逃躲，只是一个劲地求饶："爸爸，别打了，我听话……"

儿子上二年级时，有一天打电话告诉我，学校放学早，他回家了。我下班回家后，却不见儿子，问遍了左邻右舍，问遍了亲朋好友都不见儿子的踪影。眼看天快黑了，我急红了眼……就在我将要报警之时，听见儿子唱着歌上楼了，我将儿子紧紧搂在怀里……

儿子上三年级时，一天，下班前我接到儿子电话，问我几点回家。我心想，这小子知道关心人了。想着给儿子一个惊喜，我便故意把回家的时间说晚了点。到家开门时，门被反锁着。这时只听见客厅里噼里啪啦一阵忙乱之声，过了一会儿，儿子惊慌地打开了门。我进屋一看，从客厅到书房遍地狼藉。我问儿子在干什么，儿子低着头说在做作业，我摸了摸电视机，还在发烫，我问电视机怎么会是烫的呢，儿子颤颤地说，他不知道。我对儿子讲，好孩子一定要诚实，不是不让你看电视，但必须先把作业做完，只要做完作业，以后每天除了《新闻联播》，还可以看40分钟的电视。听到我说的话，儿子开心地笑了。此后，每当儿子看电视时，便会给

作者儿子8岁生日时身着巴西足球队球衣留影

我打个电话，说他作业做完了。

2000年是母亲的70大寿，亲戚齐聚西安，不知谁提议说："虎子给咱作一首诗。"儿子思考了几分钟说："奶奶七十寿，儿女从远归。阖家大团圆，人人笑嘻嘻。"赢得了亲戚们的一片掌声，母亲更是笑得合不拢嘴。那年春天，我带儿子在小区院子玩耍，看到院内桃红柳绿，一派春意盎然，便说："儿子，来两句。"儿子仔细看了看周围说："树上一片红，地上一片绿。要问为什么，只因春来到。"

儿子上初中时，一天，我和妻子因家庭琐事争执，坐在一旁的儿子突然站起来大声替他妈辩护，俨然一副保护母亲的架势。尽管儿子辩护理由不足，但站在比我高出一头的儿子面前，我蓦然感到儿子长大了，懂得保护弱小一方了，心里暗自为儿子高兴。

儿子高中就读于陕西师范大学附中。高二时，学习成绩下滑，我请朋友伯衍给儿子写一个励志的条幅。朋友琢磨片刻，写了一个"虎"字，落款写道：老虎现在不发威待到何时。儿子说，这幅字还真能鼓舞人。高三时，我和妻子决定在学校附近租房子陪读，每天下班我们从西郊到南郊。一天，参加完学校的家长会，因为学习成绩差，我对儿子严厉斥责。儿子不服，信誓旦旦地对我说："放心，考个大学是没问题的。"但后来的高考成绩给了他无情一击，儿子一下子变得寡言少语。我和儿子彻夜谈心，总结高考中的得失，分析出路利弊。儿子毅然决定复读。我暗自庆幸，这小子有当年我高考复读时的那股劲。在复读的那一年里，儿子像变了个人似的，不用扬鞭自奋蹄……第二年，高考成绩公布的那天，我和儿子急切地在家里等待着。不断有朋友传来各种信息，一会儿说成绩过了线，一会儿又说成绩没过线。距离12点越近，我们心里越是忐忑，度秒如年。终于朋友打来电话，用极其肯定的语气告诉我儿子考上了，并一一告诉我每门课的成绩。我用免提请朋友再说一遍，儿子听罢，从他坐的沙发一步蹦到我坐的沙发上，眼里噙着泪花，紧紧地抱住我，然后紧握双拳，一边向空中挥舞，一边大喊："我考上了，我考上了……"看着眼前的儿子，我的眼泪也止不住流了下来。是啊，想着当年自己复读的情景，儿子此时此刻的疯狂和激动，为父的我有刻骨铭心的体会。

儿子上大学后，我们相处的时光越来越少了，沟通交流似乎也越来越难了。每个学年的第一学期，我便会给儿子写一封信，谈做人做事，谈学习工作，谈当下未来……开学那天，交给儿子。这些信给了儿子，也许儿子认真读过，也许只是浮光掠影地看了，但把信交给儿子的那一瞬间，我感觉似乎交给了儿子一颗心，一种希望，一副担子，一份责任……

儿子大学毕业，我和妻子决定让儿子出国读研，一来出去见见世面，二来给这个一直在我们身边长大的儿子"断奶"，培养他独立自主的意识。可雅思考试却屡考不过，就在儿子即将放弃之时，我对儿子说："拿出当年高考复读的劲，就一定能通过。"第五次终于过了，儿子像当年考进大学一样欢欣鼓舞。我信笔写道："春雷一声自长安，儿子雅思过了关。前路任重道亦远，快马加鞭莫下鞍。"出国的前一天，我给儿子写了一段话："吾儿要远行，临行细叮咛。安全为首要，做事三思行。健康靠锻炼，关键贵有恒。生病早就医，切莫观望等。与人和谐处，交友要慎重。亲朋常问候，音讯天天通。学习要抓紧，使命记心中。莫忘中国人，为筑中国梦。"这算是我给儿子出国的礼物。在英国留学期间，会时不时收到儿子寄回的明信片。明信片上的留言虽短，但字字都能感受到儿子的进步和对家人的牵念。夜深人静的时候，我会一遍遍地看……出国留学的前三个月，一般是孩子最想家最难过的心理关口。我给儿子发微信激励道："高考不畏艰，雅思不畏难。留学有险阻，苦战能过关。"一天，我和儿子通话，告诉他，过几天他会收到一个快递，儿子问是不是羊肉泡，我说收到就知道了。四天后，儿子给我回微信说："信收到了，同学们争相阅读呢，大家都说在互联网高度发达的今天，竟然还能收到家信，好稀奇啊，我感到好骄傲好自豪……"

时光飞逝，转眼儿子参加了工作，今天又要娶妻成家了。26年的光阴，过去感觉是那样漫长，而如今又觉得是那样短暂……这盈满眼眶的泪水，不知是因为过去，还是为了未来；不知是因为未能看到已仙逝的父母，还是为了今天满堂欢喜的幸福。

2018年10月18日于西安咸阳机场

不泯的童心

居住的小区对面是一家幼儿园，我常常会站在马路边上看着孩子们快乐地进进出出。走在街上，我看见孩子们，便不由自主地想摸摸孩子们的头，做个"鬼脸"，逗逗孩子们；回到家里，喜欢打开电视看少儿节目，看到孩子们毫无顾忌地回答主持人提出的问题，常常会捧腹大笑。朋友说我始终有一颗不泯的童心。是啊，童心是多么可贵！童年是多么美好！

我的一二年级是在村小读的。村小在一座破庙里，课桌是胡基垒的土墩子。男老师姓张，是回乡青年；女老师姓周，是下乡知青。记得那年春天，母亲带我去报名上学。老师不同意，说我年龄不够。母亲说我和同去的女孩是一天生的。老师不信，说那女孩那么高，我怎么这么低。母亲好说歹说，周围人又做了旁证，我才报了名。上一年级时，村小要选派节目参加团标小学举办的六一儿童节联欢会，我自告奋勇说快板，但老师看我又瘦又矮，快板又那么大，有些迟疑。在我的坚持下，老师让我试试。我便左手拿起台词，右手顺溜地打着快板，大声说了起来。老师笑了，说："行，就这么定了。"

六一儿童节那天，团标小学（有初中班）学生老师加上附近来看热闹的村民，约莫1000多人，坐了黑压压一片。我是第二个登台演出的，快板说着说着，裤子掉了下来，引来台下一片笑声，我全然不知。这时，站在一边的路老师急忙上台，一边帮我绑紧裤子，一边小声对我说："就这

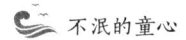

样，继续说。别停！"顿时，台下又一片掌声。当我说完快板下台时，观众更是报以雷鸣般的掌声。

上三年级时，我由村小转入团标小学，家离学校二三公里路。冬天，要赶学校7点钟早读，6点天不亮就得从家里出发。那时候，山里的狼经常出没。为了安全起见，同村的高年级同学提议，每天早晨6点多，同学们都在村口集合，一起上学。一路上，踏着高年级同学吹的哨音，高喊着"发展体育运动，增强人民体质"的口号，我们一会儿跑跑走走、走走跑跑，一会儿齐声唱着歌，一会儿停下来做广播体操，到学校时，每个人都已是热气腾腾。

夏忙时节，学校放了忙假，我们这些红小兵便会在生产队的大场边，用木板、席子和柏树枝叶搭起一个小房子，门两边用木板写着"严禁烟火""保卫夏收"，在电线杆上写上"严防阶级敌人破坏活动"，穿上白衬衣，系着红领巾，扛着红缨枪，轮流站岗。

暑假是最惬意的时光。白天，做完作业，我便和小伙伴们到黑河渡口看船工划船，到村南的干渠游泳、打水仗，在我家东侧的小渠里摸鱼、逮螃蟹。晚上，小伙伴们分成两组，趁着月光，在村子的城墙上玩打土仗、捉迷藏，及至深夜。大人们会一遍遍喊着自己的孩子回家，可小伙伴们却玩得难舍难分。在夏风习习的夜晚，大人们会带着凉席，铺在场上乘凉，聊今年的收成、明年的打算，聊村里的逸闻趣事、乡里的风土人情。我躺在父母中间，听父亲给我讲《三国演义》《西游记》《红岩》《林海雪原》……听母亲给我背《孙中山遗嘱》，唱《刘胡兰之歌》："文水县里平又平，出了一位年轻的女英雄，她的名字叫刘胡兰，她是咱们共产党的优秀党员……"

忙罢会是关中农村庆贺丰收的重要集日，村里都会搭台唱戏，亲戚们则会相互走动。记得舅婆每次来家里时，头梳得光亮，穿着长袖对襟白布衣、黑裤子、黑色的裹脚布鞋（舅婆的脚是缠过足的小脚），左手提着竹篮，右手拄着拐杖。我知道，舅婆的竹篮里一定有好吃的，除了糖包子、地软包子、梨瓜，还有她舍不得吃、放了许久的核桃、毛栗子……

在瓜果飘香的秋季，我和同伴们会在周末跑到山上，偷摘山里人家的苹果、桃子、栗子、核桃……然后坐在山坡上，一边仰望着蓝天白云，得意地吃着果子，一边眺望着远方的袅袅炊烟听着陇海线上隐隐约约传来的火车的笛声……

那是一个物资极度匮乏的年代。记得学校旁边有一家商店，商店里的副食品柜台正对着商店大门。从商店大门口经过时，那香喷喷的糕点、糖果味就会扑鼻而来。我上学、放学经过商店大门时，便会驻足良久，想多闻一闻那诱人的香气，然后很满足地离去……父亲有一位姓赵的挚友，原在西安城里工作，后来回乡，赵叔叔隔三岔五地会来家里和父亲聊天，有时会带一块面包。当我站在家门口吃面包时，会引来小伙伴们渴望、羡慕的目光。这时，我会给和自己相好的小伙伴掰一点。那些平时欺负我的小伙伴，只能眼睁睁地看着，有的会说："我以后不打你了。"我便会掐一点面包给他们。渐渐地，小伙伴们再也没人跟我动手了。

想起这些童年的往事，在物质生活极大丰富的今天，我总觉得今天的孩子们，尤其是城里的孩子们，似乎少了许多童趣。没有了童趣，童心又该如何滋润、保持呢？！

2019年5月31日于西安咸阳机场

汉宝趣记

汉宝原叫汉堡，是我孙儿的小名。汉宝满月时，家人小聚，亲家提出"汉堡"有些俗，且上学后恐会引来同学嘲弄，建议改名。儿媳说她起的"汉堡"这个名字叫起来亲切、好玩，又显洋气，执意不改。争执之下，我便折中提议将"汉堡"改成"汉宝"，意即民族之宝，全家赞同，皆大欢喜。

汉宝四个月时在床上会爬一米左右，爬时脚蹬嘴拱，十分顽强。然七个月时去青海亲戚家，汉宝在床上奋力向前，却难移半寸。究其原因，高原缺氧，汉宝发力不得。

汉宝一岁半时去新加坡，看见街上的摇滚表演，便沉醉其中，和着节奏，旁若无人地手舞足蹈，引来路人围观点赞。

汉宝两岁半时去惠州海边，我和亲家一起带汉宝下海，浪打在汉宝身上，汉宝有些害怕，要上岸。站在岸边的汉宝看着我们大人走向海水深处，便声嘶力竭地哭喊："爷爷、姥爷，不要去，不要去……"

孙儿汉宝两岁半时在西安丈八宾馆

汉宝两岁十个月时，开始识字。"天"字，他说不出来，便着急地用手一边向上比画着一边说"放气球"；"门"字，他说不出来，急得满脸通红，说是"挂灯笼的地方"，逗得大家哈哈大笑。

汉宝偷懒讲究技巧。两岁多时带汉宝去干洗店取衣服，去时汉宝走得欢快，回时非要我抱。我两手拿着东西，实在困难。但汉宝蹲在原地，任凭我怎么劝说也不肯走半步。无奈，我只好费力地将汉宝抱起。汉宝瞬间大悦，先是将我紧紧拥抱，然后右手握起小拳头向前挥舞，高喊："爷爷——加油！爷爷——加油……"我顿时热血沸腾，忘记了一切，在孙儿的"加油"声中，一口气将汉宝抱回了小区院子。

汉宝三岁多时，在公园里玩耍，我不小心将一只气球弄爆了，汉宝不悦。少顷，我不慎又弄爆了另一只气球。汉宝大怒，一屁股坐在地上，说："你把我两个气球弄烂了，我再也不当你的好朋友了。"说话间嘟着小嘴，一脸怒气。我忙蹲下赔不是："对不起，回头再给汉宝买。"汉宝马上笑着说："没关系。"高兴地立即起身又继续朝前玩去了。

汉宝喜欢看书，晨起一个人能静静地翻看画报约40分钟。到书店自己找到喜欢看的书籍，便要我给他讲解，听完一本他再找一本，不叫他离开书店，他绝不离开。

汉宝少哭。饿了不哭，只是哼唧；醒了不哭，自娱自乐；跌倒不哭，直接爬起；打针不哭，笑对医生。偶尔哭时，都是大人们将自己的意志强加给汉宝之时。

汉宝周末常会和我一起午休。我编了一首"汉宝之歌"："汉宝宝，睡觉觉，我家汉宝睡觉觉；乖宝宝，睡觉觉，闭上眼睛睡觉觉；睡觉觉，汉宝宝，我家汉宝睡觉觉；乖宝宝，汉宝宝，闭上眼睛睡觉觉。"每次抱着汉宝唱着这首歌，汉宝很快就睡着了。两岁半后，汉宝要自己睡，但要求我唱着这首歌拍着他睡，便会很快进入梦乡。汉宝有时玩着玩着或走着走着，会情不自禁地大声唱起这首催眠歌，还得意地改着歌词唱："乖爷

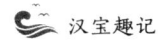

爷，睡觉觉，闭上眼睛睡觉觉……"

汉宝很会讨人喜欢。一天，妻子给我看了一段拍摄汉宝的视频，视频里汉宝闹着要和我视频通话。大家问为啥要和爷爷视频，汉宝说："为了让爷爷高兴！"看得我开怀大笑。

汉宝两岁十个月上小托班，不到一周便适应，每天早上喊着爸妈快点送他。在托班门口，别的小朋友哭着闹着，抱着大人不肯进去，汉宝兴高采烈地跑进去头也不回。下学时别的小朋友眼巴巴地盼着爸妈来接，汉宝却不愿回，还要继续在班上和小朋友玩。三岁四个月托班"毕业"时，汉宝戴着博士帽，穿着博士服，和他最好的朋友早早手拉着手从红地毯走过。面对老师深情且动情的离别告白，汉宝懵懵懂懂，似懂非懂，只是痴痴地看着老师。当老师把为他制作的精美影集送给他时，汉宝顿时兴奋起来，急不可耐地打开影集看，绽放出灿烂的笑容，全然忘记了正在举行的仪式。

今年9月，汉宝要上幼儿园了，我问汉宝："想上不？"汉宝说："想！"我问："为啥？"汉宝正儿八经地说："因为有好多小朋友，能和小朋友一起玩。"

2021年10月13日于高新一路4号

"我"假虎威不灵了

孙儿汉宝几乎每个周末都要和我一起午睡,睡前总要我给他讲我在东北观看东北虎的故事……

那是上世纪90年代的事了。我去哈尔滨参加全国民航宣传部长会议,会议期间,举办方组织与会人员到松花江北岸、与太阳岛毗邻的东北虎林园参观。到了虎园门口,我们按规定换乘装有护栏的参观游览车进入虎园。观览车窗子是封死的,大家笑谈,感觉好像是坐在囚车里一般。陪同的园领导和讲解员一再叮咛我们,要严守规矩,切勿以各种行为挑逗老虎……

车进园区约20分钟停了下来。我们看见不远处有七八只老虎,有的警觉地朝我们这个方向瞭望,有的懒洋洋地躺着,有的相互嬉闹,有的四处游走……此时,一辆卡车疾驰而来,停在距我们十几米的地方。车上拉了一头毛发鲜亮的棕红色牛,这头牛看上去膘肥体壮,车上穿有安全防护服的工作人员迅速打开车后门,将牛赶下车,车便疾速驶离。牛下车后四周看了看,显然是发现了不远处的老虎,便朝另一个方向移动。老虎显然也发现了这从天而降的猎物,迅速向牛飞奔而来,牛走了几步,还没缓过神来,已被七只老虎团团围住。牛惊恐万分,试图冲出重围,但面对数倍于己且凶猛的老虎,已无能为力。这时,一只老虎开始扑向牛,其他几只也一拥而上,其中一只老虎露出尖尖的利齿,紧紧咬住牛的脖子,牛在绝望中奋力挣脱，但在众虎的协同下，牛很快便被按在地上一动不动，只有上下剧烈抖动的牛肚子还显示着一息尚存的生命，刹那间，几分钟前还鲜活健壮的一头牛被撕得粉碎，血肉横飞。就在这时，一只毛淡黄而长的老虎从不远处大摇大摆地走了过来，正享用美味的众虎见状，立即散了开来。只见来者身长约2.5米，高大威猛，双目炯炯有神，露出两颗锋利的门牙，散发着凶猛的气息，还有蔑视一切的霸气。它不紧不慢，神情自若地享用起眼前的战利品，其他老虎围在十几米外，眼睁睁地垂涎看着。讲解员说，后来者是虎王，其他都是7至8岁正值壮年的东北虎。虎王的权威由此可见一斑。虎王吃了约莫十几分钟便扬长而去，站在一旁的其他老虎又迅速围拢过来继续享用……我们在车上屏住呼吸，目睹着眼前这惊心动魄的一幕，用相机记录下了自然界这弱肉强食的一幕……

　　孙儿汉宝第一次听我讲这个故事时约莫两岁，他把我紧紧地抱住，一动不动，听完后长出了一口气。两年多来，汉宝和我睡觉时，总要我讲给他听，百听不厌。但随着年龄的增长，汉宝会提出一些问题，比如："牛为啥不跑？牛为啥没有老虎跑得快？""牛为啥不用牛角扎老虎？老虎为啥要吃牛？为啥虎王来了其他老虎就不敢吃牛了？""牛被吃了，牛的妈妈找不见它该怎么办？""老虎为啥这么坏？你们为啥不把老虎打跑？""啥能把老虎吃掉？"……这些问题，有的我能回答上来，有的我只能含含糊糊勉强作答。每当汉宝玩兴正浓不愿睡觉时，我便说："老虎在窗子外边正看着你呢，闭上眼睛赶快睡，要不然老虎就进来了……"这时，汉宝就会乖乖地闭上眼睛，一动不动，慢慢睡着，屡试皆灵。

　　但就在汉宝四岁生日的前夕，他和我午睡时，又是唱、又是跳、又是翻跟头，来回折腾，怎么都不安睡。无奈，我还是使出了这个撒手锏，说："赶快睡，不然老虎就进来了，找你的麻烦，爷爷可没办法……"汉宝先是想了想，然后说："爷爷，咱们家这么高（22楼），老虎在窗子外边不就掉下去了吗？"我说："老虎的爪子可厉害，它能抓住窗户。"汉宝又想了想，说："我是奥特曼，我不怕老虎！我拉开窗帘看看……"说着，他便坐了起来要下床。我实在忍不住，扑哧一下笑了，连忙抱住汉宝说："不能去，不能去……"汉宝不解地问我："爷爷，你笑啥？"汉宝这么一问，我更是忍俊不禁……

  从此，我再也无法用老虎吓唬孙儿汉宝好好午睡了，"我"假虎威不灵了。

2022 年 6 月 8 日于海珀香庭

辑 二

遥念玉树

  玉树地震那天早晨8时30分，我正要参加一个会议，一位同事突然说玉树地震了，紧接着他读了一段手机新闻短信的内容，大意是说，玉树州政府所在地结古镇90%的房屋倒塌，人员伤亡惨重……"啊？结古镇？"我的心不由得一紧，不由自主地又问了一句："机场怎么样？"同事摇了摇头。我心想，结古镇距玉树巴塘机场只有20多公里，机场恐怕难逃此劫了。我正要给远在青海的同事打电话询问，妻子打来了电话，告诉我："玉树地震了，机场好着，没大问题。"我悬着的心总算落下，提到嗓门的气也松了下来……

  作为玉树巴塘机场的参建单位，我曾两次踏上玉树这块三江源头神秘而美丽的土地。

  2008年8月，上级要举办一个"玉树精神事迹报告会"，要求玉树机场参建单位选派参加玉树机场建设的代表做先进事迹报告。为了组织好材料，彰显我的同事在雪域高原战天斗地、不畏困苦的精神风貌，我决定和公司机关的同志赴玉树身临其境地感受一番。

  9月12日早上6时30分，在西宁一家餐厅吃了一大碗牛肉拉面，我们便乘车出发了。一路上，一会儿是艳阳高照，柏油路面被晒得油光发亮，前方明明是平平的路，但总感觉像绸缎在起伏，车开在上面总感觉马力不足似的；一会儿是雨雪风霜，挡风玻璃上便有了薄薄的冰层，车窗开个缝隙，刺骨的寒风便会像刀子一样掠过脸颊。车奔驰在这样的道路上，听着韩红的《天路》，那天籁之音，那歌词所表达的情感却是在平原、在歌厅听起、唱起这首歌时不曾有过的。

玛多，是西宁通往玉树800公里生命线上的重要驿站，南来北往的车辆行人都要在这歇歇脚，吃顿热乎饭。司机小梁带我们走进了一家名为"四川家常菜"的饭店，七八十平方米饭店里面热气腾腾，坐满了人，生意红火得很。老板娘是个川妹子，干净利落、声音甜美、满脸堆笑地招呼着各方来客。这不禁使我想起了沙家浜里的阿庆嫂。我问老板娘生意如何，她说一天能挣个千儿八百的。我粗略算了一下，一年下来三四十万呢，不由得为川妹子的吃苦精神和精明能干所折服。

大约下午3时左右，车行至海拔5266米的巴颜喀拉山顶。我特意让司机把车停了下来，下车深深地呼吸了一口这高山之巅的空气，任雪花融化在我的脸庞，任寒风掀起我的头发，俯视着周围的苍茫群山，顿生无限的感慨，顺口吟道："穿行峻岭中，荒渺人无踪。长云暗雪山，烈日裹寒风。"

傍晚时分，经过12个小时的长途奔波，我们终于到了玉树州政府所在地结古镇，公司参加玉树机场建设的同事早已在一家火锅店迎候着我们。拥抱寒暄落座后，年长的老罗端起酒杯说："看见了你们就像看见了家里的亲人……"一句话说得我心里酸酸的。我本不喝酒，可看着裹着黄棉大衣的同事那一张张黝黑的脸庞、一双双火辣辣的眼睛，我无法拒绝同事的盛情，端起酒杯，三杯二盏痛快淋漓地和大家碰杯豪饮，有道是"他乡遇故知，相交千杯少"么！我知道，此刻，酒是和大家沟通的无言的最好的桥梁，只有喝酒，才能和大伙的心贴得更近。

第二天一大早，我们便驱车赶到距结古镇20多公里开外的巴塘草原，建设中的玉树机场就坐落在这里。放眼望去，草原的天是那么蓝，云是那么近，山是那么绿，水是那么清，空气是那么净，成群的牦牛和羊群游走其间是那么快活自在，好一幅如诗如画的壮美图景。可同事告诉我，这里平均海拔3900米，空气中的平均含氧量仅为海平面的58%左右，水的沸点只有88℃，年平均气温为-1℃。全年只有冷暖二季，冷季长达7个月，大风盛行，沙暴天较多；暖季5个月，天气变化无常，冰雹雷雨频繁……原来这美景背后却暗藏着常人难以适应的恶劣生存环境。一到项目部，我便按计划立即召集座谈会。我对大家说："我很想听发生在这里、发生在大家身上的故事，希望每个人能给我讲一个故事。"我这么一说，大家的话匣子一下子打开了……

刚进驻工地时，大家喝的是雪融水。为了保证能喝上干净的水，负责大伙生活保障的老罗每天早上要在牦牛没有起身前赶到山下的小溪去打水。不然的话，牦牛起来后第一件事就是到小溪里饮水，水被成群的牦牛践踏后，人喝了就会拉肚子。因此，和牦牛抢水喝就成了老罗起床后的首要任务了。

危险的事在工地时有发生。一次，从事测量工作的几个同事刚走到一个牧民家门口，突然8条体壮如牛的藏狗从四面八方向他们扑来。几个人的心都快要跳出来了，情急中他们下意识地迅速背对背靠在一起与狗形成僵持之势。主人听到群狗狂叫，急忙从屋里跑出来才化解了危机。这时他们已吓得满头大汗，手心全湿了。回忆起当时的情景，小李现在还有些后怕。

常年生活在平原的人初到高原一般都会有头疼、胸闷、气短、血压升高、失眠、上火、拉肚子等高原反应和水土不服的现象，即使不干活，也会觉得难受。在内地感冒一周不吃药基本也能挺过去，但在高原如不及时治疗，极易引发肺水肿、脑水肿，甚或危及生命。送我上玉树的司机小梁是项目部最年轻的，刚到玉树时，生龙活虎，重活累活抢着干。随着时间推移，大伙发现他行动不像原来那么敏捷了，脸色也变得越来越黄，注意力总是不太集中，高原反应在他身上逐渐表现出来。一天晚上，突然电闪雷鸣，狂风夹着指甲盖大小的冰雹铺天盖地向工地袭来，高烧39℃正在打针的小梁拔掉针头就往工地跑，硬是坚持指挥着风雨交加中的各种机械车辆安全返回后，他才穿着湿漉漉的棉大衣回到项目部。难怪大伙都戏称他为"康巴汉子"（其实小梁体重不足60公斤，看上去非常瘦小，甚至有些先天营养不良）。

公司参加玉树机场建设的同事，大多是老陕，喜欢吃面。可在玉树用普通锅煮面是煮不熟的，只有高压锅才能煮熟，人多锅小，一周吃一顿可口的面食成了这些关中汉子的奢望。

在建设工地，有汉、藏、回、维吾尔、哈萨克、土、蒙古、撒拉8个民族的同胞。在这极其艰苦的生存环境中，大家有难共担、有危共赴、有困共济、并肩作战，谱写了一曲各民族和谐奋战的赞歌。项目部的同志主动为附近的巴塘小学捐款捐物，赢得了牧民们的高度赞誉，一位藏族同胞动情地说："你们这支队伍像太阳，是最可爱的人。"

座谈会从早上8时30分开到中午12时30分，大伙的故事一个接一个，讲个没完。为了让大家吃上热菜热饭，我只好结束了座谈。走出会议室，望

2008年8月，作者（左二）与建设中的玉树机场项目部管理人员合影

着蓝蓝的天空，皑皑的雪山，绿绿的牧场，成群的牛羊，看着这即将建成的长3800米的通天大道，一个个动人的故事像电影浮现在我的眼前。我情不自禁地吟道："茫茫草原起大风，横空出世一长虹。谁持彩练当空舞，建设男儿真英雄。"

在后来公司举行的"玉树精神事迹报告会"上，这些发生在玉树机场建设者身上的故事，让坐在台下的公司的同事感动得泪沾衣襟。2009年春节，公司举办联欢会，我组织参加玉树机场建设的同事根据发生在他们身上的这些故事编排演出了小品《玉树的一天》，合唱了歌曲《卓玛》，赢得了公司员工和家属的热烈掌声和喝彩……

2009年8月30日，当我乘首航班机从西宁飞抵玉树巴塘机场时，机场周围站满了来自四面八方的牧民，歌手亚东深情悠扬的《向往神鹰》的歌声回响在机场的上空，藏族同胞正在机坪上载歌载舞欢庆这一幸福的时刻。这一刻，神秘的玉树和世界紧紧连在了一起，像神鹰在天上遨游不再是高原牧民们的梦想……

2010年4月18日，玉树地震，机场成为玉树和外界联系的唯一生命通道，藏族同胞和玉树人民再一次感受到了机场的神圣……

在办公室，我每天都会不止一次默默地凝视我用红圈标注的地图上的西安、西宁、玉树这些地理坐标，这常常会勾起曾令我热血沸腾、热泪盈眶的记忆……

秋分已过，玉树应是下雪的季节了……

2010年11月14日于原西安西关机场

春到映秀

再过几天，就是汶川地震三周年的日子。这几天，我的脑海总是一遍一遍地闪现着去映秀的情景。

去年3月，收到民航第十四期中青班在成都举办研讨会的通知，我打电话给活动的组织者之一唐晓刚，询问研讨活动结束后可否安排大家去地震灾区看看。他说："已有安排，去都江堰。"我说："最好去映秀，那里是震中。"

到了成都，看到日程上有去映秀的安排，我的心便一下子飞到了映秀……

4月1日吃过午饭，大家分乘两辆中巴从成都出发前往汶川县映秀镇。由于车辆是四川省委接待用车，一路格外顺畅。出城后没多久，便看见朝灾区方向运送各种物资、建筑材料的车辆一辆接一辆，路两边是成片成片的活动板房和完工或在建的居民区。大家你一言我一语地询问着地震时和灾后重建的情况，国航西南分公司陈志勇总经理和成都双流国际机场孙绍强副总经理一边指着路两边的建筑，一边介绍着。坐在司机后面的我心情却极为复杂，陷入了深深的沉思中，地震时的情形像电影在我脑际翻江倒海，一幕幕掠过……

记得2008年5月12日那天，我午休醒来刚准备办公，突然发现办公桌前的发财树在颤。我有些纳闷，便下意识地打开房门看了看，楼道平静如常，便回到椅子上坐了下来。这时，眼前的发财树颤抖得更厉害了。经历过唐山地震的我立刻意识到地震了，急忙跑到楼道拐角处向两边过道大喊："地震了，快跑！"，就在同时，大家也都有了强烈的震感，纷纷冲出办公室，顿时，楼道喊声一片，乱成一团，我明显感觉腿软头晕位移困难。楼里百十人都跑到了楼前约300平方米的空地上，就在大家立足未稳、惊魂未定之时，不知谁喊了一声："看上面！"只见两侧建筑工地上的塔吊正悬在我们头顶像柳树枝一样摇摆着，在建的楼房也在动，有人试图从两栋在建楼房的夹道中往街上跑，我大声喊："危险，大家先别动！"过了约一分钟，感到情形明显好转，我又大喊："快跑！"大家齐刷刷地朝大街上狂奔而去。街上已是人山人海，通信已完全中断了，大家都急切地打听是哪儿地震了，这时，人群中有人说"听说是四川地震了"，闻此，我的心咯噔了一下，半信半疑，心想：隔着秦岭，远在千里之外的西安震感尚如此强烈，四川又会是怎样一番情形呢？此后多日，便从电视上天天看到那一幕幕让人撕心裂肺的灾难场景、感天动地的救人场面……

快三年了，那些劫后余生的人们如今怎么样？那里的山川河流该是怎样一番模样？离映秀镇愈近，我的心越是急切……

突然，车停下了，陪同我们的西南航和双流机场的同志告诉我们，汶川县人大陈化清副主任（兼任汶川县驻映秀镇工作组组长）在此迎候我们。陈主任用羌族的礼节给我们一行一一敬献了哈达，简单介绍了我们所处的位置、映秀地震时的情况，便在前面带路直奔映秀镇。

路边，地震崩发的巨大石块、岩浆，以及飞石砸坏的车辆残体依稀尚在，灾后重建的场面随处可见……

我们的车在写有"5·12"的"天崩石"前停下，"天崩石"周围摆放着一束束鲜艳的黄菊，十几位妇女站在泥泞中一手提着装满菊花的竹篮，一手捧着菊花向来人微笑着。那笑容分明带有卖花的意思，但却没有叫卖。我们集体默默地敬献了花束。

讲解员小陈介绍说:"地震能量超过了215颗原子弹。眼前的这些巨大的石头是地震时以每秒400米的速度从山那边飞过来的,眼前这条沟是被岩浆填平的,这条路是被拦腰震断的,这边的山体改变了……映秀镇12万多人,约6.5万人在地震中遇难。最惨的是映秀小学,全校473名学生有225人遇难,160人致残,40位老师20位遇难,都是一半一半的……"站在这伤痕累累的土地上,听着这些冰冷的数字,我的心一阵一阵颤抖,眼睛一遍一遍潮湿。小陈7岁的妹妹在地震中走了,至今还未找到,爷爷在地震中被石头砸伤,外伤看上去不是太明显,当时直升机先紧重伤员往外送,等到第七天,爷爷突然吐血,永远离开了她。指着在建的楼房,小陈说:"村民们不想离开这里,这些房子都是按照CL抗震体系标准和当地风俗建的,快完工了,建成后会很漂亮。"站在漩口中学(即现在的"七一"映秀中学)不远处,小陈指着垮塌的校舍说:"学校毁坏的情形集中反映了地震的9种破坏形态,这里是地震一周年纪念大会的会场,将会被永久保存,旁边将建一座地震博物馆,供学者游人研究参观。"在一个卖地震影像资料照片的地摊前,我拿起塑封好的一组照片,问多少钱,女主人说:"100元。"我二话没说掏出100元(尽管我知道这最多值20元,在平时是可以还价的),女摊主连声道谢。我不忍心打听这位妇女家人、亲朋有没有人在地震中离去,此时的我在想,摆摊卖这些照片,她该经历了怎样复杂的心路历程呢?山里人真坚强啊!临别映秀时,同学们纷纷解囊,捐助5000余元交给了村上,钱不多,但同学们说,要让映秀乡亲父老觉得大家的心是连在一起的,他们并不孤独……

离开映秀镇,我们来到都江堰翠月湖镇五桂村。这里有707户人家,家家户户都住着通电、通气、通暖的漂亮的二层楼,房前屋后茂林修竹花红草绿,好一派诗情画意的田园风光……

回成都的路上,下起了小雨。时值清明前夕,这春雨也许正是为祭奠亡灵而下的。我心潮难平,用餐巾纸信手写下"天崩地裂山河动,家园被毁人丧命。悠悠岷江千行泪，几多希望梦成空。上天无情人有爱，八方援建展新容。再解小囊表心愿，佑我苍生万代宁"，以表达我对逝者的哀思，对生者的祈福。

2011年5月12日于西港雅苑

情系唐延路

每座城市都有自己的地标。

从前给来西安的朋友介绍我生活的这座城市时,大雁塔、钟楼、碑林、城墙、陕西历史博物馆……这些无疑都是最优先的话题了。在我心中,这些具有帝都风范、皇家气派的建筑无疑都是古城西安的标志。而如今,外地来的亲友听我说得最多的除了这些"古董"外,曲江的文化、浐灞的生态、高新的科技……都是我引以为豪的,而最让我津津乐道的是与我家为邻的位于高新区的唐延路了。

前年夏日的一个夜晚,亲戚一家从深圳回到西安,在高新区"海底捞"吃完饭后,我提议一大家人去唐延路转转。亲戚说:"路有啥好转的呢?"我说:"你去了就会有别样的感受。"很快一行人就走到了唐延路与科技路十字,站在"唐遗址公园"几个大字前。我向南一指,说:"从这向南约5公里,中间是宽约100米的绿化带,是唐遗址公园,两侧是两条双向八车道的大道,大道两侧这些林立的建筑好多是世界500强企业在此设立的分公司、研发机构或基地。西安高新区的产值在全国高新产业开发区中始终名列前茅……"顺着公园中间笔直的林荫小道向南一边走着,我一边兴致勃勃地介绍着。亲戚走着看着听着,不时发出啧啧的赞叹声,说是他国内国外去过不少地方,不光是深圳,恐怕全国都没有这么宏大的街心公园,这要是在深圳,早都搞房地产开发了,这可是寸金之地啊。西安人观念变了，舍得花钱提升人居环境和城市生活品位了。站在这里全然没有原先"古老的黄土地"感觉，大手笔大气魄的现代化气息扑面而来，比深圳不差，比国外也不逊色……突然亲戚戏谑地对我说："听说当年你还不愿意在高新区买房？"我笑着说："是啊，1997年单位在高新区集体买房，一天吃罢晚饭，我携妻子步行到高新路，放眼望去，除了高新路口几栋耸立的高楼外，向西向南一看，黑乎乎的，还是大片大片的田地呢，心想这地方猴年马月才能发展起来呢，当时还着实动摇了一番。没想到才几年的工夫，这方圆几十里却成了西安发展最快最美的地方，成了西安的名片，成了带动西安经济的火车头……"说着说着，亲戚问起了唐延路两边的房价、高新区的就业……

一路上亲戚赞不绝口，我心里美滋滋的。曾几何时，内地人休闲度假都往深圳珠海跑，而今深圳人却对这片昔日干瘪的家园羡慕起来，还萌生了在此置业回来工作的念头。作为这座城市的一分子，我能不为此欣喜自豪么？！

如今，眼看着儿子一天天长大了，又得买房。朋友有的建议说买曲江，有的说买浐灞，可我还是觉得高新区好，唐延路好。我喜欢这里动静相宜的人文环境，喜欢这里现代化的气息，喜欢这里日新月异的时空变化，喜欢迎着春色、和着夏风、赏着秋月、披着冬雪走在唐延路上，感受西安、中国乃至世界跳动的脉搏……

思前想后，我对儿子说，要买房，还是买在唐延路两边吧……

2011年5月24日于西港雅苑

民众的乐园

今年年初,《西安晚报·西安这五年》征文栏目刊登过我写的一篇短文《情系唐延路》。朋友看过后,来电来信感慨颇多。有的说"高新区是西安的名片"确实名不虚传;有的说自己没看走眼,看来在唐延路两边买房买对了;有的说我说出了他(她)的心里话……我对朋友们说,其实关于高新区和唐延路,我的心里话还没说完呢。

每当夜幕降临的时候,如果你从唐延路与科技路十字的唐遗址公园的入口处漫步南行,中心广场轻松曼妙的音乐会诱你前行,男男女女三四百人自发聚在这里排成方阵随着音乐翩翩起舞。看到此情此景,你会有一种悠然自得的惬意。沿着公园中间笔直的林荫小道再向南走七八百米,左边一块空地上摆满了各种健身设施。人们有打乒乓球的,有跑步的,有做引体向上的,有拉腿的,有按摩的,喊杂声、练功声、喝彩声交织在一起,你会觉得这里俨然是一个健身馆,不由自主地想抡起臂膀、练练身手。再向南走四五百米,你会听到豪迈的秦腔,附近的城中村村民经常会骑着摩托驮着音箱,或提着胡胡带着锣鼓家伙在这里围成一圈自娱自乐。进城务工的农民兄弟不时会自告奋勇"登台"亮亮自己的嗓子,引来一片叫好声。在公园的南头,由七八个年轻人组成的一支管弦乐队会经常演奏一些中外名曲,引来路人随着悠扬的音乐引吭高歌……

你看看,走在这南北长约5公里,东西宽约100米的唐遗址公园里,你会觉得传统的现代的、东方的西方的、都市的乡村的，各种文化、各种文明在这里交织在一起，让你的心灵有一种穿越时空的震撼和无以言表的快乐。

不仅如此，在这里我还听到过民众评价好干部的标准，听到过他们对自己权利的珍惜。前年冬日的一个夜晚，天上飘着雪花，我踏着薄薄的积雪由北向南行走在公园中央的小道上，走着走着，只听得前面一个男子大声说："铁蛋靠不住，肥了自己，不给大家办事，这次无论如何不能选他了。"一个妇女无可奈何地说："人家拿钱买呢，咱能挡得住？"另一个男子急着插话说："他给上面送咱管不了，咱给大伙说，这次谁都不能收铁蛋的钱。"看我走了过来，几个人都不吭声了。我走近一看，有十几个男男女女站的站，坐的坐，围成了一圈。我快步从他们中间穿过，随着我的渐行渐远，我又听到一男子说："狗日的铁蛋，这几年把咱坑扎咧，咱村子要想富就得选民娃，民娃心正又不贪，这次大家一定要心齐。"话音刚落，又是一阵七嘴八舌的争论声……当我40分钟后回过头再路过此地时，村民们已不见了踪影。在回家的路上，村民们的议论声一直回响在我的耳边。两年过去了，不知村民们希望的民娃当选了没，不知村民们的心声能否战胜铁蛋金钱的魔力。

2011年9月于西港雅苑

台北书店

不久前凤凰卫视播放了一则新闻，台湾一家书店没有工作人员，顾客买书借书按张贴的规定自行办理交款借书手续，几年来却没丢一本书，钱款也分文不差。第二天上班我将这则消息告诉同事，同事半信半疑，说是我们许多图书馆的书刊在大庭广众之下都经常丢失，书刊的内页常常被人撕掉，那书店没人看管又怎么可能呢？我说消息的真伪暂时无法求证，但台湾书店优良的秩序和优质的服务我却有过亲身的感受。

2002年7月，我随陕西省一个代表团赴台参加一个经济发展研讨会。在岛内10天的行程里，无论是台北、高雄、台中、新竹这样的现代化城市，还是花莲、垦丁这样的观光城市，无论是九族文化村、日月潭这样的旅游

2002年7月，作者在台北故宫博物院前

景点，还是礁溪这样的乡村小镇，书店、报刊亭都格外醒目，随处可见。7月27日，在离开台北返港的前一天晚上，我按照以往出差的习惯，决定去书店逛逛。出酒店走了七八分钟，我便看到了一家相当规模的书店。店内宽敞明亮，书架考究，书刊陈列别致，标志十分醒目，顾客能够很容易地找到自己需要的书刊。顾客转的、站的、直接坐在地上的，到处都是，但店内却十分安静，听到的只是"沙沙"的翻书声。我转到历史类书刊的一角，询问扎着两条小辫的服务员有没有国共合作、西安事变方面的研究或传记类的书。她很快走到书架前拿出了十几本书，并轻声向我一一介绍它们的异同和特点。显然，这些书她是细读过的。我被她的职业素养所折服。想起在大陆买书时，有的服务员一问三不知且极不耐烦的情景，我便不由自主地对她投以赞许的目光。随后，我细细地一本一本地翻了起来，不知过了多久，就在我凝神静气看得入神的时候，那位服务员微笑着轻声对我说："先生，您好，再过20分钟就要下班了。"然后她又轻声细语地逐一通知每位顾客。我看了看手表，快十点半了，便加快了阅读的速度，然后选定了几本书走到柜台前。等她算好总价打好包要结账时，我却发现忘带钱包了。她看到我一脸沮丧的神情，问发生了什么事，我说明原委后，她很快叫来了她的上司。这位上司得知我是大陆来的，第二天早上要离台时，决定让这位服务员送我回酒店取回书钱。我说这会耽误她正常下班，而且天气这么热，服务员微笑着说："辛苦点没事的，先生请吧。"说罢，便拎起打包好的书送我下楼。我生怕耽误人家的时间，便大步流星地在前边带路，朝酒店走去。打开酒店房门，我连忙请服务员进屋歇息，但服务员说什么都不肯进屋。我端起两牙西瓜让她吃，她死活不吃。我又急忙倒了一杯水给她，任凭我怎么劝她也不喝，她坚称这是店里的规矩，她不能破。弄得我哭笑不得，心里好不是滋味。我只好把钱给她，她微笑着礼貌地向我鞠躬告别后便匆匆走了……

10年过去了，台北书店买书的情形我至今难以忘怀，那位"辫子"服务员满脸汗珠满脸堆笑向我鞠躬告别的场景常常会浮现在我的眼前,尤其是每当我在书店转悠的时候。可惜她的芳名我至今还不知道呢!

2012 年 4 月 10 日于西港雅苑

榆林变了

2012年7月6日,当航班飞临榆林机场上空时,凭窗俯视,当年光秃秃的戈壁沙漠披上了片片绿衣。走进机场的候机室,一盆盆绿植将候机室装扮得温馨如家。走出候机楼,满眼翠绿,一排排杨树、松树、槐树、柏树,一行行冷杉、白蜡、垂柳,成片成片的三叶草、金叶榆、景天,与蓝蓝的天、淡淡的云、柔柔的风交相辉映,让人好不惬意,真有"天蓝地绿惹人醉,直把塞上当江南"之感。

2005年4月榆林新机场建设前,我曾随上级领导来过此地。记得车队从榆林市区出发向北一路开来,扬起漫天黄沙。车子无法进入沙漠中的场址,一行人只好步行,但风沙太大,无法继续前行,时任陕西省省长的陈德铭只好用望远镜顺着项目筹建组负责人手指的方向瞭望场址。为了抓拍当时的画面,我不小心将相机的镜头盖掉进了沙漠中,镜头盖瞬间被流沙淹没不见踪影。7年后,沙漠变成了绿洲,还建起一座花园式航空港,叫人怎么能不感慨万千,谁又能说沙上不能建"塔",流沙不能变"金"!

榆林绿了,我急切地想看看榆林城是不是也变了模样。翌日,我和同事来到榆林市区的制高点镇北台。登临台顶,放眼四顾。向南眺望,高楼林立,一座现代化新城已崛起,"能源新都"尽展风姿;东西两侧绿树林立,郁郁葱葱;向北望去,林海莽莽,榆溪河在夏日阳光的照耀下波光粼粼。遥想25年前的1987年,我第一次来到镇北台,四周荒草萋萋,破败凋零，镇北台以北更是"大漠孤烟直"的苍凉。如今可谓地覆天翻，换了人间。导游兴致勃勃地向我介绍，这是政府"退耕还林、退牧还草"的结果。我笑着对导游说："以后跟游客介绍时再加上一句'航空林播功不可没'，这里也有民航人的功劳啊！"一句话说得导游开怀大笑，连声说："好、好，是、是。"

榆林富了，富得流油。富得你在大街小巷到处都可以看到宝马、路虎、奔驰；富得你在婚宴的餐桌上想吃素菜都难，盘盘都是大鱼大肉；富得机场附近的村民为了体面，上下班开着几十万的小车在机场干清洁工。这还不算什么，去年夏日的一个夜晚，在机场附近的庙会上，我看到戏台子底下横七竖八摆着成百辆乡亲们开来的宝马、奔驰之类的小车，好多人站在车上看戏，看到高兴处还手舞足蹈，全然忘了脚下踩的是宝马、奔驰，心疼得我直愣愣地看着眼前的景象发呆。想着自己小时候在关中老家骑在墙头、坐在树杈上看戏，想着自己十几年来把捷达当宝马一样爱惜地开着养着，心想榆林人可真是富了。榆林人富了，但榆林人对"富"字有着独特的心理感受，不愿意听别人说自己"暴富"，认为这里面缺少智慧；似乎也不愿意听人说"致富"，认为这里面没有体现出富的"神速"。在从榆林通往神木的高速路上，我看到一个广告牌上写着"大富之后尽享曲江豪华别墅"，不禁为广告商拍手叫绝。"大富"——这对榆林人是多么好的心理定位和文化定位啊！

榆林净了，如今来过榆林的人，都说榆林的空气在阳光下明净透亮，看不到尘埃和杂质，呼吸起来清新爽肺、沁人心脾。走下飞机的旅客出了候机楼都说榆林的天净、气净、地净，都会深深地吸几口榆林的空气。那些从雾霾都市乘机回到榆林的人出了候机楼不约而同地都会说一句："终于呼吸到榆林的空气了，走遍大半个中国，还是榆林舒服啊！"

榆林绿了、净了，富了、美了，榆林人的精神追求也更高了，榆林人不仅在想方设法保护镇北台、统万城、红石峡、二郎山这些历史和自然文化，还在加快开发杨家沟、袁家沟等一批红色文化；榆林人不仅在节假日浩浩荡荡地乘机出去旅游，就是周末也要举家乘机去省城西安潇洒一番。榆林市仅有50多万人口，去年榆林机场的旅客吞吐量却突破了百万，达到中型机场的规模，可机场太小停不下那么多飞机。据说各方正在积极筹划机场扩建事宜，也许不久的将来榆林人从自己家门口出发就可以直达海内外遨游世界呢！

2013年3月19日于榆林机场

我的家乡是陕西

看到作文题目，我的心里一下子升腾起一股暖流，眼眶里溢满了盈盈热泪。我的家乡陕西，这块生我养我的土地，是我生命的根……

我从来没有像今天这样为家乡陕西感到骄傲和自豪。改革开放30多年来，家乡面貌发生着巨大变化，工业蓬勃发展，以航天航空工业为代表的国防科技工业在全国举足轻重；农业蒸蒸日上，杨凌农业高新技术产业示范区被誉为中国的绿色硅谷，在全国独领风骚；高新技术异军突起，西安高新技术产业开发区已成为我国投资环境最好、市场化程度最高、经济发展最为活跃的区域之一，已成为我国发展高新技术产业五大重要基地之一，已成为陕西最强劲的新经济增长极和对外开放的窗口；教育独树一帜，尤其是民办教育如雨后春笋，彰显了陕西教育事业的雄厚基础；文化绚烂夺目，以秦始皇兵马俑为代表的历史文化、以延安为代表的红色文化、以秦腔为代表的民俗文化、以华山为代表的自然山水文化、以楼观台为代表的宗教文化，以《平凡的世界》《白鹿原》《秦腔》《西京故事》等为代表的一批文学艺术精品，无不展示着陕西文化的博大精深和无穷魅力。

我从来没有像今天这样对家乡陕西的未来充满无限的憧憬。省委省政府提出了建设"富裕陕西、和谐陕西、美丽陕西"的宏伟蓝图，是实现中国梦、建设美丽中国在陕西的具体实践，体现了全体陕西人的意志和心声。建设"富裕陕西",体现了全体陕西人不再满足"老婆娃娃热炕头",而是致富奔小康,把钱包撑得鼓鼓的,把日子过得红红火火的;建设"和谐陕西",体现了陕西人不搞"窝里斗",而是要风清气正团结一致向前看,要让陕北、陕南同关中共同发展;建设"美丽陕西",体现了陕西人不再是"八百里秦川尘土飞扬,三千万秦人齐吼秦腔",而是要把自己的家园建设成乡人留恋、宾客向往的天蓝、地绿、山秀、水美的乐园。"三个陕西"的壮丽画卷,哪一个陕西人能不神往!

我愿把我一生的智慧和力量贡献给生我养我的故园——陕西。我出生在陕西周至楼观,巍巍秦岭给了我不屈的脊梁,滔滔黑河给了我宽广的胸怀,灿烂的三秦文化给了我事业腾飞的翅膀,是陕西的山水哺育了我,我没有理由不为我的家乡陕西付出我全部的心血和汗水,贡献我全部的智慧和力量。机场作为陕西的窗口,一举一动都代表着陕西乃至中国的形象。我们要始终树立"安全第一"的思想,始终把人民生命财产安全放在第一位,千方百计保安全、保稳定,为"和谐陕西"建设竭尽全力;我们要牢牢把握西部大开发和丝绸之路经济带建设的历史机遇,在省委省政府指导下打造临空经济区,加快空港基础设施建设,优化空港商业布局,不断提升服务水平,使空港成为牵引地方经济、吸附就业、拉动消费的重要经济增长极,为"富裕陕西"建设尽心尽力;我们要按照花园式空港的目标,把空港打造成"三季有花、四季常绿",集人流、物流、旅游、休闲、观光、购物等功能为一体的胜地,让空港成为"美丽陕西"的化身,"美丽中国"的缩影……

愿"富裕陕西、和谐陕西、美丽陕西"的愿景,通过我们每一个陕西人的勤劳、创造和努力早日实现。

2013年7月在西北大学参加高级政工师考试时的作文

高原之夜

从玉树回西宁，过了河卡镇就是一路坦途了，最多再有3个小时就可以到西宁市郊。

2007年9月15日，在玉树慰问完参建玉树机场的同事，我们一大早从玉树出发返回西宁。一路经通天河、翻巴颜喀拉山、过野牛沟，奇山异水美不胜收。激动中，我信笔写下了"长空蓝蓝、白云淡淡、雪山皑皑、牧场青青、湖水莹莹、牛羊群群、心灵空空、长路漫漫"的字句……

行至河卡山脚下时已是下午6点左右了，司机老李告诉我翻过前面的河卡山，再有半小时就到河卡镇了。说着便将车向山上开去（坡度约有60度）。我忙问："怎么不走大路呢？"老李说："前面在修路，不好走，得绕路。"看着眼前如此陡峭的山，我急问："这怎么能上得去呢？"老李笑着说："大家来回都这么走，没事，有四驱呢！"说话间，车已开到了半山腰。我的心跳越来越急促，手心都攥出汗来了。就在这时，我闻到一股焦煳味，问老李怎么办？老李说："现在不能停，再坚持一会儿就到山顶了。"心惊肉跳中我们终于到达了山顶。我长出了一口气，连忙让老李打开车盖，果然出了问题，但老李一时无法弄清原因。我问："能坚持到河卡不？" 老李说："问题不大。"就这样我们战战兢兢地到了河卡镇，找来修车铺的小伙子看个究竟。小伙子看了半天说："还是把车推到车铺仔细看看吧。"我们只好推了一里多路，把车推到了车铺，几个师傅开始车前车后忙碌起来。眼看天渐渐暗了下来，我催问师傅："怎么样，能修好不？"几个师傅几乎同时摇着头说："这车没见过，修不了。"我傻眼了，连忙问师傅："慢慢开着能坚持到西宁不？"师傅说："小心开着差不多吧！"我心想：这还有300多公里的路，万一车坏在前不着村、后不着店的路上，该怎么办呢？便让老李打电话告诉西宁的同事，我们一边开车慢慢往西宁走着，一边请他们派车来迎我们。

车开出河卡镇约30公里，彻底熄火走不动了。我想打电话告诉西宁的同事我们所处的位置，发现没有信号。想返回河卡镇，但回去的路是大上坡，几十公里的路怎么能推得动车子呢？我们只好原地等待西宁同事的救援。这时天已黑定，高原越来越静，只有车辆在我们身边疾驰而过，大都是从玉树回西宁的大型工程机械车。老李开始给我们讲夜幕下的草原上发生的一件件神秘的故事。偶然会听到刺耳的狼嚎声，身处这呼天不灵呼地不应的大漠之地，我不寒而栗。

已是晚上10点多了，还不见救援的车辆，我决定拦一辆车让一名同事随车到共和镇（距我们所在的位置约30公里）给西宁的同事打个电话。我们同行的5人站在路旁一次一次招手，但没有一辆车停下来，甚至连车速都不减。是啊！在这夜深人静的荒漠之地，谁敢在这里停车呢？何况又有这么多人在挡车，我心想自己身材矮小，由我一个人挡车也许会好些，于是我叫其他人上车。果然，不一会儿，一辆大车从我身边驶过约五六十米后停了下来。我兴奋极了，赶忙跑向大车，只见师傅下车后手里拿着一根铁棍，谨慎地问我出了什么事。我赶忙递上早已准备好的证件，请他帮忙修车。师傅走近一看，摇了摇头说："这车没见过，修不了。"我急忙说："能不能捎我们一个人到共和？"师傅连连摆手，头也不回地大步走了。

虽是9月，但这时的高原之夜温度已近0℃。我不甘心，穿上大衣，继续在路边向回西宁的车辆招手。已是晚上11点多了，车辆越来越少，开得也越来越快，有的甚至看见我招手还加快了速度。就在我几乎绝望的时候，一辆小车慢慢停在了我的身边。我急忙递上证件，说明缘由，师傅仔细看了证件又仔细打量了一下我，问是不是我跟着一块去共和。我说："我得在这看着故障车，让同事去。"这时，几个同事都走了过来，我指着同事小骆说："让他跟你们一块去。"司机一看有点迟疑了（因为小骆长得人高马大），但迟疑片刻他还是勉强答应了。我一看，小车副驾驶上坐着一位先生，后座上还睡着一个小女孩。我交代小骆打完电话立刻挡车返回，并连连向师傅道谢，小车瞬间消失在黑夜里……

已经凌晨1点了，计算时间小骆早应返回了，可是去共和的小骆却杳无踪影。我开始为小骆的安全忐忑不安，后悔怎么没看清小车的牌号，万一有个三长两短如何是好？再说，小骆身上还装着上万块钱的差旅费呢！我越想越怕，越想越急……时间一分一秒地过去了，我和同事分析着各种可能，祈祷小骆早点平安返回……

无奈间，大伙又开始分析车辆故障的原因，老李认定是水箱的问题，说是加些水也许能动起来……我们只好听老李的，开始找水。环顾四周，茫茫草原一片漆黑，到哪里去找水呢？正当我们一筹莫展时，不知谁说了一声："路基下方发亮的地方应该是水吧？"大伙一想有道理，可是不知水的深浅，且路面要高出两边的草场十几米，路基下方还有牧民们为保护草场架设的铁丝围栏，不好下去，我们只好手拉着手心惊胆战地慢慢接近"发亮"的地方。好不容易舀了半桶水传递上来，但水箱加水之后依然没有解决问题，大家只好继续等待……已是凌晨2点多了，还没有各方的消息，我在公路上焦急地来回走着，向西宁方向痴痴地望着，心愈加惴惴不安了……在这毫无音讯与世隔绝的时空里，我深深地体会到通信是何等的重要、什么叫"望穿秋水"……

月儿圆圆，繁星点点，静夜沉沉，万籁寂寂。就在我们被饥饿、寒冷、忧心煎熬之时，一束灯光忽明忽暗地由西宁方向逐渐向我们靠近，我忙问大家："这灯光是大车灯还是小车灯？"大伙看了半天，说："好像

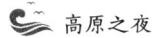

是小车灯。"我说:"如果没猜错,应该是接我们的。"我这么一说,大伙一下子兴奋起来。过了约半小时,果然车辆缓缓地停在了我们的面前。当小骆和西宁的同事走下车的那一刻,我的眼眶湿润了……

大伙二话没说便狼吞虎咽地吃起了小骆带来的肉夹馍。拖车还没有到,西宁的同事让我们坐小车先回西宁,我说还是拖着故障车一起回心里踏实……

后半夜的高原气温已是零下十几摄氏度了,实在冷得受不了,我们只好拔下路基下草场围栏的木桩,浇上汽油生火取暖……等拖车来到,拖上故障车回到西宁,已是清晨6点多了。我在同事的床上打了个盹,擦了把脸,便急匆匆登上7点15分回西安的早班飞机。

这一夜,我终生难忘……

2014 年 7 月 1 日于榆林机场

戈壁滩上的陕西乡党

我常常想起戈壁滩上的那几位陕西乡党。

2011年8月25日晚，慰问完参建西宁机场扩建工程的同事，我连夜乘火车赴德令哈，去看望正在参加德令哈机场建设的同事。

一上火车，我突感浑身难受，我猜想可能是高原反应，遂请列车员给个氧气袋。不料列车员说这是开往拉萨的车，过了格尔木才给氧气袋。同事帮着解释了半天还是无果而终，我只好平躺在铺位上忍受着。这时，一位身材魁梧、身姿英武的汉子走进包厢，在我的对铺一落座便说："首长，我们有缘同行啊！"我忙说："不敢不敢，我不是首长，能在一个包厢就是朋友。"他说："听你的口音咱们应该是乡党。你脸色怎么这么不好，是高原反应吧！"说着便拿起电话，请列车员拿氧气来。我不知他的身份，也不知他给谁打的电话，但没过几分钟，列车长、列车员、乘警等一大堆人推着氧气瓶来了，他们一边给我插氧，一边仔细询问我的感觉，列车长还反复说："首长，不好意思，有事尽管吩咐！"我也没多做解释，顺着他的话向大家表示感谢。列车长一行离开后，吸过氧的我轻松了许多，便和眼前的这位热心汉子聊了起来。原来这位先生姓陈，是格尔木解放军某部团长，曾在华山脚下某部服役十几年，说陕西是他的第二故乡，常对别人称自己是老陕，他刚才是给在西宁公安局当领导的战友打的电话。从西宁到德令哈约七个多小时的车程，我们一路天南海北、相谈甚欢。凌晨4点左右，车到德令哈站，我们两人仍意犹未尽，他一再邀我一定要抽空去格尔木看看。

出了德令哈火车站，站前只剩下一辆出租车，我和同事上车后发现车上还有一位女士。司机说："这会儿没车了，你们挤一挤，都是去市里的。"我说："都是出门人，没事。"车向市区走的路上，女士问："是陕西来的吧？"我说："是的。"女士说："咱们是乡党呢！"原来这位女士是西乡人，丈夫在德令哈武警服役，她随军到了德令哈，在联通公司工作。我说："陕南山清水秀，气候又好，是戈壁滩没法比的。"女士却笑着说："老家穷，没奔头，德令哈可不一样，矿产丰富，机会多，百姓富。再说我待在这里，我们家那口子也能安心。"说着说着，车子已到了我住的宾馆门口，临下车时，女士说："这里早晚凉，你们多注意保暖，想吃家乡菜就来找我。"我问："你丈夫怎么没来接你？"她说："今天他值勤，这里治安挺好的，也习惯了。"看着她独自一人远去的身影，我心想，做一个军嫂真不容易啊！

第二天用过早餐，我们乘车向德令哈机场建设项目部进发。在建的德令哈机场在德令哈市以南，距德令哈市约30公里，位于柴达木盆地东边缘，海拔近3000米。项目部的工作、生活用板房正在建造，资料室、会议室、餐厅、宿舍等分设在临时搭建的7顶帐篷里。每走进一顶帐篷，我都会为帐篷内整齐有序的办公生活环境所震撼，这在渺无人烟的大漠戈壁中是怎样的动人图景啊！正是热浪翻滚的仲夏季节，我见乡党们都穿着长裤长袖，问其原因，大伙笑着说："这里的蚊子吃人呢！"说着，一个个拉起裤腿，他们腿上全都是被恶蚊咬伤的疤，有的依然红肿。看着这一条条伤痕累累的腿，我的心不由得一阵酸楚，忙问："蚊子有这么厉害？"大伙指着远处停放的一架小型飞机说："那架飞机就是专门灭蚊子的，每年作业3个月（6月—8月），每天撒药300多公斤，主要用于德令哈市区。"乡党们一再提醒我，这里的蚊子毒性太大，咬伤了很难好，要注意保护好自己。看着眼前这野兽出没、狂风卷沙、恶蚊横飞的恶劣环境，我心想，人类在自然面前总显得如此渺小，又一想，两年后在这大漠之上将崛起一座现代化的机场，不由得对眼前的乡党们平添了几分敬意。

第三天一大早，按照和陈团长的约定，我们一行从德令哈前往格尔木。此行格尔木不仅仅是想看望"难"中相助的朋友，还有一个埋藏在心里的想法，就是想亲身感受、亲眼看看上世纪70年代父亲为了给社办药厂搞推销，孤身一人到格尔木经历了怎样一番困苦旅程。看着路两边连绵的石山戈壁，穿过"天上不飞鸟，地上不长草"的无人区，我便知道父亲当年一路是何等的艰难了……中午12点左右，我们到达格尔木近郊，但由于修路，车辆拥堵不堪，我们无法按时赴约，只好请陈团长一行先行用餐。下午2点左右，我们进入市区，简单用完午餐，我让司机去保养车辆，我和其他人一边与陈团长联系，一边乘出租车观光。和出租车司机一搭腔，便听出是乡党。我问："怎么跑这么远开出租呢？"司机说他是兴平人，一家三口原在广州打工，听朋友说这里出租车生意好，钱好赚，全家便都过来了。他打算明年再给儿子买一辆车，给儿子赚够盖房娶媳妇的钱就回兴平老家。从乡党轻松的语气中，听得出生意不错。我想：待他们回归故里时，一家三口的日子一定红红火火。

看着眼前这"半城绿树半城楼"的青海第二大城市，我这个外出游览喜欢了解历史的人，便问乡党司机："城里有什么名人故居之类的历史遗迹没有？"乡党说："有啊！有个将军楼公园。"他接着又补充说："那个将军还是咱们乡党呢，叫慕生忠！"我一听喜不自胜，连忙对同事说："打电话请陈团长在公园门口等我们，咱们先去拜拜这位将军乡党！"

将军楼公园位于格尔木市西北郊。不到10分钟，车便到了公园门口。走进公园不远处，一座小巧古朴的二层小楼映入我的眼帘，这便是传说中戈壁滩上方圆千里之内建起的第一座楼房，它开创了格尔木历史的新纪元。在将军楼旁有一座同时期修建的平房，是副楼，是将军曾经生活起居的地方。房间不对外开放，我只好透过窗户和门缝看，屋内是极其简朴的陈设。凝视着眼前的一切，我似乎看到了将军当年带领着千军万马"上盖冰雪被，下铺冻土层。熊罴是邻居，仰面看星斗"鏖战青藏线的壮烈场景；似乎看到了将军和他的战友们仅用了7个月零4天的时间，切断了25座雪山，打通了128公里的高原公路，作为第一个坐着汽车进拉萨的人脸上洋溢的骄傲笑容；似乎看到了这位被人称作"青藏公路之父""格尔木的奠基人"，生于陕北吴堡，却要求死后把骨灰撒在昆仑山上的乡党将军，对这片寄托着他凌云壮志的土地的无限眷恋。

从将军楼公园出来，陈团长一行已在大门口等候我们。在他的陪同下，我们走进团里的大棚菜种植园。我万万没想到，在戈壁滩上这样一座城市里，居然人参果、西红柿、黄瓜、南瓜、丝瓜、茄子等各种蔬菜水果应有尽有。仅西红柿就有4种，既有大红西红柿，又有红、黄、紫色3种小西红柿，鲜得叫人垂涎欲滴。偌大的大棚简直是花的海洋，美得让人心醉。陈团长一边给我们介绍着，一边让战士摘下各色西红柿、黄瓜、人参果等，待我们参观完，一盘盘干净鲜美的蔬果已摆在大棚绿色走廊的茶几上。我们惬意地品尝着，西红柿的口感各不相同，大红西红柿味甜汁多，小红西红柿甜中带酸，小黄西红柿酸而略带面感，小紫西红柿甜而肉厚。我好奇地问陈团长："怎么能把这些蔬菜水果在这样的地方种得这么好？"陈团长笑着说："都是战士们的智慧和功劳。"他自豪地说，这些菜不仅补充了他们团的军需，也为兄弟部队解决了很大一部分问题。这让我想起了在南泥湾"自己动手，丰衣足食"的三五九旅，所不同的是，那时是人拉犁种庄稼，而今是用高科技在大棚里种蔬菜，今非昔比，但精神却是惊人地相似。

临别时陈团长给我们装了一大箱蔬菜水果，当晚回到德令哈，我用陈团长送的蔬菜水果，请机场建设项目部的兄弟姐妹们美美地吃了一顿火锅。乡党们说，这是他们在戈壁滩上吃得最舒服的一顿饭。

2014 年 7 月 24 日于榆林机场

文化澳门

上世纪90年代初，当我第一次由珠海拱北口岸乘船环游澳门时，风和日丽的澳门呈现出一派明媚疏朗的色彩，古老的教堂、西洋式的炮台、灯塔、中西结合的民居，仪态万千，落落大方……

澳门回归之后，几次途经澳门，我都被澳门独特的气质深深地吸引……

穿行在澳门的老城区，脚踏白黑两色小方石铺成的狭窄街道，大三巴街坊、东方基金会会址、基督教墓地、圣安多尼教堂、议事亭前地、民政总署大楼等一座座保存完好的历史建筑群，巴洛克与阿拉伯风格杂糅、哥特式建筑与庙宇大屋顶相映，在阳光的揽照里熠熠生辉，让你时时能感受到扑面而来的南欧风情；而妈祖阁、关帝庙、那刹庙、郑家大屋、卢家大屋、亚婆井前地……这一幢幢传统的汉屋，让人顿生亲切之感，又不断提醒你这是一座有着悠久历史的中国小城。我在想，有了这些地标式的建筑物，澳门人就明晰了自己的来处和归途，他们不会改变中华民族身份的认同，也不会割断与母体文化的联系。

徜徉在澳门街头，看着一座座拔地而起、富丽堂皇的建筑，我对各式各样不重复的建筑流连难舍。那是浅粉红一面瓦式的，这是伦敦雾式的，还有如水滴石穿形的……建筑把人对财富的渴望、贪婪都表现出来，而人们在能望穿自己心事的建筑面前，反而变得服气、散淡。

中西交汇、兼收并蓄、融合共存，人和建筑相互说服，形成了澳门的独特气质，这是澳门文化的最大特色，也是最吸引游人的地方。

　　2005年7月，在南非举行的第二十九届世界遗产委员会会议上，澳门历史城区被列入世界遗产名录。澳门世遗景点作为历史建筑群，已不再仅仅是建筑，而是共同构成了澳门文化身份的象征。申遗的成功让原本有一定文化自卑感的澳门人，透过来自外界的肯定，提升了文化的自我认同，大大增强了澳门人的文化归属感。更值得称道的是，澳门人对世遗的保护令人刮目相看。据说，当年在得知半岛最高峰东望洋山下即将兴建的高楼，有可能遮蔽东望洋灯塔部分海岸景观，澳门民间人士组成"护塔联线"，写信给联合国教科文组织反映意见。特区政府响应民间诉求，签署批示，规定了东望洋灯塔周边区域兴建楼宇允许的最高海拔高度。由此可见，在澳门，对历史文化的保护意识已渗透到了民众的骨髓，成为一种文化自觉。对历史文化的精心呵护为澳门经济注入了新的活力，据悉，申遗成功后，澳门旅客的数量从2005年的1870万人次，直线上升到2013年的2900多万人次。

　　我想，一个地方除了文化，恐怕很难有其他什么东西有如此强大的时空穿透力了。

　　澳门便是如此。

2014年11月20日于榆林机场

深圳文明

服务业最能体现一个国家、一个地区、一个城市、一个单位的文明程度。

我有七八年没有去深圳了。今年春节和家人一起在深圳亲戚家过年，小住几日，所到之处、所见之人、所遇之事，无不让人感到温馨舒心，对这座昔日被称为"文化沙漠"的城市少了几分"铜臭"的印象，多了几分文明的记忆。

走出现代化的深圳机场，车行在南海大道上，路两侧绿色绵延，花海如潮，路中间隔离带的电线杆上挂的全是一串串红红的灯笼，没有了往日过节时的一幅幅广告。到了小区门口，保安一声"过年好"将你迎进大门。走进住宅楼的一楼大堂，物业管理人员对着我们鞠躬并又发出"过年好"的问候，顿时让我们有"到家了"的感觉。

大年初一，出门游玩，见亲戚给小区保安和物业人员发红包。我问何故，亲戚说这在深圳已经是寻常事了，顺口给我讲起了一件件平凡之人的平凡之事。我心想：这些好人好事会不会都是例外呢？

第二天全家去市区吃饭，驱车到酒店地下停车场，发现几乎各个路口都有保安引导，我们顺利地找到停车位；保安彬彬有礼地给我们拉开车门，同样的一声"过年好"引我们下车。那天亲戚忘记了事先订好的餐厅的楼层，问及保安，保安迅速将这栋20多层大楼用餐楼层的特点如数家珍似的一一道来，帮我们迅速确定了要去餐厅的楼层，这让我对保安周到的服务感叹的同时，也对深圳人过节给保安发红包的举动理解了许多。有道是物有所值，这种"管家式"的服务自然也是情有所值的。

一天晚上，我们去一个叫"海上世界"的地方用餐。这里人流如织，餐厅、咖啡厅、商店、艺术馆鳞次栉比。问了好几家餐厅，都已客满，但门迎小姐都会无一例外地告诉我们大概需要等多长时间，留下我们电话，并招呼我们在候餐区等待。食客满满当当的餐厅里，听不到也看不到大声喧哗、猜拳令酒的场面，看到的是家人或朋友围坐在一起亲切愉悦地交流的场景，这样的文明用餐以前也只能在国外发达国家见到。餐毕，许多人便会围拢在音乐喷泉四周静静地等待。19时30分喷泉开启后，伴着优美的音乐节奏，五颜六色的光束、魔幻般的水柱交替出现，人们不时报以热烈的掌声，美景与游人显得是那样的和谐有序。那天，为了完成每天一个小时的锻炼任务，我和妻儿步行回亲戚家，一路上不时会看到"车让人"的场面，这和内地许多城市"车挤人"的场面形成了鲜明的对照。我由衷地感到，深圳——这个改革开放的排头兵，经过30余年的发展，不仅物质文明日新月异，走在了全国的前面，人的素质也悄然地发生着质的变化。人们不光是钱包鼓起来了，精神也变得更加文明了。

在我们要离开深圳的那天早上9时30分，我和妻子专程去附近的西安餐馆，想吃点地道的家乡饭。餐厅的服务员正在收拾大堂，见我们进来便热情地招呼我们坐下，问我们要点什么。我说要两碗扯面，再炒两个素菜做一个汤。服务员说是早餐已毕，正在准备午餐，得等会儿。我说要赶飞机，最多等10分钟。餐厅老板听到我和服务员的对话后，立即过来对我说："您放心，马上做，不会误事的！"说罢便转身吩咐后厨领班，招呼其他厨师放下手中的活儿，集中为我们赶做饭菜。五六分钟后，饭、菜、汤齐刷刷地端了上来，我们品尝着地道的家乡味。感动之余，我问年轻的老板是不是陕西人，又问他请的师傅是不是陕西人。小伙子腼腆地回答:"不是,我们是本地人。"我心想:要是在内地,遇到今日之情形,恐怕要遭到"没到开饭时间,请到别处"的冷遇,被打发出门是大概率事件了。我好奇地问老板:"就我们这点简单的饭菜,赚不了几个钱,为啥要破例这样做呢?"老板说:"这不是破例,我们不会放弃每一位顾客,只有认真地对待每一位顾客,回头客才能越来越多,也才能赚得越来越多!"瞧!这就是深圳人的生意经,这就是深圳人的机遇意识,这就是深圳人的文明素养。

在回西安的航班上,我闭上眼睛,眼前浮现的全是这几天在深圳遇到的凡人乐事。就在我为这些普通人的文明行为思索究竟之时,乘务员送上了一张报纸,报上的一篇文章引起了我的兴趣。报载,深圳已拥有640多个公共图书馆、200多个城市街区24小时自助图书馆和跻身全国十大书城之列的三大书城,全民阅读早已是这座城市的生活常态。每逢休息日,或者是下班、放学后的休闲时间,遍布城市各区的书店及众多的机关单位的礼堂,都成为深圳市民购书、阅读、参与读书分享活动的场所。深圳市提出的"文化决定未来"这一理念、每年举办的"满溢书香,阅动鹏城"读书活动和年度十大好书评选活动,在深刻地影响着这座城市的每一个人。我忽然觉得似乎找到了今日深圳文明的答案,深圳释放出来的文化理念正在塑造着这座城市的每一个人的精神,塑造着这座城市的文明,塑造着这座城市的未来。这样想,眼前发生的这一件件文明之事便不足为奇了。

2015 年 8 月 21 日于榆林机场

孝　心

　　经常会听到人们对80后、90后、00后多有抱怨甚或诟病，认为他们中的大多数过于自我，不知道心疼父母。日前发生在我身边的几件小事，却让我对这些新生代心存感动，不禁要点个赞了。

　　一个春日的下午，风和日丽，大人小孩们闻着花香，看着绿色自由自在地徜徉在小区里的环道上。突然，我听到一个小女孩奶声奶气地喊道："爸爸，走路别看手机！"我抬头一看，前面十几米处一个扎着两条小辫的小姑娘，正滑着滑板车回过头来看着一名男子，这名男子头也不抬地看着手机，左右摇摆着向前走着。小姑娘见爸爸不理睬，停下滑板车，又大声喊道："爸爸，老师说了，走路不能玩手机，这样不安全！"这名男子嘴里"噢噢"应着，但依然没有放下手机。当我从小姑娘面前走过的那一刻，她正噘着小嘴，失望无奈地注视着她的爸爸……

　　一个周末的傍晚，我坐大巴从机场回西安，一个戴着高度近视镜的小伙，手里拿着一个酷似手机但又比一般手机屏幕大一些的东西，头也不抬地上车坐在了我的身边。车开动后，他额头紧贴在前面座椅的后背上，旁若无人地埋头玩着手中的东西，那东西不时发出"嗒嗒嗒"类似子弹射的声音，我想他拿的应该是游戏机吧。车行到渭河大桥，小伙子电话响了，他两手正忙着"枪战"，只好用免提对话，电话里传来一个男孩的声音："爸，走哪儿了？你再别打游戏了，你……""噢……噢……做你的作业!"小伙子不耐烦地回应着,没等男孩把话说完就把电话挂了,继续痴迷地玩着游戏。过了一会儿,小伙子的电话又响了:"爸,刚才我好像听到机子声音了,你肯定又在玩,你不要眼睛了!……"小伙子急忙用左手将免提取消,对儿子说:"没玩没玩,是别人在玩,好了好了……"说着又挂掉了电话。一小时后,车到了高新区停车点,大家都下车了,坐在里座的我也要下车,我轻轻推了推小伙子,小伙子这才抬起头揉了揉眼睛,收拾起游戏机……

一个细雨蒙蒙的早晨,从西安开往机场的大巴上,坐在我前面的一位约莫20岁的女孩,操着一口不太标准的普通话,小声地打着电话:"师傅,您9点把车开到交通职业技术学院门口,……好、好……"过了一会儿,又听女孩说:"妈,你出门了没有?车停在交通职业技术学院门口,司机是个女的,9点……"我这才知道,女孩是通过手机给母亲预约出租车呢。这时,女孩又说:"师傅,您的车号是多少?车是啥颜色的?……我妈上车后,麻烦提醒她给我打个电话……"挂掉电话,女孩又拨通了母亲的电话:"妈,车是红色的,车号是……千万别坐错车!你上车后别着急让车走,先给我拨个电话……"时间静静地流淌着,又过了10多分钟,女孩的电话响了:"噢,噢……妈,你坐上了……到了记着给我说一声,拜拜!"说话间,大巴到了机场候机楼前,在女孩转身下车的那一瞬间,我看到了女孩满脸欢欣的笑容……

2016年4月21日于咸阳机场

得失之间

戊戌年正月初八，正是走亲访友、万家团圆的日子。

晚饭过后，我像平日一样，绕着小区的花园散步，突然看到地上有一个小包。"刚经过的时候还没有，怎么就……会不会是谁设的套呢？"我突然冒出了这个想法，但瞬间被自己否定了；"会不会包里装有危险品呢？"出于职业的习惯，脑子里又闪现出这一念头，但很快也被自己否定了。那就应该是哪个邻居或串门的亲友丢的吧，于是我急忙上前捡起小包，沉甸甸的。为了慎重起见，我大声喊来不远处的小区保安，说明缘由后，请他打开小包。打开一看，里面有厚厚一叠百元人民币，还有银行卡若干，我想，失主这会儿应该是急得团团转了。我让保安再仔细看看里面有没有身份证或联系方式之类的，果然里面装有身份证。我和保安急切地通过小区的住户簿和微信群寻找失主，可查无此人。正当一筹莫展时，一位女士急慌慌地来到门卫大厅，我问是不是来找包的，女士满脸愁云顿时化为一脸笑容，连声说："是的，是的！谢谢，谢谢！"女士不好意思地说是她家先生酒喝高了，不慎丢失的。在反复核对相关信息，签字画押拍照后，保安队长将包交给了女士。在场的邻居纷纷给我点赞的同时，也不无感慨地说："现在当好人也不容易啊！……"

邻居的一番话，让我的心里有一种莫名的滋味，不由得想起了一些往事……

1986年，高考屡试不第的我终于金榜题名，满怀喜悦的父亲送我来西安上学。报过到后，我送父亲到西安市南门外汽车站坐车回家。送走父亲，我步行到竹笆市1路电车站乘车回学校，跟着拥挤的人群上车后我猛然发现，装在屁股后面口袋的钱包不见了，那里面有父亲刚给我的100元钱和120斤粮票，是自己一学期的口粮和费用。这怎么得了！我急忙叫师傅停车，师傅说只能在前面的广济街站下车。心急火燎的我在广济街站下车后，第一个想到的就是报案，恰好西大街派出所就在眼前。我跑进派出所，一个身材魁梧、约莫50岁的民警叔叔简单问完我的情况后，要我在前面带路，不要回头看他，他在后面跟着，到我上车的竹笆市站看看。到了竹笆市站，民警叔叔看了看说："人早跑了，你回所里登记一下，先回学校，等抓到人了，会到学校通知你的。"尽管钱包没有找到，但初来乍到、刚到城市两眼一墨黑的我，仍然十分感激这位民警叔叔，他在我报案的第一时间能来到事发现场给我壮胆助威，让我感受到了这座城市的温度，也让我感受到了警察的正义。身无分文的我茫然地走了一个多小时回到了学校，报告班主任后，学校紧急救助了我30斤粮票、27元钱，帮我度过了刚入校门就遭贼窃的艰难时刻。

2004年夏日的一个午后，我和妻子开车到西安市劳动南路电子市场去修电脑，妻子抱着电脑到市场里的店铺找人维修，我停车在马路边等候。这时，停在我后面的一辆卡车不停地鸣笛，我便下车看个究竟。等妻子修完电脑我们一同上车后，发现放在副驾驶座上我的小黑包不见了，包里装有许多重要证件、银行卡和钥匙。我第一时间先拨打银行电话挂失，然后沿着来时的路线一边回忆一边寻找，却毫无踪影，只好回到家里。夏日的雷雨说下就下，使我郁闷的心情越发烦躁。这时，我的手机突然响了，一个紧张而急促的小伙子的声音传来："你是记者廉涛？我们捡到了一个黑包……我声明包不是我偷的，我看你是记者，想着记者是好人，我才给你打电话的……"我连忙说："谢谢，谢谢！你在哪里？我会酬谢你的，我只要里面的证件……"对方又再三强调他们是3个人。约好见面地点后，我细细一想，觉得事情蹊跷，为了安全起见，我便叫小区的一位朋友（朋友是警察）一同前往。到了约定地点，却不见人，正纳闷时，电话响了，是先前通话的那个小伙打来的，环视周围，看见不远处3个小伙正在电话亭打电话，声音是和我通话的同期声，我断定就是这几个年轻人，便快步走了过去，轻轻拍了一下一个小伙的肩膀，不料吓得几个小伙子扔下电话拔腿就跑，我连忙说："不要跑，不要跑，我是来谢你们的……"小伙子们半信半疑地停住了脚步，我连忙上前说："你们能还我的包我十分感谢，本想请你们吃顿饭，可下着大雨，给你们300元，你们自己吃吧……"这时，一个小伙从内衣里取出了黑包，递给了我，我打开一看，除了钱和一支钢笔，其他证件都在。可小伙迟迟不敢接我给的300元钱，这时，在我身后的朋友掏出警官证大喊一声："把钱拿上！"吓得小伙子们连声说："叔叔，包不是我们偷的，真不是我们偷的，是我们从网吧捡来的……"朋友说："让你拿上就拿上，哪来那么多废话！"其中一个小伙颤抖着手接过钱，便和同伴一溜烟地跑了……事后，朋友问我："包里的钱他们都拿了，你为啥还给钱呢？"我说："这些证件太重要了，要不是记者证，说不定人家还不给还包呢。还了，说明这些孩子还是有善心的。"

2006年秋天的一个周末，我和朋友在西安市钟楼附近一个餐馆用完午餐，离开餐馆一个多小时后才发现随身带的小黑包不见了，急忙返回餐馆，前台服务员见我急匆匆地进来，双手把包递给了我，说："您不来，我们就准备给您打电话呢。"我连声道谢，服务员俏皮地说："您是记者，谁捡了包都会给的。"这话说得我心里暖暖的……

想起这些曾经的失与得，不正是人生"得"与"失"的活教材吗？

天道酬德，感恩生活，它会教给你一切的……

2018年5月10日于海珀香庭

巴 马

2017年春节，妻子提议出去转转，我说去哪里呢。她说去巴马吧，并一再强调巴马是世界长寿之乡，有好多百岁老人呢。我想，过大年去长寿之乡，沾沾长寿老人的福气，探究一下长寿的秘诀倒也是一个不错的选择。

大年初二晚上，乘机到南宁小住一晚，第二天一大早驱车4个小时，中午抵达巴马县城。一下车，感觉这里的空气非同寻常的清新，导游绘声绘色地给大家介绍说，巴马位于云贵高原的南麓，年均气温20.4℃，空气湿度相对平衡，尤其空气中的负氧离子，平均每立方厘米达3万个，是大城市的近百倍，而负氧离子号称空气维生素，对呼吸、血管、神经系统都有着良好的作用。如此说来，到了巴马，就等于到了一个天然大氧吧了，难怪呼吸起来觉得格外舒坦。

午饭时分，十人一桌，十菜一汤，两荤八素，荤菜是当地的鱼和鸭，素菜是自家种的萝卜、白菜之类。无论荤素，做得都极为清淡，好多游客实在耐不住便开口问服务员要盐了。汤是用当地特有的火麻为主要原料做的，据说火麻含有大量的微量元素和丰富的不饱和脂肪酸，长期食用，对高血脂、糖尿病有明显疗效，还能起到延缓衰老的作用。因此，当地有谚语道："天天吃火麻，活到九十八。"火麻成为当地人必备的食品。老板娘一边热情地上菜一边细声细语地说："大家多喝些汤，我们巴马的水为弱碱性小分子团水，能维持血液和体液的酸碱平衡，人体细胞容易吸收，可养人了……"听起来，老板娘好像是个营养专家似的，但大家还是在半信半疑中不由自主地多喝了几大碗汤。

午饭过后，我们乘船来到一个叫百鸟岩的地方。船从洞口划入，哗哗的水声和溶洞的幽暗，一起撩拨着我们的心。过一阵，洞顶会有一个自然的天窗，透进光来，就像点了天灯（怪不得当地人也叫"百鸟岩"为"水波天窗"），如此三明三暗，黑白轮回，阴阳交替，如历三天三夜。置身其中，入梦出梦，听鸟鸣水滴，赏波光幻影，仿佛亲临《西游记》中的龙宫。岩内空气清新，乘船吸氧吐纳，顿感心旷神怡。

正当大家沉醉之时，导游说前面的百魔洞大家会更喜欢呢。果然，百魔洞内石笋、石柱、石幔千姿百态，暗洞、奇山、天坑让人目不暇接。在洞的中央有一块开阔地带，许多人坐在石凳上闭目养神，原来这里是当地的磁疗中心。导游说，巴马地处地质断裂带上，地磁达0.4~0.5高斯，这个地方更高达0.9高斯，要比一般城市地磁高3倍多（一般城市地磁为0.25高斯），这种高地磁能改善睡眠，增加睡眠的深度。洞顶居住着瑶民，就在我们从洞里向洞口返回的路上，正好看见一位瑶族大妈身背一个大篓，两手提着两个大袋子，沿着陡峭的石阶迎面向我们走来。我赶忙上前去搀扶大妈，大妈连声说："不用不用，我行我行。"看着大妈目光炯炯有神，面色细白红润，又看看背篓里满满的木耳和手提的两袋子东西，我敬慕地问："大妈今年高寿？""92了。"大妈的声音是那么清脆悦耳。我先是半信半疑，可仔细一想，这在长寿之乡也许真的不算什么。为了不影响大妈赶路，我赶忙和大妈道别。目送着大妈稳健的背影，我不由得投去了赞叹的目光。

我的猜想很快得到了验证。就在离百魔洞不远的八盘屯，你随处可见挑水、打柴、放牛、耕田、负重行走或摆摊做生意的老人，随便一问都是八九十岁了。仅百岁以上老人，这里就有十几位。我们走进一位姓罗的百岁老人的家里。看到我们，老人便起身热情地招呼我们坐在木凳上。看着老人硬朗的身体，我抓紧请教秘诀，老人乐呵呵地说："不与人争，知足常乐。"然后老人给我们背起了当地的"三七养生"民谣。从吃饭、穿衣、睡觉、锻炼，到做事、待人、休养，句句都充满着朴素的辩证法。看到堂屋正中摆放着一口寿枋，我问家里人这是什么意思。家里人告诉我，在巴马，有给60岁老人备棺的习俗，儿孙们为了消除老人的后顾之忧，使老人能安享晚年，往往在老人的要求下，请木匠来家里制作寿枋，老人天天看着为自己置备的寿枋，习以为常，便易忘却生死，逐渐形成一种豁达乐观的心境。在这里，人们普遍的意识里，寿枋是一种吉祥物，是一种好兆头，寓意着"官"和"财"，放置堂中，向人们彰显着这个家庭的恪守孝道、长幼有序、和睦康宁。我不禁想起当年父母在世时，要求我们儿女给他们制作寿枋的情形，更觉得父母达观的可贵了……

据当地老人说，在巴马还有一种为60岁老人"补粮"的习俗。补粮仪式上，儿孙们把准备好的粮食、物品放到补粮桌上，一边唱着祝寿歌，一边请道公把这些献来的米、钱和延寿的意愿信息传递给老人，让老人增粮、增寿。看到儿孙们为自己的健康长寿所做的努力，老人们在心理上得到安慰，有病不惧怕，无病心宽敞，便能安然养生了。

巴马人长寿，不仅是因为这里天然独具的宜人环境、素食为主的饮食结构、常年劳作的生活方式、孝敬老人的社会风尚，还有乐观向上的美妙歌声呢。

就在来到巴马的当晚，住在酒店里的我们被远处传来的阵阵歌声所吸引，循着歌声的方向，我们顺着人流来到巴马县中央广场。好家伙，这里人山人海，一片歌的海洋。男女老少都穿着节日的盛装，各自七八成群地围拢在一起，对唱山歌呢。我好奇地穿梭在人群中，想弄清楚他们都在唱些什么、对歌有什么讲究。看着他们个个双眸里闪烁的深情、脸庞上洋溢着的幸福，听着他们甜美的嗓音、天籁般的歌声，我沉醉了……

趁着唱歌的间隙，我急忙向一位老人探寻个究竟。这位长者告诉我，壮族人每逢佳节或是重大节庆活动，都会以对山歌的形式来相互交流、增进感情。以前山歌会是青年男女交结朋友、找寻有缘人的重要活动，现在的山歌会内容和形式都发生了变化，不再仅限于交朋友，而成为人们了解对方生产生活情况，歌唱和期待美好生活的重要形式。我好奇地问："怎么男女老少声音都这么好听，张口就唱呢？"老人笑了笑说："壮族人从呱呱坠地听摇篮曲，到生命结束时为死者演唱哭丧歌，一生都是在歌声中度过的……要是遇到节日，百里之外的人都会骑着摩托车赶来通宵对歌呢。"原来，遇事即歌，以歌述志，以歌传情，在壮族已成习俗了。我说："您红光满面，看上去也就60多岁吧。"老人哈哈大笑起来，随后说："89了……饭养生，歌养心，我这不算啥。在巴马，比我高寿的人多着呢……"

那天晚上，深夜回到酒店的我，满脑子都是唱歌的笑脸，满耳朵都是动听的歌声，一夜未眠。我想，天天生活在歌声中的人，又怎能不长寿呢……

据说，国际自然医学会1991年已将巴马确认为世界第五大长寿之乡，不仅认定巴马是世界长寿率最高的地方之一，而且是目前世界五大长寿之乡中，唯一一个百岁老人呈逐年上升趋势的地方（据报道，目前已有近百人）。然而，最新统计数据表明，每年到巴马的游客已过500万，仅候鸟人群就有10万之多。大量的游客和候鸟人的拥入，使巴马的环境、基础设施面临着前所未有的压力。我们游览的过程中，看到巴马正在开山凿石、大兴土木。我担心，巴马这位多年躲在深闺的少女，在向世人撩开神秘面纱之后，这些长寿的和谐音符，会不会变得越来越憔悴不堪呢？

2018年6月8日于海珀香庭

樱花时节忆江城

2017年金秋的一个午后,我踏上了南下武汉的高铁。

终于要到这座九省通衢的革命之城、历史之城去看看了,望着窗外金色的原野,我的脑海里不断闪现着黄鹤楼、武昌起义、武汉长江大桥、武汉大学……这些武汉的历史标识。

我习惯性地从随身包里取日记本,但发现忘带了,便问妻子带没带纸,妻子翻了半天,也没找到。这时,坐在妻子旁边的小姑娘说:"我有纸。"说着便起身从行李架上取下自己的挎包。挎包比较大,装满了东西。小姑娘把包放在过道,一件一件取出压在上面的物品,在包底取出一沓纸,双手递给我,再把物品一件件装回包中。妻子拿出苹果与我分吃,我说给小姑娘一个。小姑娘笑着接过苹果,却递给了过道另一侧的两位长者。我想这一男一女的两位长者应该是小姑娘的父母吧,小姑娘真孝顺,难怪人们都说女孩儿是爸妈的小棉袄呢!我对小姑娘说:"不知道你爸妈在。"小姑娘笑着说:"是我的领导。"妻子又取出一个苹果给小姑娘,小姑娘不好意思,再三推辞。我笑着说:"你给我的纸可比苹果重要多了。"小姑娘这才双手接过了苹果。在闲聊中,得知她们一行是武昌审计局的,来西安参加高校招聘会。一路上,小姑娘热情地给我们介绍武汉的看点。临别时,还一再叮咛我们一定要吃一碗武汉的热干面。

第二天一大早,我们首先来到位于武汉东湖风景区的湖北省博物馆,参观了世界上最大的青铜乐器曾侯乙编钟、我国冷兵器时代的翘楚之作越王勾践剑等稀世珍宝，观赏了气势恢宏的编钟表演。随后来到东湖，走进东湖大门，"东湖揽胜"4个大字刻于巨石之上，格外醒目。乘舟于东湖中，"揽胜"二字可谓名副其实：屈原曾在东湖"泽畔行吟"；楚庄王曾在东湖"击鼓督战"；刘备曾在东湖"设坛祭天"；李白曾在东湖作诗题词；张之洞曾下令修建隔断东湖与长江的武金堤和武青堤；毛主席曾视察东湖44次，并把东湖誉为"白云黄鹤的地方"……看着眼前的这些历史遗迹，听着清波拍岸发出的哗哗浪鸣，不知不觉天色向晚，路灯亮起，我们便在武汉大学旁边停船上岸。按照计划，我们打的前往长江码头夜游长江。师傅热情地招呼我们上车，车行大约10分钟后，师傅问我可不可以在前面接一个人，我以为是拼座，便问："接什么人？"师傅急忙说："是我老婆，她刚收工，两个孩子等着她回家做饭……"我说："可以，可以。"车拐了一个弯，只见前面路边站着一个背着挎包的中年妇女，车停稳后，妇女拉开车门，笑着向我们连连致歉："不好意思，不好意思，耽误你们了……"原来两口子老家在湖北咸宁，来武汉打工十几年了，丈夫开出租，妻子做家政，育有一儿一女，都在上小学。一家四口租住在40多平方米的单元房里，妻子今天一大早出门在武汉大学一个教授家做家政。我说："带两个孩子在城里打工不容易啊！"妇女说："咬咬牙，再干5年，买了房就好了。"她从包里取出水杯大口喝了几口，又说："让孩子从小在城里接受好的教育，将来孩子就不苦了……"说话间，她指着武汉大学说："将来孩子要是能上武大就好了。"说这话的时候，夫妻俩脸上都绽放出幸福的微笑，似乎一天的辛劳被这希冀一扫而光。车到长江码头已是傍晚7点多了，看着疾驰而去的出租车，这两口子勤劳善良苦中有乐的脸庞却萦绕在我的脑海……

　　来到长江边上，我不由感叹：哇！好壮美的长江夜景！我急忙购票登船。举目望去，武汉25公里的长江主轴灯光交错，变幻万千，奏出一曲曲光彩乐章。长江沿岸的黄鹤楼、龟山电视塔等武汉地标披着流光异彩呈现在眼前，横跨江面的长江大桥、长江二桥构成了武汉长江夜景的天然画框……就在我沉浸在这如梦似幻的美景中时，船上广播里说："长江大桥到了，请游客抓紧拍照，注意安全。"妻子说："抓紧合影吧！"可游客都在忙着各自拍照留念，我们不好打扰。此时，一位带着老人和小孩的女士看出了我们的无奈，她把手机交给孩子，对我们说："你们是外地来的吧，我帮你们拍，过了这里最好的角度就错过了。"女士是武汉一家中外合资保险公司的员工，她告诉我们，她经常带家人夜游长江，每游一次都会为武汉的变化多一分自豪，都会对武汉多一分爱。听说我们来自西安，女士一脸羡慕地说："那可是千年帝都，风物宝地啊！"临别时还一再叮咛我们："你们抽空去武大看看，我的母校，挺漂亮的。"

　　第三天一大早，我们便直奔武汉大学。古朴典雅的武大牌坊首先映入我的眼帘，走近一看，牌坊上"国立武汉大学"6个大字大气浩然，引来无数人驻足拍照留念。牌坊的背面写着"文法理工农医"6个篆书大字，更显示出这座百年名校的历史厚重。进入校门，刻有"自强、弘毅、求是、拓新"的校训巨石长卧中央，校训石的背后是一座长方形的花坛，数千盆色彩明艳的三色堇被摆成S形曲线，红黄相间，形似自由飘逸的彩带延伸向校园深处。位于东侧的"汉林五景"清新宜人，樱花、桂花、梅花等植物形成的"逸静清新""百年树人""三阶韵景""文澜石趣""九曲花坡"五大景观，花草相伴，曲径通幽。"武大之美，在自然；武大之盛，在人文"。位于珞珈山腰的"十八栋"就是武大最具人文特色的地方，栋栋英式田园别墅，青砖红瓦，隐现于老藤与古树的臂弯之间，各具特色。周恩来、郭沫若等许多名人曾居于此。从"十八栋"沿枫园路下坡走约半小时，我们来到武大另一标志性建筑——行政楼前。站在楼前的体育场中央，举目望去，行政楼坐落在两座火石山之间的凹地上，风格中西合璧，蔚为壮观，在苍翠的珞珈山上形成了一幅镶嵌画，使原本平缓的山体陡增钟灵秀气。从行政楼向北步行约10分钟，便到了武大最美的樱花大道。这条600米长的马路北侧植有上千株日本樱花、山樱花等10余种樱花树，每年3月中下旬到4月上旬，这里人流如织，人们流连观赏，如醉如痴。武大也因此享有"三月赏樱，唯有武大"的美名。虽然这时不是花季，但我们依然按捺不住慕名之情，拍几张与樱花大道的留影。从樱花大道向北拾级而上，便来到位于狮子山顶的武大老图书馆。武大图书馆以其历史悠久，藏书丰富，建筑宏伟，环境优雅而闻名于世。想当年，自己高考时曾报考武大图书馆专业，却未能如愿，今日目睹其风姿也算圆了当年之梦。时针已指向下午3点，我们便在图书馆旁的石凳落座小憩，这时坐在一旁木椅上的两个女生起身给我们让座，说是木椅有靠背，舒服些。看着两个懂事的孩子，我们便聊了起来。原来这是一对表姐妹。姐姐是荆州人，在武汉湖北经济学院上大三；表妹是武汉市人，在读高三。姐姐十分腼腆，而妹妹和我们聊起来却像熟人一般。我问妹妹高考的打算，她先是做了个鬼脸，然后俏皮地说："我今天就是来看我的目标的。"姐姐忙帮着说："她学习可好了，在武汉最好的中学上学呢，一直都在班上名列前茅。"我说既然如此，为何不报北大清华呢？妹妹嘴一撇说："北大清华有啥稀罕的，在我心中武大最好。"我听完笑着说："西安也有许多名校，你也可以考虑。"妹妹说："西安气候没武汉好，离家太远了，想妈了没办法。"妹妹大眼睛，圆圆的脸，歪戴着帽子，像个小男生，说起话来语速很快，挺逗人的。我对妹妹说："凡事要从最坏处着想，向最好处努力嘛……"我问姐姐的打算，姐姐说想听听我的建议，我说："你上的大学一般，要想谋个好职业还得深造，要么国内读研，要么出国读研。"姐姐说家里经济条件不允许出国，我说那就横下一条心，在国内考研。姐姐说自己英语不行，我说："语言这个东西只要下功夫就能掌握，抓紧补嘛……"2019年中秋，姐姐给我发来节日问候的信息，说她已考上研究生，特别感激那天在武大我对她的点拨，使她有了方向和目标，也更加自

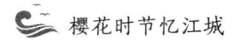

信；还说她和考上华中师大的妹妹商量要来西安看我们呢……

  离开武汉的当天，想看的很多，但还是决定把最宝贵的半天时间留给黄鹤楼。早上9点刚出酒店门约500米，却突降暴雨。我们只好在辛亥革命博物馆附近广场的停车场保安岗亭躲雨。岗亭是一个直径约莫2米的布伞，保安师傅看到我们全身湿透了，一边招呼我们朝伞里站，一边打了把小伞朝停车场走去，只见师傅一一仔细地检查着停放的车辆，回来时已成落汤鸡了。我对师傅说："等雨停了再检查嘛。"师傅说："有规定，每40分钟巡视一次，再说雨这么大，万一哪个车进水了也好及时采取措施。"我从心底为师傅的敬业精神点赞。过了一个多小时，雨慢慢小了下来，我们急忙向黄鹤楼奔去……登临黄鹤楼顶，当年诗人"昔人已乘黄鹤去……烟波江上使人愁"早已湮没在浩瀚的历史长河中，如今的黄鹤楼已成为纵览武汉日新月异时代变迁的绝佳之处了。

  最是一年春好处，樱花时节忆江城。在今春新冠肺炎疫情肆虐的日子里，我曾短信联系两年前那几位素昧平生却热情真诚待我、信任我的普普通通的武汉人，有的安然无恙，有的至今杳无音信。我只能默默地为他们祈福，愿他们的生命依然像樱花一样美丽绽放……

2020 年 8 月 6 日于海珀香庭

感受严寒

对于寒冷，我有着刻骨铭心的记忆。

1999年11月，我去哈尔滨参加一个企业文化研讨会。飞机飞抵东北上空，俯瞰大地，毛主席诗词"千里冰封，万里雪飘"的胜景尽收眼底，蔚为壮观。由于航班延误，迟到的我，直接被工作人员接进了会场。我发言完毕，主持会议的《民航管理》杂志姚总编问我："你就穿这身来的？"我看了一下自己，一身西服，打着领带，里面穿着白衬衣和毛衣，似乎并无什么不妥。他看我有些诧异，笑着说："会完，你在酒店门口站上五分钟感受一下。"我这才明白，他的意思是我穿少了。

会议结束后，我下楼到酒店门口。站了不到三分钟，我的嘴要正常开闭，颌骨似乎已不听使唤了。双眉上也结了一层霜，模糊了双眼，我真切地感受到了与西安不一样的严寒。回到房间，同室的广汉飞行学院的陈部长说："我带了两件大衣，给你一件，不过你还得在一楼超市再买些防寒用品，不然你没法出门。"有了在酒店门口的体验，我自然不敢马虎，便花了400多元在超市买了棉头套（套在头上，只露出两个眼睛）、手套、棉毛裤、毛袜、棉鞋，从头到脚，全副武装了一遍。

吃过晚饭，大家乘车一起去松花江看冰雕，看着大街上许多人穿着并不厚，有的穿着西服，有的连毛衣也没穿，我便不解地问哈尔滨机场宣传部的刘部长。他说："这样穿着的大都是哈尔滨当地人，他们习惯了。"

车到松花江边，只见江面上，冰雕冰灯构成了一个美轮美奂的童话世界，漂亮极了。刘部长说："给大家20分钟时间，抓紧拍照。"面对眼前的美景，来自全国各地民航的宣传部长们哪肯放过。大家纷纷说："20分钟怎么够啊？起码给1个小时么，好不容易来一趟。"刘部长笑着说："你们先拍拍试试……"我心想，只有20分钟的时间，不能走远，便到附近的冰雕跟前准备拍摄，谁知拿起相机要拍摄时，镜头瞬间蒙上了一层霜，快门死活也摁不下去，一张片子也没拍成。尽管自己已是"全副武装"，但依然冻得发颤，连忙返回到车上。没多会儿，其他人也陆续回到了车上。从下车到上车前后不到10分钟，大家会心一笑，都说真的没想到这么冷，手里的家伙不听使唤，没法拍，只能饱饱眼福了（据媒体报道，当天哈尔滨气温零下37.5℃，是哈尔滨多年来少见的低温天气）。

当晚，我们乘火车去俄罗斯，天亮时，到达黑河口岸。顺利通关后，乘大巴过黑龙江前往俄罗斯布拉戈维申斯克市。大巴车行驶在黑龙江冰面上，我的心揪成了一团。心想：这冰层何以能承受住这么重的大车碾轧，万一冰裂了如何是好！车在冰面上行驶了约20分钟后顺利过江，我急促的心跳才舒缓下来。导游给每人发了3块巧克力，一再叮咛："下车后，会有俄罗斯孩子要巧克力，甚至会动手从你的口袋里掏，大家要做好准备，每个景点发1块，不要一次发完……"我们的车刚停稳，果然一群孩子立马围在了车门口，急不可耐地伸手要巧克力，有的直接向我们的口袋伸手。看着眼前的景象，看着这一双双稚气无邪的眼睛，我不禁感慨，苏联——一个泱泱大国的国民何以沦落到今天的地步？当时苏联已经解体，俄罗斯正处于百废待兴的艰难时刻，人民正经历着食品严重短缺的苦难，街头随处可见流浪的儿童。在这些孩子眼里，中国人是富人。在酒吧、在商店、在剧场，随时可以看到俄罗斯人对中国人投以羡慕的目光。

在回程的火车上，我已出现严重感冒症状。到了哈尔滨，我直接从机场乘机回西安。在回到家里长达半年的时间里，身上总觉得不对劲，先是吃药打针，但不管用，到医院检查也查不出问题。后来，一位中医把脉后告诉我："你这是寒气所致，可能是去高寒地区，冻坏了身体的机能，无须吃药打针，多蒸桑拿，好好调理数日，慢慢恢复即可。"遵医嘱，大半年后，我的身体才没有了异样的感觉。此后的冬天，我再也不敢去东北了……

同样是严寒天气，但在不同地域却有着不同的感受。

2007年9月，我到青海玉树慰问完员工，在返回西宁时，过了河卡镇，车子彻底坏了，时已天黑，我们一边拦车，想让师傅们帮忙修车，一边等待西宁的同事前来救援。不知不觉已到了后半夜，气温降至零下十几摄氏度，没想到9月的高原之夜会这么冷，穿着大衣依然感到寒气袭人，此时的我们个个饥肠辘辘，远处不时还传来狼群的嗷呜声，更让我们不寒而栗。直到凌晨2点多，西宁的同事赶来才解除了我们饥寒交迫的困境。

2012年，我在榆林机场工作时，腊月的一天晚上突降暴雪。对于机场人来说，雪情就是命令，必须尽快组织员工进行除雪作业，确保飞机在站坪和跑道的正常运行。榆林的冬天，风像刀子一般，在没有任何遮挡的机坪上，风搅雪更是寒彻透骨。我发现一名员工只戴了一只手套在扫雪，便将自己右手的手套给了这名员工。那天晚上，大家在零下30多摄氏度的机坪上清扫积雪4个多小时。第二天，我感觉右手不对劲，抓东西吃不上力，后来连拿筷子都成问题，便到医院进行了检查，医生了解完情况后说："这只手冻伤了，没有什么好办法治疗，给你开点药，每天晚上给热水盆里放少许，将手泡15分钟，1个月后可能会渐渐好转。"按照医生的叮咛，我坚持了两个多月，右手才逐渐恢复了正常功能。

有了这几次感受严寒的经历，我对"敬畏自然"有了更深切的体悟……

2020年12月25日于西安咸阳机场

杏柿沟

从黑河出口处向东第一条沟（也叫"峪"）叫黄池沟，据说高迎祥曾在此饮马练兵。黄池沟东边是铁梨沟，因铁树梨树繁茂而得名。由铁梨沟再向东就是我儿时经常玩耍的地方杏柿沟了。

我家离杏柿沟口约1公里，每到春天，站在家门口向南望去，七彩缤纷的花儿漫山遍野地开着，尤以杏柿沟两边山坡上的杏花和柿子花成片成片的最为耀眼，最让我心醉了。

对儿时的我来说，最渴望的还是夏天和秋天了。每到夏天，杏柿沟口李子园的李子熟了，满树紫红紫红的李子，叫人眼馋。我和小伙伴们放学后，会趁着园子主人不注意潜入园中，用石块砸向树干，捡起震落在地上的李子，撒腿就跑……但大人们常说："李子树下埋死人呢，不能多吃！"于是，杏柿沟东坡孙二家房前那黄澄澄的杏就成了我和小伙伴们的"主攻目标"。周末，我们几个小伙伴会趁着午后大人们歇晌的时候，爬上200多米高的山坡，蹲在孙二家门前的坎底下，按照事先的分工，有的用事先准备好的竹竿小心翼翼地敲打杏树，有的在地上捡杏。一次，一个小伙伴爬到杏树上使劲地摇，杏像雨点似的掉落下来。我们正得意地捡杏的时候，不料孙二家的狗叫了起来，女主人边喊边朝我们这边走来，吓得树上的伙伴急忙跳了下来。我们一溜烟地向山下跑去。没跑几步，我就被一个大胡基绊倒了，心想，这下坏了，要挨揍了。我惶恐地看着一步一步逼近我的女主人。不料她扶起我,拍了拍我身上的土,比画着呜里哇啦说了一大堆(我这才知道女主人是个哑巴),顺手把3个大黄杏塞进了我的裤子口袋里,指着还在狂奔的小伙伴们,示意我赶快去追他们,我羞愧地边回头边向山下走去……原来女主人是我们村里的女子,在我还没有出生的时候就嫁给了孙二家的老大,按辈分我应该叫她姑姑。那时的我并不知道这一家人的苦。后来听家里人说,孙二家因家境贫寒,老二老三终生未娶,一家7口人挤在茅草棚的土炕上,一年四季盖一床破被,补了又补的衣服三兄弟出门还要轮着穿……想到我偷他们家的杏,心里有说不出的愧疚,此后,我便再也没有偷吃过孙二家的杏子了。前几年,听说"哑巴姑姑"的小儿子考上了大学,在西安城里娶了媳妇儿,在县城买了房;大儿子也进城打工,做起了生意,日子过得越来越好。只可惜"哑巴姑姑"和她的丈夫早已离世,没能看到这世事的变迁、家境的好转、儿子的出息。

杏柿沟的西坡比较缓,从沟底到坡上,以柿树居多,栗子树、桃树、苹果树、梨树也不少。每到天高云淡的秋季,我和小伙伴们便会爬上西坡的山崂,仰望在蓝天徘徊的燕子,指点炊烟袅袅的关中平原,远眺陇海线

2021年3月15日,《杏柿沟》一文在"美丽秦岭我的家"全国创作大赛中获奖,图为作者(右一)与颁奖嘉宾和获奖作者合影

上冒着白烟在绿色的原野上疾驰的火车，憧憬着外面的美好世界……上世纪60年代，农村的能源异常匮乏，生火做饭除了用地里的玉米秆和麦草外，就是上山砍柴了。村里人上山砍柴多在西坡，西坡的柴火几乎被砍光割光了，大人们只好到后山去砍柴。那时，人们还没有意识到乱砍滥伐会破坏生态导致恶果。1972年夏天，突降暴雨，山洪暴发，泥石流从杏柿沟一泻而下，漫过山下的干渠（黑河出山后向东的一条引渠），吞没了大片农田，村里人眼睁睁地看着却无可奈何……

西坡上的野鸡岭住着几户人家，那是砍柴人上山下山休息的"驿站"，也是每年大年初一鞭炮声响得最早、响得最长、响得最响的地方。野鸡岭的鞭炮一响，山上山下，方圆十几里新年的鞭炮声都跟着响。记得每年大年初一鸡还没叫，父母总会把我从熟睡中喊醒："野鸡岭放炮了，赶紧把新衣服穿上放炮去……"本想赖在热炕上的我，一听穿新衣服便一骨碌爬了起来。这些年过去了，我一直在思量，在物资极度匮乏的上世纪60年代，山里人连裤子都穿不上，但过年却舍得花钱买上好的鞭炮迎接新年的到来，这恐怕蕴含着山里人"爆竹声中一岁除""总把新桃换旧符"的美好祈愿吧。如今野鸡岭的几户人家，有的按照国家的扶贫政策搬到了平原上的小区，有的自己在平原上买了房做起了生意。留守在山上的人也因地制宜，过上了好日子，野鸡岭大年初一的鞭炮声仍然是附近响得最早的……

村里人说，现在大伙越来越明白绿水青山就是金山银山的道理，加之政府越来越重视秦岭的生态保护，新的能源也早已替代了柴火和麦草，谁还上山乱砍滥伐瞎折腾呢？如今，草木葳蕤、果林繁茂的杏柿沟成了城里人周末休闲娱乐的好去处，山下成片的猕猴桃园成了乡亲们的致富园。

2021年1月21日于西安咸阳机场

"七一"断想

"七一"一大早，我6时起床，6时30分开车前往单位，没想到平时这个时间段车辆行人稀疏的马路上车水马龙，人流如织。我想，大家应该都是急着去单位观看建党百年盛典吧。

到单位用餐时，同事冲我说："生日快乐！"我会意地笑着回应："生日快乐！"随后同事又下意识地问我："你哪天生日？"我说："就是今天。"同事半信半疑地说："当真？"我点点头、认真地说："真的！"同事连忙说："祝贺，祝贺，生日快乐，你今天是双喜临门啊！"

出生农村的我几十年来只知道自己的生日是阴历的五月十一日，并不知道出生那一年阳历是几月几日。大约是在10年前，一位同学在7月1日那天给我寄来了一个礼物，我打开一看，是一张做旧的1963年7月1日的报纸，还有一张贺卡，贺卡上写着"生的伟大，生日快乐"8个大字。我对同学说："我不是7月1日生日，不过还是要谢谢你的美意。"同学说："你仔细看看报纸的阴历。"我定睛一看，哇！原来我出生那一年的阳历7月1日正是阴历的五月十一日。我兴奋极了，自己与党竟然是同一天生日，这是多么值得骄傲的事啊！我十分感激这位有心的同学让我知道了自己阳历生日，尤其是感激这位同学让我知道了母亲生我那天正是党的生日。此后每到"七一"，尽管自己不过生日，但从心底总会涌动出节日的欢快。

会议室里已是座无虚席，佩戴着党徽的同事们个个精神抖擞，期待着电视直播的庄严时刻。随着中央电视台主持人身着盛装亮相，天安门广场庄严、神圣、亮丽、宏大的画面随之出现，《没有共产党就没有新中国》《唱支山歌给党听》《我们走在大路上》的歌声一浪高过一浪，响彻云霄……看着这激动人心的画面，我想起第一次去北京天安门的情景。那是1989年金秋，新婚不久的妻子在北京参加一个培训班，培训班结束时正值国庆节，妻子说："来北京看看吧。"于是我乘坐36次列车，用了十几个小时到了北京。一下车，妻子说："先到我们学员宿舍休息休息吧。"我说："不了，咱们先去天安门看看吧。"车过长安街，双向十车道宽阔的马路、一座座别致的建筑让我惊叹不已，这就是被誉为"神州第一街"的长安街，这就是自己从电视电影里看到的经常举办盛大阅兵和群众游行的地方，眼前的景物让我全然忘记了在火车上因没有座位一夜未眠的劳累，心中一遍遍赞叹，北京不愧为首都——祖国的心脏啊！站在天安门广场中央，凝视着人民英雄纪念碑，我的脑海里忽然闪现出小说《红岩》中许云峰、江姐的形象。《红岩》是我阅读的第一部反映共产党人英勇不屈斗争精神的小说。那时我正上小学三年级，一天放学后，我看见父亲拿着一本书皮已经很破烂的厚书坐在门墩上，正津津有味地看着，便好奇地问父亲："大，是啥书呀？"父亲边看边说："《红岩》，一本好书。"我说："能让我看看不？"父亲抬起头看了看我，说："明早给你看，这书是借别人的，只有一周时间。"第二天一大早，父亲通红着双眼把书交给我，说："抓紧看，别人来要就看不成了。"于是我利用课间和放学后的时间，3天看完了《红岩》，尽管那时对书中所蕴含的思想和精神理解并不深刻，但是许云峰、江姐在酷刑面前坚贞不屈、大义凛然的英雄形象却牢牢地印在了我的脑海里。至今，我仍然清楚地记得书中的一个接头地点：林森路318号安平人寿保险公司。2014年我去重庆出差，与同事专程去了渣滓洞和白公馆，狭小、昏暗、阴森、让人窒息的牢房，给江姐施刑用过的竹签等刑具，依然让人毛骨悚然、不寒而栗，我对视死如归的先烈们更是由衷地敬仰……

  仰望雄伟壮丽、金碧辉煌的天安门城楼，看着天安门城楼中央悬挂着的巨幅毛主席画像，1949年10月1日毛主席用他那浓重的湖南口音向全世界宣告："同胞们，中华人民共和国中央人民政府今天成立了！"如洪钟大吕的声音犹在耳畔，撞击着我的心，我仿佛置身于当年天安门广场沸腾的人群那忘情的呼喊、欢快的舞步之中……

  这时，电视画面里传来了百年庆典几位花季少年铿锵有力的朗诵声："请党放心，强国有我……"而后是天安门广场无数少年的复诵声"请党放心，强国有我……"这声音传向世界每一个角落，震撼着每一个中华儿女的心……作为与党同一天生日的我，心中除了充满自豪的滋味，我想，从石库门到天安门，从兴业路（望志路）到复兴路，百年沧桑巨变，中国共产党之所以能带领中国人民创造从站起来到富起来再到强起来的"当惊世界殊"的人间奇迹，一代代红色精神血脉的赓续传承，应当是其中的重要密码吧！

2021 年 8 月 26 日于高新一路 4 号

健步走

　　有时候，人的一种爱好和习惯的形成会有许多偶然的因素。

　　2003年，我在北京参加中国民航第十四期中青年管理干部研修班期间，班上有5名同学是飞行员出身。他们对体育锻炼极为重视，个个腰板笔直、身体硬朗、红光满面。那时候学院所在的北京望京地区正在大规模建设，马路宽阔、行人稀少。晚饭后，在这几位飞行员出身的同学带领下，我们便会沿着望京大道行走两三个小时。起初，我跟不上趟，走走跑跑才能跟上同学的步伐。一个月后，我紧紧巴巴地勉强能跟上了，如此，三个月后，晚饭后如不走路我就觉得缺个啥，浑身上下感觉不自在了……

　　按照计划，研修班后期还要到英国德比的RR总部学习45天。德比坐落在英国德文特河畔，是英格兰中部的一座小城。城虽小，但参加体育锻炼的人却比比皆是。周末的足球比赛会引来万人空巷，随时都可以看见跑步的男女老少，尤其是街头巷尾一群群滑板少年行云流水般的滑行、跳跃、旋转、翻腾等高难度动作，将年轻人积极向上、敢于冒险、自由与激情的个性展现得淋漓尽致，成为小城一道亮丽的风景。这样的运动氛围无时不在感染着我们，身处异国他乡，健步走便成了我们业余生活的重要内容。每天晚饭后，同学们便会沿着德比城外围，迎着落日的余晖，踏着绿茵茵的草坪，听着淙淙的流水声，望着参天的大树，绕行一大圈，十分惬意！

回国后，与我住的小区毗邻的西安市高新区唐遗址公园成了我最理想的健身场所。无论春夏秋冬，我都会沿着唐延路与沣惠路中间的唐遗址公园的林荫小道美美地行走。看着两边高楼如雨后春笋拔地而起，看着这里一天天变成了西安的金融大街，看着这里的白领蓝领如何引领着古城西安的时代风尚，看着这里所折射出的西安近三十年的沧桑巨变……外地亲朋好友来西安了，我会自豪地把他们带到唐遗址公园里一起健步走，会情不自禁地给他们讲起唐诗宋词里展示的体育运动在古代中国火热开展的盛况。唐代诗人韩愈"球惊杖奋合且离，红牛缨绂黄金羁。侧身转臂著马腹，霹雳应手神珠驰"，描写的就是唐代马球运动的场景。唐代宰相张说"将共两骖争舞，来随八骏齐歌"，描述的就是舞马的情景。宋代诗人杨万里"广场妙戏斗程材，未得天颜一笑开。角觝罢时还宴罢，卷班出殿戴花回"，描写的就是角抵（类似于现代摔跤、相扑一类的竞技活动）时的场景。现存于陕西历史博物馆的彩绘打马球俑、鎏金舞马衔杯纹银壶，存于陕西体育博物馆的相扑俑，栩栩如生地向人们展示着古人强身健体的高超技艺，向人们展示着陕西文物里的体育元素。

　　快二十年了，没有特别的事情，一般我晚上都会健步走。下雨时，我会在家里走，出差时如遇不好的天气，我会在酒店的楼道里走，上下地铁站我会走步道。但真正对如何走才能达到锻炼的目的有了深度理解是2008年的事了。一天，我在《人民日报》上看到北京体育大学一位教授写的一篇关于走路健身的文章。教授将走路分为散步走、漫步走、健步走、快步走，强调健步走是普通人走路锻炼的最佳方式，有四条标准：必须在相对固定的时间走，走时步频必须达到一定频次，走时不能中断，每次走的时长至少在40分钟以上。读罢此文，我豁然开朗，此后，我便坚持健步走的四条标准，使自己的运动更加科学高效了。

　　如今，国家把全民健康作为一项战略，出台了《全民健身计划（2021—2025）》，即将开启的"十四运"在西安掀起了一股全民健身热，无论是秋风习习的清晨，还是月明星稀的晚上，到处都能看到健步走的人们，步行上下班的人越来越多。西安的道路也因为迎接"十四运"改造得越来越宽，人车彻底分流，绿化得越来越好，小区周边的健身公园、广场也越来越多。可以预想，健步走这项简单易行的健身运动必将越来越受到普通人的青睐。

2021 年 9 月 23 日于高新一路 4 号

假日况味

"国庆七天长假,去什么地方转转呢?"妻子问。

"去外地转转吧,两年多没出去了。"我说。

"那就去扬州一带吧。"妻说。

"好是好,但是单位要求非必要不出省……万一那个地方出问题了,回来会影响工作的……"我说。

"也是,那就算了。"妻说。

晚上,小妹来电话说:"咱们在周边转转吧。"并推荐了一大堆风景名胜。我说:"去郑国渠吧,估计这地方感兴趣的人少,僻静。"

10月2号上午9时30分,我们一行4人从西安出发,约12时30分到达关中环线王桥镇附近,本该60公里50分钟的车程,我们走了约两个半小时。从百度地图上看,从关中环线到郑国渠景区也就剩下6公里多的距离,不到10分钟的车程,但显示全是红色。我们便一米一米地向前挪动,不时会有人下车到路旁的果园里解手,似乎并不在乎车上的人近在咫尺,也会有母亲干脆带着闹腾的孩子下车步行前进。13时30分左右我们到了景区门前,放眼望去,路边、停车场全是车辆,去哪里停车呢?这时,有附近的村民过来招呼我们停在她家门口。车拐进村口,乖乖!村里本不宽敞的道路两旁挤满了车,家家门口满地的玉米雀(玉米棒外面的皮)上也都停着车,我真担心如果谁不小心将烟头掉到连片晒干的玉米雀上,岂不火烧连营!这

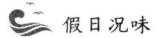

些车辆如何移动免于火灾呢？车终于停到了这家人门口的路边，我们终于可以松口气了。

　　到景区购票大厅，得到的信息是需排队等候两小时左右才能买到门票，那就先吃饭吧。饭前总得空空肚子，可厕所门口排着长龙，显然男同志比女同志利索，便有胆大的女士在队伍中说："都急成这样了，厕所还分啥男女呢？"她在试图说服旁边的男士能否让她到男厕所先上……然而大家都内急啊，大家便哈哈大笑起来。看到排队如厕无望，我只好另辟蹊径解决问题。肚子腾空了，可妻子和小妹排队（倒不如说是挤队）买饭已40分钟了还不见人影。大厅里到处都是站着吃饭的人们，餐桌上、地上到处都是用餐后的垃圾，垃圾桶早已装满，残汤四溢。大约1小时后妻子和小妹终于买来了两碗饸饹、两碗扯面、四个卷饼。实在是饿了，便顾不了周遭的环境，三下五除二，四个人干个精光。然而小妹说钱还没付呢，因网络不通、手机无法支付，老板只好让大家都先吃再付钱。现在平时大家都用手机付款，出门早已不带现金了，这该怎么办呢？不能吃了人家的饭不付钱啊！只好等，等网络转好。大约半小时后，网络有了信号，付完钱，这时广播里传来又一个不幸的消息："因为园区人流饱和，现在闭园，请大家返回。"我们对视大笑，只好走出大厅。然而车流、人流仍络绎不绝地拥向景区，拥向大厅，任凭汗流浃背的执勤民警如何解释，也无法阻止不断前来的车流和人流。人流里有显然是远道而来的，一位似年过花甲的老人在向警察高喊："我有票，我有票。"警察无奈地摇摇头，机械地口干舌燥地重复着："闭园了，掉头回吧。"老人家急得又说："我们这么远的路来了，进去看一眼也行。"警察头也不抬，无言地摆摆手示意返回。老人家一脸沮丧，旁边的老伴自言自语道："咋这么多人呢？"一位女士接上话茬说："现在不让出省游，大家只好周边游了，到处都是人挤人。"妹夫看到我失望的神情，说："不远处有个博物馆，要不去看看……"我喜出望外，便两步并作一步向博物馆走去。在博物馆门口看完展图,要进博物馆时,发现门上挂了把将军锁,旁边贴了个通告,说是因疫情本馆闭馆。我心想:折腾了大半天了,总不能这样回去吧。这时,有游客说前面有一个水库。闻此,我说:"那就去看看水库吧。"通往库区的铁栅栏紧闭着,不让行人车辆进入,水库下面有两条河,南侧的一条河是自然形成的,北侧的一条应该是人工凿成的。我大声问站在门里正端着饭碗吃饭的库区工作人员:"这两条河叫什么名字?"回答是:"南边的是泾河,北边的是郑国渠。""是吗?"我将信将疑。旁边的一位男士说:"是的。"他看我半信半疑,又补充了一句:"我家就住在旁边。"我只好相信了,诚如是,也不枉此行了。

  3号一大早醒来,看到一条短信,同事的老公殉职了。怎么可能!我不敢相信,连忙拨通同事的电话,电话那头传来了极度悲伤的微小的声音,我的心里一紧,眼圈顿时红了……就在大约一个月前,我还接到同事的电话,她兴高采烈地告诉我老公荣立了一等功,我由衷地祝贺。说话间,她作为军属的自豪感和幸福感溢于言表。作为同事,我深知她这么多年作为军属的不易,深知她这么多年付出的艰辛,自然理解她作为军属为丈夫在和平年代能荣立一等功内心是何等的骄傲和荣耀。这个节日应该是她们全家团圆庆功庆贺的日子啊!可怎么就……我询问了一下后事安排,便起身前往同事所在地。一路上,我的脑海里不断闪现出15年前第一次见到她的丈夫时的情景,当时同事介绍完我后,他端正地给我行了一个军礼。这也是我此生收到的第一个军礼,他是那么器宇轩昂,是那么英姿勃勃,是那么英俊潇洒,他的这个形象,这么多年一直定格在我的脑海里……又是堵车,仅仅60公里,本来只需1个小时,却用了近3个小时……面对遭受突如其来的重击,身体虚弱的同事和身旁茫然的女儿,一切安慰的话语都显得是那样苍白无力。在同事悲切地诉说之后,我依然能感受到作为军属的她的坚毅、冷静和理性,然而,前路漫漫,她和未成年的女儿终将要直面……

10月5日，收到一位老乡发来的信息，她的女儿病情正在好转。姑娘患的是白血病，十几天前得知老乡女儿患病的消息时，我实在难以置信。老乡夫妻俩都是本分之人，为人和善，一心专注秦岭植物研究，姑娘大学毕业在省属一家行政事业单位工作，兴趣爱好广泛，擅长活动组织，单位搞文艺活动，要么是主持、要么是指挥、要么弹琴，还会说单口相声，在我的印象里，老乡的女儿活泼、可爱、端庄、清秀，怎么说患病就患病了，还得了这种难治之症？作为老乡的我救人乏术，只好默默祈祷正是青春年华的孩子，战胜病魔，早日康复！

10月6日，小妹来电话说，大姐在猕猴桃园干活时摔了一跤，脊椎骨裂，住进了县医院。听罢，我迅速电话询问在医院陪护的外甥女，并让她把拍的片子送来西安，请红会医院的专家看看。7日专家看完片子，说要立即手术，并要求最好用救护车转运病人，以免二次创伤。大姐先是抱怨我跟她不商量就要转到西安治疗（我知道大姐是不愿给女儿女婿和亲戚们添麻烦），后又坚决不同意坐救护车来西安（在大姐传统的意识里，救护车是拉重病人的，多半凶多吉少，有不祥之兆）。我在电话里软硬兼施做大姐工作的同时，心里却泛起了难以言表的难受。在我们姊妹6人中，大姐从小受的苦最多，她是老大，为了养家糊口，她和二姐没上几天学就回家务农。在生产队里干活，常常是女当男用；家里缺柴少草，上山砍柴割草是家常便饭。出嫁后，大姐夫实诚，家中的里里外外都得她操持，生了两个姑娘，在重男轻女的农村，常遭人白眼。现在，两个姑娘好不容易在西安城里上了学，有了稳定的工作，建立了幸福的家庭，本应享福的大姐身体却连连报警，频出问题……一想起这些，我便不由得阵阵心疼，好在大姐还听我的，转来西安后，手术很成功，恢复得很好，我在心中默默地祈愿大姐今后健健康康、日子顺顺当当……

2021 年 10 月于高新一路 4 号

同心抗疫的日子

2021年12月21日，冬至。

下午约1点，我在家庭微信群里看到一条消息，儿子所在的小区业主中出现阳性病例，要对小区进行封闭管理，群里顿时炸了锅……儿子和儿媳首先想到的是，年底了，手头工作一大堆，该怎么办？家里的生活用品还没来得及储备，该怎么办？我们大人们则考虑3岁多的小孙子因为感冒还没有来得及打疫苗，风险太大，谁来照看？……大家你一言我一语在群里商量着应对之策。

那天，妻子在儿子家照看小孙子，儿子儿媳因为小区突如其来的状况在单位加班，处理紧要的工作。晚上9点多，我从单位开车去儿子家接妻子，妻子到小区门口时，被保安告知小区已封闭管理了，只进不出。我只好独自一人回到家里。10点左右，看到儿子发的一条短信："经疫情防控中心再次对此人进行核酸检测，结果为阴性，解除对小区的封闭管控。"家庭群里顿时一片欢喜。我急忙开车到儿子家接回妻子。

22日，收到通知，全市小区从23日起实行封闭式管理。

23日晨，我7点起床，倚窗南向，往日这个时候楼下排着长龙的那家包子店门口空无一人，商场已经封闭，只有超市为两天可出门采购一次物资的居民提供保障，我所在的这个被称为西安的"小上海"的区域一片寂静。8点开车前往单位，平日这个时段拥堵的高新区南北大动脉——唐延路空荡荡的，少见车辆，更是鲜见行人，我的眼眶突然一阵潮湿，一座城市没有了人流、车流，该是何等的让人惊恐！但此刻，又是何等的无奈！到了单位，得知为了减少人员聚集，不用轮流值守，可回家办公。我处理完工作，便带着在食堂买的煎饼馃子和包子前往儿子所在的小区。科技路沿途右侧已被拦封，我只好从丈八北路绕行至儿子小区西门。小区的门栏紧闭着，几位穿防护服的工作人员在门内侧值守，不时有外卖小哥和小区亲属送来食品隔着门栏递进小区。我拨通儿子电话，听到我声音的小孙子汉宝在那头大喊："爷爷、爷爷，你来看我呀。"我说："爷爷进不去。"小孙子急得给我支支吾吾出主意："爷爷，你从窗户进来。"我说："你家住在22楼，窗户太高，爷爷上不去。"孙子说："你就爬呀爬，爬呀爬，就爬上来了……"小孙子的天真无邪倒让我沉闷的心情轻松了许多。给小孙子送完吃的，我便驱车回家，一路上，停运的大巴一溜溜停靠在马路边上，不时可以看见清洁工戴着口罩在凛冽的寒风中清扫着落叶……

24日，是岳父透析的日子。中午12点半，我开车到岳父母住的小区门口接上两位老人，便前往市中心的一家医院。往日繁华热闹、游人如织的南大街、钟楼盘道、北大街冷冷清清的，平日50多分钟的车程今天只用了10分钟左右就到了医院门口。门口的帐篷里已坐着十几位等候透析的人，他们中有坐轮椅来的、有拄着拐杖来的，有白发老人、也有黑发少年，后来者便和早来的热情地挥手打着招呼，看得出，他们在长期的透析日子里结下了友谊，成了命运共同体。室外0℃左右，我和岳父母坐在车里，岳母指着外面的这些"同行"，给我一一介绍着他们的年龄、住址、病情、性格……显然，岳母已和他们成了朋友。这也难怪，岳母是一个宽厚温和、乐于助人、广结善缘的人，走到哪儿人缘都好。一点半时，保安维持着秩序，医护人员引导大家扫码测温依次从侧门进入（医院大门已被封闭，只留侧门供透析者专用）。按照规定，陪人是固定的，看着岳母和岳父这对相濡以沫半个多世纪脸都没红过的夫妻慢慢向门内走去，我的眼睛不禁一阵潮湿……我揉了揉眼睛，急急忙忙赶回小区排队做完核酸检测，又急急忙忙赶回医院接岳父母。此刻，夜幕已经降临，我突然看到一条"圣诞快乐"的微信，噢，今天是平安夜，整个城市的寂静让人们早已忘记也无法感知这个节日的到来，要是往年的平安夜，古城西安东西南北四条大街早已装扮得花枝招展，成了年轻人欢乐的海洋；高新区的咖啡街区也早已是人山人海。而今，大家都响应政府号召，在家里守护着平安，用自己的行动为这个千年古都助威加油，为的是长安常安……

27日，全市进一步强化疫情防控措施，要求所有居民除参加核酸检测外，不出户、不聚集。单位召开视频会，强调疫情防控是当前最重要的工作，要讲政治、知轻重，所有工作都要服从疫情防控大局……细想起来，自武汉疫情暴发至今已近两年了，机场作为人流物流的重要集散地，西部机场集团在"外防输入，内防反弹"压力严峻复杂的形势下，至今仍保持着所属陕宁青甘4省区20余个运营机场、18000多名员工零感染，这是多么不容易啊！

28日，同事来电话说，根据上级要求，要抽调部分同志下沉到社区帮助工作。我思量后，拨通单位小孟的电话，征求他的意见，问他有无困难。小孟二话没说，满口答应，还恳切地说："其他同志都和家人在一起，我只身一人在西安，我去最合适。"小孟的话让我十分感动。小孟妻子远在甘肃天水，孩子在兰州由父母照顾，一家三地已有一年多了。这个时候，我想家里人最担心、最牵挂的还是身在西安的小孟，他是家里的顶梁柱啊！而小孟却毅然决然地奔赴抗疫一线……我从心底为小伙子点赞道："古城抗疫战尤酣，社区管控是难点。组织号召党员应，孟伟奋勇冲在前。"

29日，由于管控措施升级，为送岳父透析一事我到小区物业协商。物业赵经理是一个麻利干练秀美的女士，做事既讲原则，又通情达理。在我讲清事情原委，履行相关程序后，赵经理同意届时放行。说话间，不断有人打电话给她，她边接电话边和我说，她今天早上头昏脑胀地坐地铁上班，结果坐错了方向，本来只用半小时就能到单位，结果用了近两个小时。说到这儿眼泪在眼眶里打着转儿，她忍了忍，却莞尔一笑……是啊，一周了，上级对小区管控措施的落实、小区秩序的维护、确保小区居民核酸检测无一人遗漏、几百户居民生活物资的保障……这些都压在了这个弱小的女子所带领的物业团队身上，不容易啊！作为业主的我看在眼里，感慨颇多，情不自禁地写下"喇叭声声做核酸，生活物资不怠慢。小区门卫严值守，无人染疾众口赞"。

当晚，小孟来电话说，他早上8点到所在社区报到后，经过简短的培训，穿上防护服便展开工作——协助医务人员做核酸检测、维持检测秩序，为居民分发生活物资，为孤寡老人和行动不便者购买生活用品……中午他们用餐仅半小时，得脱下防护服，用完餐再换上一套新的防护服继续工作。我问他有什么困难，他笑着说："困难倒没有，就是穿上防护服工作期间不能上厕所，这很不容易，但必须做到，否则就会浪费一套防护服，还会带来消杀等一系列问题……"小孟说得轻松，但从他的话语中，我感觉到这是一项极具危险性和挑战性的工作，对人的自制力、毅力和体力都是极大的考验。时针已指向晚上11点，我劝小孟早点休息，他说还得忙一会儿。原来，作为单位下沉干部的组长，他还得统计上报30多名下沉干部当日所做工作的各种信息……

亲家母在一家医院工作，自从22日晚被紧急通知到单位后就再也没有回家，一直奋战在抗疫最前线，偶尔会在家庭群里和小孙子互动一下，分明是前方战事吃紧，忙得不可开交。生日那天，她在家庭微信群里发了一个视频，和单位同事在一起过得简单而别有滋味，家人看到纷纷在群里祝贺她生日快乐，我信手写下"牛尾虎头生祸端，新冠病毒袭长安。三级管控严实施，古城按下暂停键。百姓居家不出户，天使冲在最前线。战地生日别样过，只为长安更常安"，以表达我对这位坚守在一线的白衣老战士的敬意。外甥女所在的医院被确定为新冠治疗定点医院，全院进入抗疫状态，危险和劳累自不必说……

对小区的严格管控倒逼在家办公的儿子生活能力大大提高，不时会在家庭群里展示一下自己的厨艺，这倒是一个意想不到的收获。我顺口吟道："小区管控二十天，厨艺精进不一般。顿顿花样有创新，汉宝吃得肚儿圆。"小孙子汉宝做核酸尤其积极主动，总是走在爸爸妈妈前面，每天和我们视频时总要问："爷爷奶奶，你们做核酸了吗？"还煞有介事地说："你们不做警察就把你们带走了。"面对可爱的小孙子的监督，我满心欢喜地写道："孙儿汉宝三岁半，核酸检测走在前。监督家人按时做，执法堪比警察严。"

来自四面八方朋友的关切越来越多，提醒短信由一开始的"做好防护"到"做核酸时的注意事项"，再到"居家时增强免疫力的生活常识""家庭保健操"，等等，越来越具体。显然，近两年的疫情已经改变着人们的生活方式，教会了人们许多适者生存的智慧。我想，人类也许正是在这一场场灾难中不断警醒、顿悟，一次次勇敢地面对、战胜，而走向成熟、发展进步的……

再过两天就是新年了，严冬终将过去，春天就在眼前……

2022年元旦抗疫中于海珀香庭

辑 三

琴音难忘

同学朋友聚会时，大家都喜欢让我唱几句，说我唱歌有味道，发音用气讲究，唱得也比较准。我自知大家凑在一起图个热闹，这是对我的鼓励，但每每受到这样的褒奖，我总会想起一个人来……

上世纪70年代的农村小学，受过专业训练的音乐教师几乎是寥寥无几，加之当时广播电视事业的落后，农村学生要受到良好的音乐美学熏陶也就是一件难事了。而我的母校团标小学却常常是歌声嘹亮，文艺活动开展得有声有色，经常受到上级的表扬和兄弟学校的观摩，而这一切都源于学校有一位受过专业训练（据说是乾县师范学校毕业的）、有激情、爱学生、善创作、个性强的音乐老师——路曼华。

记得我上一年级时，代表村小参加在团标小学举行的"六一"儿童节会演，我表演的是快板。上台没多久，说着说着裤子便掉了下来，小牛牛暴露在了光天化日之下，引来了大家一阵哄笑。我连忙用左手提着裤子，右手还在打着快板说个不停。这时，一个穿着洋气的女老师跑到我跟前，一边替我把裤带系好，一边说"别怕，没啥，别停……"我害羞地说完了快板，还得了个二等奖。第三年，当我从村小转到团标小学读三年级时，我才知道当年上台给我系裤带的是教音乐的路老师。有了"六一"节的那个缘分，我便格外受到路老师的偏爱。唱歌、跳舞、打鼓、敲铰子，说快板、说三句半、演小品，路老师样样都教我。我成了同学眼中的

"红人"。

　　路老师有一个手风琴和脚踏风琴。上音乐课时,她总会带上其中的一个乐器到教室,清唱着教上两遍新歌后,她便开始用琴起调,让大家和着琴声唱,这样谁跑调便听得一清二楚。谁要没唱好,她会严加训斥,然后站在你旁边反复教,直到你唱对才罢休,学生对她既怕又爱。她不光要求大家要唱准,还讲发音的技巧和方法,要求大家唱歌时要投入感情,唱出美感来。每当课间休息或放学后,常常能听到路老师悠扬的琴声,优美的歌声。歌声琴声回荡在校园,随风飘到了四周的村野,成了这个乡村小学一道亮丽的风景。尤其是每年的"六一"儿童节,已不仅仅是全校师生的节日,路老师和同学们编排演出的节目,成了远近乡亲的一顿难得的"文化盛宴",每个节目都会博得师生和乡亲们的阵阵喝彩、阵阵掌声、阵阵欢笑。那时候,只要公社举办文艺会演,我们学校总能拿奖。路老师还带着我们学校的文艺宣传队,代表公社参加过我们县的文艺调演呢。

　　这些年来,每当我听到歌声琴声,每当我纵情高歌时,路老师的形象总会浮现在我的眼前。今天,我更深深地懂得了当年路老师教给我的不仅仅是音乐,更重要的是使我这个农村孩子从小受到了美的熏陶,是路老师启发了我美的心智。

　　琴音难忘,师德难忘,师恩难忘……

2008 年 9 月 10 日于原西安西关机场

周明印象

我收到《周山至水》创刊号,连忙打开,卷首语是周明老师写的,不长,但却充满着浓浓的乡情、亲情和激情,便不由自主地想写几句。

我知道周明老师的名字还是在上小学的时候。父亲讲,河西(因我家在楼观下黄池村,与马召周家隔黑河而相望)的周家有个名人叫周明(按辈分我应该叫爷),在京城做事,事做得很阔。

此后好多年,每当在《人民文学》《陕西日报》《西安晚报》上看到周明老师写的文章,便有一种亲切感,会细细地多读几遍。由于自己在宣传部门工作的缘故,也常常听陕西文化圈的人讲"到北京有事就找周明"。我便对周明老师更多了几分敬慕之情。

真正见到周明老师已是30年后的事了。大约是在2003年的一个夏日,周明老师的侄子周伯衍告诉我(由于廉家和周家几代人交往甚密,我和伯衍又是高中同窗,关系自然就近了许多),周明老师和几

2011年秋,作者与周明先生(右)在西安

个朋友第二天要回北京，行李较多，他和夫人去机场送行，要我帮着一块送送（由于我在机场工作）。我十分欣喜，便在航班起飞前3个多小时早早在机场等着，提前在机场宾馆安排好了饭菜。

　　航班是晚7点多的，在静静等候的过程中，我便一遍遍琢磨周明老师的形象，想着他应该是衣着考究、气质脱俗、很有派头的模样了。6点左右，周明老师一行匆匆到了机场。一群人下车后，我竟没有在人群中看到该是很抢眼的周明老师的影子。我连忙问伯衍，伯衍一扭头嘴朝后一噘说："后边那个穿黑衣服的不是么。"我再往后定睛一看，一个身材略瘦、穿着比较朴素的人正健步走来。说实在的，我怎么也不能把眼前的周明老师和几十年来我心中想象的周明老师的形象联系起来。握手寒暄落座之后，看到一桌饭菜，周明老师说："这么多，太浪费了，随便吃点家乡的饭菜就行，不要破费。"硬是要我把热菜减了好几个，酒也不喝。说是吃饭，他却没吃几口，而是细细地问起我的情况。他说话声音不大、不紧不慢，却底气十足、铿锵有力，不像是一个年逾七旬的老人，地道的家乡话说得很是亲切、随和，不像有些见过大世面的人那样夸夸其谈，也不像有些在"皇城根"做事的人那样志得意满。当他听说我喜欢写点东西时，便鼓励我多写，并说写了可以寄给他，他可以推荐给有关媒体。我顺口询问加入中国散文学会的事，没想到他当即说回京后就寄给我入会申请表。早都听说周明老师对家乡人、对家乡事有一副古道热肠，去北京找过周明老师的人对这一点几乎是众口一词，今天我算是眼见为实、亲身感受了。一周后，我便收到他从北京寄来的"中国散文学会会员登记表"，同时还寄来了他在《旅游中国周刊》和《文汇报》上分别发表的《名人故居的保护和开发》《没有讲完的童话》两篇大作的复印件。我没想到身兼数个社会公职、常年繁忙奔波的周明老师还记着我不经意问起的这点小事，我很感动，感动于他为人处世的认真，感动于他提携青年的真诚，感动于他经年未改的浓浓乡情……

在此后的日子里，每到节假日，我都会收到周明老师发给我的简短却温馨的问候信息。他每回西安，我便有了与他相见的机缘。每次见面，周明老师依然是那样朴实、那样健朗、那样慈祥，他对家乡人、对晚辈依然像一团熊熊燃烧的火那样热情……

2011年2月27日于原西安西关机场

李师傅，您在哪里？

1986年的古城西安，秋风秋雨愁煞人……

那年秋天，为了毕业分配的事，我四处寻情钻眼，求人帮忙，经常骑车从土门去南郊。

大约是9月中旬的一个夜晚，办完事约11点多了。突然，天降大雨，我只好冒雨骑车回土门。当时，长安南路从纬二街到电视塔这段正在修路，一遇急雨，路面便一片汪洋。我骑着28自行车在漫过车链的水中艰难地行进了约5分钟，迎面并排疾驶来两辆大车，大车刺眼的光亮让我眼前一阵眩晕，急忙向路边躲让。谁料路边为埋设管线开挖的约2米多深的壕沟已被雨水灌满，与路面一般平了，我不小心连人带车一下子掉进了沟里。生在水边长在水边却不会游泳的我心想这下完了，幸亏自行车卡在了壕沟中间，我才没被壕沟里的雨水完全淹没，慌忙中我抓住了一根施工残留的铁丝，奋力爬上了沟沿，惊魂未定的我站在大雨中想着奔波了两个多月工作还没有着落，想着所遭遇的世态炎凉，想着远方亲人期待的目光，泪水和着雨水禁不住滚滚而下……我跟跟跄跄向北走到长安南路与纬二街十字，看到东北角一个用石棉瓦搭建的简易自行车修理铺里还亮着若明若暗的灯光，便敲开了门。师傅看着满脸血迹、满身泥水的我吓了一跳，我说明原委后，师傅二话没说赶紧让我坐下脱掉衣服换上他缝有补丁的秋衣秋裤，一阵暖意传遍了我的周身……我对师傅说："自行车还在沟里，是借别人的，万一丢了我赔不起。"师傅听罢又给我加了件外衣，带了一根约两米长带有弯钩的钢筋，打着已不能完全撑起的油布伞，蹚着雨水和我一起把自行车捞了上来。车子已摔得无法推行，师傅说我受伤了，硬是把自行车扛了回来。此时，已是凌晨1点多了，师傅把我的衣服泡在水里揉了揉，挂在了火炉上方，说是我若不嫌弃，就和他凑合一晚上，明早等衣服干了，把车子给我修好后再走。我眼圈一阵潮湿，感动得不知说什么好……

那天晚上，我和师傅挤在一米宽的单人木板床上聊到高考的不易，聊到在城里求学的艰辛，聊到毕业分配的不公，求人办事的难怅，聊到我对未来的向往……

第二天临走时，师傅对我说："工作安顿好了，路过这里时歇歇脚、喝口水……"

那年11月17日下午，工作单位终于有了着落，在这座城市我终于有了立锥之地。后来，每逢节假日，我都要带上小礼物去看师傅，师傅总是说，刚上班的穷学生挣不了几个钱，来坐坐就行了，不要带东西。

大约1988年的中秋，我再去看师傅时，发现石棉瓦房不见了，我急忙在四周打听师傅的下落，有的说是街面上不让有破房子被强拆了，有的说是师傅因为老伴有病回老家了。此后，我再也没见过师傅，可这20多年我无时不想着念着，尤其是逢年过节时……

师傅姓李，南方人，约1.7米的个子，身瘦，若健在，应是年逾古稀的老人了。

李师傅，您身体可还康健？您在哪里？

2011年4月19日于原西关机场

圆　梦

　　已是初冬时节，塞上的温度已降至0℃以下，今天是难得的晴暖天气。上午10点钟，我和朋友从榆林市区出发，沿榆绥高速，顺着无定河道一路向南。河道两边的山不算高，光秃秃的，一片黄褐色，显然已进枯水季节，河水成了细流，河畔上的苞谷已经收获，但苞谷秆还成片成片地留在地里，农民们正忙着将套种在地里的大白菜用架子车一车车地拉回家，准备储存过冬。

　　看着窗外的景象，听着原生态陕北民歌，我的思绪里，路遥《人生》里巧珍和加林的形象与眼前这一山一水、一草一木相互交织着……

　　知道路遥是从电影《人生》开始的。那是1984年，我在县城复读高三，正经历着四年高考屡试不第的惨淡时光，电影里加林不甘向命运低头，一心要挣脱黄土地束缚的"不到黄河心不死"的韧劲，善良温柔美丽的巧珍对知识青年加林痴痴地爱，曾使我泪眼蒙眬，在我心中掀起了无限的波澜，深深地印在了我的脑海里，成为影响我事业和爱情的精神坐标。正是这一年，我终于"金榜题名"，如愿来到了我梦寐以求的大城市——西安。作为一个有着文学情结的青年，我一直梦想着有朝一日在这座城市能见到这位写出如此深入我骨髓作品的作家，看看他的模样，希望能从他的身上汲取耕耘文学的灵感，可惜始终没有这样的机会。1992年，路遥过世时，我正在深圳参加一个理论学习班，坐在我前排的一位四川籍同学突然转过身来对我说:"你们陕西的路遥死了。"我顿时蒙了,心想:怎么可能呢?他还那么年轻!我的脑海里又迅速浮现出电影《人生》的画面,可晚上广播电视里的新闻很快便证实了这一消息。此后的日子里,每到路遥的诞辰和忌日,从媒体上总能看到大量纪念路遥的文章,我都要一一读过。30年过去了,我一直梦想着能有机会伴着电影《人生》的主题曲,到陕北,到路遥笔下的《人生》描写的山山水水、沟沟坎坎,到巧珍和加林倾诉衷肠、依依惜别的那座石桥上看看……今天终于能如愿了……

车子在绥德四十里铺下了高速,驶往清涧方向,路上的标识不是十分明显,导航也不灵了,我们只好不时地停车问路,好在路人都十分热情。我们一边按路人的指引,一边查看事先在网上下载的行程路线图,向路两边寻觅着。突然,我看到路边一个别样的建筑,上面赫然写着"路遥纪念馆"5个大字。"到了!"我兴奋地对朋友喊道。

路遥纪念馆坐落在清涧县石咀驿镇王家堡村210国道东侧,与路遥的故居隔路相望,纪念馆门口一座昂首负重前行的牛的巨大雕塑格外引人注目,我急不可耐地请朋友为我以此为背景留影。照片的远景恰好把马路对面半山腰上的路遥故居收入其中,两全其美。

我对朋友说,请个导游吧,也许能听到路遥当年一些别样的故事呢!不料,正在院中洗衣服的一位工作人员说:"周末,我们不接待。"我只好趁她忙碌时到接待室找另外一个工作人员,她看到我恳切的样子,说:"你们大老远专程来一趟不容易,那就破个例吧!"

我怀着难以言表的渴望之情随工作人员走进展厅,展厅里珍藏着路遥生前用过的生活用品、手稿、信函、照片、影像、视频等实物资料和各个时期不同版本的各类文字作品,还有国内文学界的名人写给路遥的悼念之词。工作人员绘声绘色地从"困难的日子""山花时代""大学生活""辉煌人生""平凡的世界""永远的怀念"等6个方面给我们介绍了路遥"像牛一样劳动,像土地一样奉献"的为文学而奋斗的一生。听完讲解，向工作人员道完谢后，我对朋友说："我再仔细看看。"

大厅只我一个人，从文字到实物，我一句句、一件件细细地看着，生怕漏了什么。驻足在《人生》《平凡的世界》相关实物前，我似乎一下子感受到路遥写作时开阔宏大的视野、深沉睿智的穿射历史和现实的思想；似乎感受到了他那坚韧不拔的意志和百折不挠的耐力；似乎感受到了他"生活如何贫困，环境如何艰辛，灵魂却一定要高贵"的精神；似乎看到了一位把生的尊严看得比生的过程更重要的强者的身躯……路遥以卓尔不群的人生态度，在短暂的生命旅程中树立了一道独异的文化人文景观和意志精神景观，而面对接踵而来的荣誉和赞誉，他却显得如此冷静、如此谦逊——"面对澎湃的新生活激流，我常常像一个无知而又好奇的孩子怀着胆怯的心情，在它回旋的浅水湾里拍溅起几朵水花，而还未敢涉足于它奔腾的波山浪谷之中……什么时候我才能真正到中水线上去搏击一番呢？"看到路遥自传里的这段话，我便真真切切地明白了路遥之所以成其为路遥，能成其为中国当代文学殿堂里一道夺目的文学景观的缘由了，也真真切切理解了一个文学家去世若干年后，人们为何仍然哀思绵绵、痛心不已的缘由了。

就在我驻足沉思之时，展厅进来了一家人，小男孩约莫10岁，他边看边大声读着展板上的文字介绍，我摸着他的头问："小朋友，喜欢路遥？读过他的书没？""喜欢，他是大文豪，看过他的小说《人生》，写的都是我们陕北的事。"我又问："为啥喜欢看他的小说呢？"小男孩憨憨地摸着头笑着说："能给人鼓劲儿！"是啊！路遥的作品能给人鼓劲儿，孩子说得多么朴素、多么实在啊！这便是好的文学作品的恒久力量，这便是好的文学作品对人类的贡献。

不知不觉我又看了一个半小时，临出大厅前，我在留言簿上写道："您的精神将永远激励着为文学而献身的人们。"出了展厅，我径直向马路对面半山腰的路遥故居走去，可惜故居院门锁着，我只好站在紧临院墙的一个高处看个究竟。这是一个典型的陕北院落，四孔窑洞，院内有三棵枣树。路遥的童年就是在这里度过的，7岁时他被父亲带到延川过继给了本家大伯。大伯母没有儿女，对路遥倾注了全部的母爱。路遥从延川一步一步走上了人生的辉煌，也一步一步走上了文学的不归路……看着我专注的神情，朋友说："都半下午了，你的肚子就一点不饿？"我这才觉得肚子似乎在咕咕地叫，便笑着说："今天是圆梦之旅，有精神食粮呢！"

在回来的路上，我一直琢磨着路遥在茅盾文学奖颁奖典礼上致辞里的一句话："只有不丧失普通劳动者的感觉，我们才有可能把握社会历史进程的主流，才有可能创造出真正有价值的艺术品。"我想，这恐怕就是成就路遥的真谛，也是我们最应该向路遥学习的最可宝贵之处了……

2015年1月31日于榆林机场

抹不去的记忆

2015年5月9日晚,我和来西安参加西北大学作家班同学会的旅居英国的华人作家严啸建先生通电话时得知,人民日报社原驻陕记者站站长孟西安老师去世了。惊愕之余,我有些不大相信。春节前,我还专程看望过孟西安老师。孟老师精神矍铄,没有丝毫身体不适的样子,怎么会时隔不到半年人就殁了呢?但严先生的回答是肯定的,我心中不禁一阵酸楚。

第二天一大早,我们全家到酒店去看望严先生。严先生说,他的同学、人民日报社原副总编马利老师要去孟西安老师家里看看,问我能不能陪同前往。我说我和孟老师已相识20多年,他对我而言亦师亦友,昨晚闻讯,辗转反侧,难以入眠,正要去他家里看看。

我和马利老师到了孟老师家,开门迎接我们的是孟老师的夫人张秀俊老师。她说家里刚过完事太乱,便招呼我们到孟老师生前的办公室。落座之后,向来坚强的张老师便再也控制不住心中的悲凄,诉说起短短的三个多月病魔便夺去了孟老师生命的点点滴滴……退休后的孟老师依然保持着昂扬向上的精气神,潜心研习书画,积极组织参与诸多社会活动。躺在病榻上最后的日子,孟老师还手捧着当代著名诗人雷抒雁老师(马利老师的先生)的诗集,憧憬着康复后完成自己的书稿和未竟的事业,继续创造和享受美好的退休生活,可是他哪里知道病魔无情、大限已至?4月27日,他的生命走到了尽头,而再过月余的6月2日,就是他的70寿庆。可惜他再也

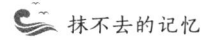

看不到蜡烛的光亮，闻不到蛋糕的香甜，听不到生日的祝福……

环顾孟西安老师的办公室，"新闻之星，记者楷模""鞠躬尽瘁生无死，风骨精灵逝有神""沉痛悼念人民新闻工作者孟西安老师"等友人的祭文、挽联，向人们诉说着孟老师为新闻事业奋斗的卓尔不群的一生，荣获的各类奖牌向人们展示着孟老师为讴歌他所挚爱的这块黄土地所付出的智慧、心血和汗水，尤其是高悬在办公桌两侧的"以科学的理论武装人，以正确的舆论引导人，以高尚的精神塑造人，以优秀的作品鼓舞人"四行白底红字格外醒目，体现了孟西安老师职业生涯的政治定力、精神追求和价值取向，也把我的思绪带回到一件件难忘的往事之中……

1992年6月，正值全国上下整顿会风之际，作为企业的一名宣传干事，我抓住西安咸阳国际机场党委在机场回西安的通勤车上召开干部会议这一新闻线索，撰写了一篇机场党委转变工作作风的新闻稿件。我去孟老师家里，让孟老师看看能否在《人民日报》上刊发。孟老师看我骑车热得满头大汗，一边招呼我坐下，一边给我切了一块冰镇西瓜，随即拿起稿件认真读了起来。一篇不到千字的稿件，他仔细读了好几遍，对我说："这个由头抓得很好，很有典型意义，但需要改改可能更容易发。"说罢，他拿起笔在原稿上改了起来。过了约10分钟，孟老师把改好的稿子读给我听，他把我写的一个消息稿改成了新闻特写，只改动了寥寥几笔，却现场感极强，愈加生动。我对孟老师新闻功力的敬佩之情油然而生，这篇题为《班车会议》的稿件很快在《人民日报·新闻特写征文》栏目刊发了，在民航业内外引起了积极反响。

记得有一年春节过后，孟老师打电话给我，要我写一篇关于西安咸阳国际机场"淡季"不"淡"的稿件，我经过了解，当时生产数据都在下滑，便告诉孟老师无法用数据支撑，孟老师立即说："那就要尊重数据、尊重事实，不能瞎编。"一个新闻人实事求是的敬业精神和职业态度淋漓尽致地体现在了孟老师的新闻实践中。

大约是在1996年，社会上个别人对机场出租车管理有些意见，一些媒体不明真相，也未进行深入采访便刊发出有损机场形象的稿件。具体负责企业外宣工作的我，向领导提出邀请中央驻陕、陕西、西安、咸阳所有新闻媒体主要领导来机场召开一个新闻发布会通报相关情况，这个建议被领导采纳。会前，我专程拜访了人民日报社驻陕记者站、新华社陕西分社、陕西日报社、陕西电视台等中央和地方几家重要媒体的主要领导，说明相关情况，争取理解支持。开会那天，40余家媒体领导参会，在机场领导通报完相关情况后，孟老师首先发言。他在肯定机场近年来取得的发展成就、在地区经济社会发展中所发挥的重要作用的同时，指出机场是陕西的窗口，是陕西的门面，是陕西人的脸面。如果对出租车管理没有一个标准，任由所有出租车来机场运营，势必对机场的秩序、陕西的形象造成不良影响，所有陕西人、媒体人都应该对机场为维护陕西窗口形象所做的努力给予支持、理解和配合……孟老师表态发言完毕，其他媒体领导也都纷纷表态，给予了积极回应，对机场针对出租车出台的相关规定表示支持……孟老师作为人民日报社驻陕记者站站长、首席记者，他的声音至关重要，可谓是风向标。由于他对舆论的坚定正确引导，机场面临的一场空前舆论危机被成功化解，作为企业宣传工作的具体负责人，我怎能不感激万分呢！

　　在我具体负责机场宣传工作的十几年间，印象里孟老师从不因《人民日报》的特殊地位而做派扎势，他始终保持着那么一股"亲民"的作风。凡是机场的重大活动，孟老师每邀必到，从不推辞，从不给企业出难题。在他退休后的日子里，每每看到我在报上发的一些文章，他和夫人张秀俊老师就会打电话给我，始终如一地关爱、支持、鼓励我。前几年，我写了一篇《遥念玉树》的散文在《陕西日报》发表后，他和夫人打电话给我，说写得好，要我将文稿发给他们，并推荐给了人民日报社主办的《人民文摘》月刊刊发。去年年底，我去拜访孟老师时，他还兴致勃勃地对我说他

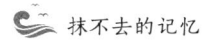

正在整理他的书稿《岁月如歌》，没想到，那次会面竟然是我和孟老师的诀别……

  想起和孟老师20多年交往的点点滴滴，听着孟老师夫人张秀俊老师倾诉着孟老师在最后日子里对生命的渴望、对事业的不舍、对生活的热爱、对家人的眷恋，看着眼前这些挽联、祭文、荣誉、语录，我的眼眶不禁盈满了泪水，心中无数次地回荡着一句话：孟老师，谢谢您！您安息吧！

2015 年 5 月 26 日于榆林机场

想起杨靖宇

2015年9月3日,全世界的目光都聚焦在北京天安门。

清晨,当我打开电视机,伴着悠扬的旋律,宽阔明净、恢宏庄严、红旗猎猎、花团簇拥的天安门出现在眼前。我的心头不禁阵阵潮热,眼眶不禁阵阵潮湿,心想:为了今天的辉煌和康宁,多少仁人志士、英雄先烈倒在了前进的征程上……

阅兵开始了,当东北抗日联军代表方阵迈着矫健的步伐,昂首挺胸走过来时,我想起了一个人——杨靖宇,一个让战友敬仰,更让敌人折服的民族英雄。

2013年9月15日,在从长白山返回长春途中,我对同行的同学说:"过靖宇县时,耽搁大家一会儿,我想去杨靖宇将军殉难处看看。"同学们说:"那就一块去吧!"

出于对杨靖宇将军的敬仰,我一直想看看杨靖宇将军战斗到生命最后一息的地方。在有关东北抗联历史的资料中,杨靖宇孤身一人与日军血战周旋几昼夜后英勇牺牲,被日军斩首示众,剖其腹查验胃肠,"胃肠没有一粒粮食,只有未消化的草根、树皮和棉絮",被杨靖宇的意志折服了的日本军人、日本女人,身穿黑色和服去祭拜杨靖宇的头颅。这段英雄史诗和历史传奇,一次次震撼着我的心。我常想,在刀光剑影的战场上,一个军人让战友佩服容易,让敌人佩服难,尤其让日军这样凶残的顽敌由衷地佩服更是难上加难,而杨靖宇用他忠贞的信仰和常人难以想象的不屈的意志做到了。这些年,每每看到有关东北抗联和杨靖宇的影视剧或相关史料,我无不为之动容、肃然起敬。

走进镶嵌有陈云亲笔题写的"杨靖宇将军殉国地"8个蓝底金字的牌楼门,前行百余米,高大威猛的将军塑像跃然眼前,正面是彭真亲笔题写的"民族英雄杨靖宇"7个黑底金字,将军凝重的神情、坚毅的目光、勃发的英姿,让我似乎看到了1929年春,他临危受命、赴汤蹈火,从中原大地来到白山黑水的情景。从将军塑像向南沿台阶而下,跨过拱桥,就是将军壮烈牺牲的地方。只见在劲松环抱间矗立着一座石碑,石碑正面刻有"人民英雄杨靖宇同志殉难地"12个正楷大字,碑旁的常青树便是将军1940年2月23日只身一人与敌决死的背倚之树。我围着这棵树转了又转,看了又看,一遍一遍地想象着在生命的最后一刻,作为一个革命者和普通人的杨靖宇……我难以想象在茫茫林海中,杨靖宇是如何8天断粮没水无眠,还要与敌周旋战斗;我难以想象是什么样的意志让杨靖宇8天前与警卫员合吃一碗雪水糊糊的胃,竟然能吞下成团成团的棉絮;我尽情地想象他面对昔日待之如兄弟,而今却架着机枪瞄准自己的叛徒时的愤怒、藐视和大义凛然;我深深地思索着当这1.93米的威武身躯轰然倒在雪地上的那一瞬间,给东北抗联造成的难以弥补的损失,给中国革命留下的巨大缺憾……

从石碑向南约50米,矗立着一座高15米的纪念塔,由朱德题写的"人民英雄杨靖宇同志永垂不朽"13个金色大字赫然醒目,从塔基、塔身,到塔顶,每一部分都寄托着人民对将军15年革命生涯所建丰功伟绩的无尽哀思。伫立塔前,我似乎看到了从1932年将军把东北各支抗日武装力量整合组成东北抗日联军,振臂高呼"我必胜,鸭绿江边饮战马",在白山黑水间与日寇血战8年的一幕幕壮烈场景;我似乎看到了东北抗联的将士们在饮雪食草的恶劣环境中,唱着由杨靖宇作词的《东北抗日联军一路军军歌》《四季游击歌》《西征胜利歌》《中朝民族联合抗日歌》《中朝民族联合起来》等战歌，驰骋在林海雪原英勇抗日的革命乐观主义精神和坚强不屈的豪迈气概；我似乎看到了杨靖宇怀揣"民族多少事，志士急断肠"的报国情怀，为保卫祖国江山艰苦奋战15载的悲壮人生……

就在我思绪万千之时，坐在将军纪念馆旁的几个孩子手捧一本书齐声朗诵着："……砍你头颅的日寇啊/也跪倒祭祀英雄/你的胃里没有山珍海味/你的肠内却有树皮草绳/被你折服的敌人也请僧人为你虔诚诵经……"我走到孩子们面前，看到孩子们手里拿的是一本讴歌杨靖宇将军的诗选，我问孩子们："佩服杨靖宇不？"孩子们齐声说："佩服！"我又问："为啥呢？"一个长辫子的小姑娘说："杨靖宇智勇双全。"另一个长着虎牙的小姑娘说："他能文能武。"而胖乎乎的小男孩抢着说："敌人都佩服他！"

看吧，一季一季花开放，一年一年草复生，杨靖宇高大挺拔的身躯已永驻在人民的心中。

在杨靖宇将军为国殉难75年后的今天，在抗战胜利70年后的今天，当一个个抗日英雄群体代表方阵满含热泪走过天安门广场的这一刻，杨靖宇将军在天有灵，一定会含笑九泉的。

2015年10月9日于榆林机场

追忆陈忠实老师

站在陕西省作协陈忠实老师的灵堂前,端详着悬挂在中央的陈忠实老师凝视远方的照片,看着灵堂内外各行各业送来的花圈挽联,我在想,作为一名作家,陈忠实老师身后今日之气象恐怕不只是一部《白鹿原》所能赢得的……

我和陈忠实老师神交于《白鹿原》。1993年,《白鹿原》面世后,我骑自行车到钟楼新华书店买了一本,花了四天的工夫读完了。单位领导问我写得咋样,我说:"这本书像纪实文学,很真。我是农村出来的,觉得把农村给写活了,把农村人给写神了,还没看够,想再看一遍……"领导笑了。

真正与陈忠实老师相识是在1997年。当时西安咸阳国际机场作为被中国民用航空局列入向社会公布的创建全国十大"文明机场"之一的机场,机场提出要力争两年实现"文明机场"目标。为了对整个活动实施有效监督,早日实现创建目标,机场决定聘请陕西各界一些有影响的人物为社会监督员,定期听取他们对机场工作的意见建议,陈忠实老师就是受聘的社会监督员之一。举行受聘仪式那天,陈老师因临时有重要公务未能参加,他一再在电话里给我解释,表示抱歉。开完会的第二天,我打电话给陈老师,相约给他送聘书,陈老师在电话里说:"我最近实在忙,抽不开身,为了保险,你下午6点半送到省戏曲研究院,我晚上在那儿参加一个活动,到了给我打电话。"按照约定的时间,我和同事按时到了位于文艺路的省戏曲研究院，拨通了陈老师的电话。陈老师说他在剧场门口，我们就径直往戏研院里边走。拐了个弯后，我看见一位一手提着黑皮包，一手夹着纸烟的人站在一棵树下，正看着我们。我定睛一看，正是陈忠实老师。我快步上前大声说："陈老师好，我是机场……"没等我把话说完，陈老师便笑呵呵地说："不好意思，让你们多跑了一趟，本想让你们去办公室，又怕你们急，只好在这儿见面。"我双手递过聘书，陈老师翻开仔细看了看说："你们还真是很认真。"我问他对机场工作有什么意见和建议我好转达，他说："我坐飞机不多，一时半会儿也说不上个啥，要说就有一条，航空服务要平民化，让百姓都能坐得起飞机。"我本想解释票价组成很复杂，不是机场能解决的，可仔细一想，这不正体现了一个作家的百姓情怀吗？加之第一次见面听取意见建议，解释多了恐生误解，陈老师参加活动的时间也到了，我只好说了句"我一定转达，我们一定努力"的场面话，便匆匆道别了……之后，我和陈忠实老师便有了更多的交往。一次，我应邀参加一个书法展开幕式，当时正凝视着陈忠实老师写的一幅字，陈老师一行人走了过来，他看见我便说："你也喜欢写字？"我忙说："只是喜欢，不会写。"陈老师说："只要喜欢，就能写好。我的字不咋样，多看人家写得好的。"说着便和其他人沿着展廊朝前走了。

  2011年，《西安晚报》举办"水利普查杯"水文化征文大赛，我的《黑河情思》一文荣获三等奖。2012年2月11日，主办方在友谊路的公务员大厦举办了隆重热烈的颁奖仪式，陈忠实老师出席并为获奖作者颁奖。颁奖结束后，陈老师发表了热情洋溢的讲话，他说："水是生命的第一需求，不管香、不管臭，无可动摇地存在着……从115万年前的蓝田人到六七千年前的半坡人，都是在灞河浐河间产生的，而半坡人离蓝田人仅50公里之隔，中国人的进化就是在这两条河边完成的，这就是浐河灞河不平凡的意义所在……当下，人们对水的认识和如何保护水源、利用水源的认识都很欠缺，希望大家拿起笔在这方面多做些有益的工作……"陈老师的一席话让我看到了一个作家的社会责任和历史担当。颁奖仪式结束后，大家纷纷请陈老师签字合影留念。我请陈老师签字时，他先是高兴地握着我的手说："祝贺你！"然后在我的获奖证书上写下了他的名字和日期，并和我握手合影。会议主办方提出大家在楼下一起照张合影，照相时我恰好被安排在陈老师身后，可惜这张珍贵的照片被朋友给弄丢了，成了我心中的一大遗憾。

2012年2月11日，《黑河情思》一文在"水利普查杯"水文化征文大赛中获奖，图为原中国作协副主席、陕西省作协主席陈忠实先生在颁奖活动现场为作者签名

近几年，我常在报刊上看到陈老师给一些青年文学爱好者作序，从字里行间我真真切切地感受到了陈老师对年轻人的包容、提携和他对文学使命的坚守。

去年陈老师住院，朋友约我一同看望，因我当时在外地工作一时抽不开身而未能成行，如今想来遗憾不已。

前段时间，我无意中从广播里听到《陈忠实传》，本来坐大巴上下班的我，为了能按时收听，便坚持开车上下班。听着陈老师为了写《白鹿原》，为了文学的神圣，披肝沥胆、撼天动地的一桩桩往事，谁又能说"关中正大人物，文坛扛鼎角色"不是对陈老师的真实写照呢！我万万没有想到，陈老师竟是在千万读者倾听他的足音中离开了热爱他的读者！

2016年8月6日于西安咸阳机场

西湖山水还依旧

许多年来，每当听到马友仙老师的二流板转二倒板再转慢板唱段《断桥》："西湖山水还依旧，憔悴难对满眼秋。霜染丹枫寒林瘦，不堪回首忆旧游……"我的眼眶会不由自主地盈满泪水，我不知道是被马老师具有强烈穿透力的唱腔所感动，被她如诗如画的艺术风格所感动，还是被哀怨凄美的唱词所感动！

2016年4月17日，在马派艺术传承汇报暨收徒恳谈会演出现场，当我把几十年来沉积在内心的这些感受告诉马友仙老师时，她紧紧地握着我的手微笑着说："你是真戏迷，谢谢你的鼓励……"言语间，我看到已过古稀之年的马老师依旧满面春风，依然是那么的谦逊、随和、优雅、大气……

我听闻马友仙老师的名字，还是在上世纪60年代末。那时我

农历2002年九月十二日，作者和母亲与著名秦腔表演艺术家马友仙老师（中）在陕西周至老家

们下黄池村有个剧团远近闻名，很是红火。剧团不仅为乡亲们增添了许多生活色彩，还是凝聚乡亲们的重要平台，常常受邀出周至县到外地演出。父亲由于文武场面都懂，还能给演员说戏、讲戏、导戏，被大家推为剧团的团长。农闲时，父亲会把大家组织起来排戏，我经常会在排练现场听到父亲给演员们提到马友仙这个名字，他还模仿着马老师的唱段给演员们讲解，不时会博得少男少女的阵阵笑声。那时我只有六七岁，对秦腔并不太懂，只觉得父亲声情并茂唱得好听。时至今日，回忆父亲当年模仿马老师时，他那专注的神情、绘声绘色的模样仍历历在目……

参加工作以后，我曾长期在机场宣传部门工作。上个世纪90年代，每到岁末，单位都会为员工和家属举办文艺晚会，我曾多次邀请马老师为员工演出，每次事先和马老师说好唱一段，但一听到员工热烈的掌声，马老师就会不加任何条件地再唱一段，让我很是感动。

1997年，西安咸阳国际机场创建全国文明机场，马友仙老师作为社会名流被机场聘为社会监督员，我和马老师之间的来往更多了。2000年，机场在旬邑县清源乡庄合村扶贫点要搞一次文化下乡扶贫演出，我心想：要是能邀请马老师去给农民朋友唱一段，一来能提高文化下乡的含金量，二来会让当地农民朋友大饱眼福、耳福，岂不两全其美。但又一想，旬邑离西安这么远，路又不好，恐怕马老师不一定愿意去。于是，我抱着试试的口吻电话邀请马老师，没想到马老师一口答应了。她说："作为机场的社会监督员，这是我义不容辞的责任。再说旬邑又是革命老区，能为老区百姓演出，我很高兴。"

去旬邑那天，时值盛夏，我和马老师坐一辆车，在长达4个多小时的车程里，有一半是山路，车忽上忽下，左右摇晃，颠簸不止。马老师非但没有丝毫抱怨，一路上还和我们谈笑风生，我有幸如此近距离地向这位秦腔艺术终生成就奖获得者请教了许多秦腔问题——秦腔的现状、面临的困境、发展的趋势、秦腔乐器与西洋乐器的融合，等等。马老师深情地对我说:"秦腔是秦人的符号,是三秦文化的标识,有着悠久的历史和深厚的群众基础……困境是暂时的,关键是要创新,要在唱腔、演技、配器、舞美等方面创新,要大胆吸收和借鉴其他表演艺术的精华……老同志要带好年轻人,年轻人不能急功近利……政府要加大对秦腔的支持和投入……"当我问到她对秦腔未来的看法时,马老师自信地对我说:"我是有信心的,因为我们不能没有根!"我一边听着,一边思量着马老师说的每一句话,从这些话语里我深切感受到一个艺术家坚定的信念和不懈的追求,也深切地感受到这位秦腔表演艺术家、秦腔领军人物对当下秦腔现状的焦虑、忧心、责任和担当。

到了庄合村,吃过简单的午饭后,我请马老师休息片刻再演出,马老师说:"就不休息了,别让观众等得时间长了。"当主持人介绍马老师登场时,台下顿时响起了潮水般的喊声和掌声。那天,马老师特别演唱了她的红色经典唱段——《洪湖赤卫队》中的《看天下劳苦人民都解放》和《红灯记》中的《打不尽豺狼绝不下战场》。在大约半个小时的演出里,马老师那让人荡气回肠的唱腔,伴着一阵又一阵的掌声和欢呼声越过山峦,久久地回荡在这片红色的土地上。站在舞台一角的我,深深地被眼前这排山倒海的气氛感染着,深深地感受到秦腔的力量、艺术的魅力,也明白了什么才称得上是"人民艺术家"。我甚至觉得自己为秦腔现状的担忧是多余的。在庄合村演出完毕,我们又马不停蹄地赶往旬邑县城,晚上在旬邑县剧院又演出了一场。演出时,整个剧院座无虚席,连走廊里都站满了人,马老师再一次以《红灯记》《洪湖赤卫队》选段征服了观众,掌声经久不息,还有人打出了写有马友仙名字的牌子。演出结束后,很多观众站在剧院门口久久不愿离去,为的是能近距离一睹马老师的风采。

第二天,在回西安的路上,我的眼前始终闪现着马老师演出时火爆的场面。我一直思索着马老师的艺术魅力究竟何在?突然,我想起了父亲当年在村剧团排练现场曾反复说过的一句话:"马友仙唱腔里有许多新音"。我当年并不理解父亲这句话的含义,现在看来父亲说的"新音"应该是马老师对秦腔唱腔的一种创新,她在表演时不仅把传统秦腔唱腔"咬字准、行腔正、规矩严、韵味足"的特点发挥得淋漓尽致,还大胆吸收了其他艺术种类的某些发声方法,与秦腔优秀的传统声腔板式有机融合在一起,利用自己无可复制的嗓音天赋,通过真假声的过渡处理,装饰音的巧妙运用,使声音既能在高音区纵横驰骋,又能在低音区迂回婉转,从而使观众获得了无与伦比的美的感受。

听到我提到我的父亲,马老师关切地问到我家里的情况。我说父亲是个秦腔迷,是她的忠实戏迷,最爱听爱唱的就是她的《断桥》,并给马老师讲述了我小时候看到父亲在村剧团排练时模仿马老师唱腔的情景。马老师欣喜地看着我,问我父亲现在的情形,我无奈地说:"父亲已经走了,快三年了,他生前一直渴望能看一场您的《断桥》。"看着我无比伤感遗憾的神情,马老师陷入了深深的沉思……车到西安,临别时,马老师对我说:"老人过三年时,提前给我说一声。"听了马老师的话,我兴奋极了,是啊,要是马老师能在父亲三年时去唱一段父亲一生钟爱的《断桥》,不仅了却了父亲生前念念不忘的心愿,也帮我这个做儿子的尽了一份孝心,父亲在天之灵有知,该是多么喜悦啊!

农历2002年九月十二日,是父亲三周年的忌日,马友仙老师要来的消息早已成为乡亲们茶余饭后热议的话题,家里院内院外早已挤满了乡亲们,戏台底下更是一大早就坐满了十里八乡的乡亲们。从我家门口的马路到村西头的大戏台底下,卖吃的、卖水果的、卖玩具的、卖衣服的几天前就摆得像集市一样。上午大约9点半,接马老师的车停在了我家门口的石桥旁,马老师一下车便紧紧拉着我母亲的手边走边嘘寒问暖。走到院子中间,我给马老师和母亲拍了一张合影。这些年来,每当看到这张曾引来无数羡慕目光的照片,我的心头便会阵阵发热,脑海里便会浮现出温馨的回忆……那天,马老师脍炙人口的《断桥》《窦娥冤》选段几乎全程是在热烈的掌声和喝彩声中唱完的。同行的马老师的女婿——被誉为"三秦俊小生"的王新仓先生，女儿、歌唱家李小聪女士，著名秦腔演员武红霞、杨荣荣、张新尚也都演出了自己的代表作。时至今日，当年台下乡亲们那一双双如痴如醉的眼神、一张张满足的脸庞、一阵阵情不自禁的掌声，犹在眼前、犹在耳畔，挥之不去；马老师来村里演出的情形仍常常被远近的乡亲们津津乐道，有的说："你看人家不光戏唱得绝，人也那么好，那么大的名气一点架子都没有。"有的说："人家唱的《断桥》把人的魂都唱出来了。"有的说："听马友仙的戏听多少遍都不烦，还想听。"有的说："那么大年龄了保养得还那么好，都是戏把人养的。"是啊，看着马老师以她深厚的艺术功力和高超的表演技巧把白蛇和窦娥的意境和心情展现得如此凄美、光彩照人；看着她在台上表演时一丝不苟严谨的台风、繁简协调的动作、飞动飘逸的服饰、流动轻盈的台步，无不给人以表演的韵律美和造型的艺术美；看着她在台下和观众如此亲热，又怎能不叫戏迷们拍手叫好呢？！作为一名艺术家，比金杯银杯更重要的是群众的口碑。我想，几十年来，正是马老师这一场场深入百姓的演出，使自己的艺术之路越走越宽广，也才成就了今日的马派艺术。当我把乡亲们的赞誉告诉马老师时，她却谦虚地说："激励我不断走下去的正是这些可亲可爱可敬的戏迷们，是戏迷朋友们一次又一次给了我勇气和信心，今天的马派艺术离不开戏迷们的支持。"

今年4月13日，当我接到马友仙老师的女婿——"中国戏剧梅花奖"获得者、著名秦腔表演艺术家王新仓先生的电话，邀我参加马派艺术传承汇报暨收徒恳谈会时，我欣喜万分。在4月17日的活动现场，秦腔专家学者齐聚一堂，盛赞马派艺术对秦腔发展的历史贡献和拜师收徒对推动秦腔繁荣的重要意义。马友仙老师的十几位门生逐一登台表演了马老师真传的一出出好戏。之后，这位9岁开始学艺、17岁誉满西北、上世纪80年代已蜚声中外、现如今已桃李芬芳的秦腔国家级代表性传承人，深情地叮咛着门生们

"要得唱好戏，先得做好人"。这是马友仙老师一生的艺术追求和实践，如今她又把这样的艺术信条传续给后人，这是马派艺术的真传，更是秦腔之大幸。

2017 年 1 月 9 日于西安咸阳机场

一颗年轻的心

　　2015年早春的一个晚上,我在榆林机场办公室依照平日的习惯翻阅报刊,蓦然看到《中国民航报》副刊上有中国民航报高级记者任佶先生写的一篇题为《田森教授的基布兹情结》的文章。由于作者任佶是我的老友、田森教授和我是忘年交,于是我便认真阅读起来。读着读着,我的眼眶不禁湿润了。原来,田森教授——中国当代社会研究中心主席、我国杰出的社会学家、国际知名学者已于半年前在京去世了。读罢此文,我急切地拨通了任佶老师的电话,询问田教授辞世的相关情况。任佶老师便详细地给我讲述了田教授最后的日子,我的眼前也不时呈现出与田教授过去交往的点点滴滴……

　　2003年,我在北京参加中国民航第十四期中青年干部培训班学习期间,在时任中国民航报社记者部主任任佶先生(任佶是国学大师任继愈先生之侄)的引荐下,有幸结识在国内外有着广泛影响的社会学家田森教授。那时,田教授正在为中国民航深化改革、天空开放等社会关注的焦点问题鼓与呼。我在《中国民航报》上拜读过许多他不同凡响的真知灼见,对他很是钦佩。那是一个仲夏的周末,我和任佶先生,还有时任中国民航报社要闻部主任的董义昌先生(现任中国民航报社总编)一起到位于北京海淀区四通桥附近的田教授的家里去拜访。那是一个老旧的家属院,房子应是上世纪50年代的建筑,但显得厚重、坚实。

院内大树参天，给人一种幽静之感。田教授住在三楼，敲开门后，在任佶老师的介绍下，田教授伸出了他那有力的手说："廉涛同志，欢迎你！"环顾这三居室的屋内，从客厅到室内几乎摆满了书架，堆满了书。我们在书房落座后，田教授便问起我的情况，问起西安民航、西北民航的情况。说话间，田教授时而坐着、时而站起、时而踱步、时而挥动着手臂，声音洪亮，字字入耳，眼睛里始终透着睿智的目光，尤其他对西部民航事业的关注、对支线航空的关注，使我深深地感受到这位从陕甘宁边区走出来的社会学家深厚的西部情结。当我向他说到学习班后期还要安排我们学员到英国RR公司参观学习时，他叮咛我："要珍惜学习机会，多走走看看，多研究思考，把感受打电话或写信随时告诉我。"话语间充满了对一个年轻人的期待。临别时，他送我一本他的新著《海航的崛起告诉人们什么——关于一个现代企业的调查报告》，并执意送我们到楼下，握着我的手说："希望有机会到西安继续交流。"

2004年，作者与中国当代社会研究中心主席、著名社会学家、知名学者田森教授（右）在西安

大约是在2004年夏天，我接到田森教授从西安他下榻的酒店打来的电话，约我见面。我如约来到酒店，他的房门是打开的，看见我急匆匆地来了，他给我倒了杯水，招呼我坐下，问完我的近况后，详细询问了我到英国的学习情况，并要我谈谈对英国社会的感受。我从开放式的课堂学习到外出参观，从足球文化到酒吧文化，从当街乞丐到绅士风度，从火车站到火车上，从城市到乡村，从马克思墓到共产主义信仰，直言不讳地谈着。田教授一边仔细听着，一边询问我一些数据，并对我说："你的这些感受有独到之处，抽空把它写出来。"后来，我把在英国的这些感受写成了《足球原来你如此迷人》《英国的火车》《我眼中的英国球迷》《绅士风度》《拜谒马克思墓》几篇散文，刊发在《中国民航报》《陕西日报》《西安晚报》《华商报》上，田教授看了说："很真切！"

　　作为一名研究中外社会问题，著有论述中外社会多部专著，在国内屈指可数的社会学家，田教授通晓英、俄、西班牙三种外文，并有译著10本出版。他在英语国家用英语讲学，在俄语国家用俄语讲学，这在中国学者中间是非常难得的。他治学严谨，对自己时间之苛求令我肃然起敬。为了研究西部大开发带来的诸多社会问题，为了为西部民航事业的发展呐喊，他多次来到西安调研，每次都会约我见面交流。他的会客时间总是排得满满的，与访客的交流没有虚话套话，总是直奔主题；他下榻的房间里总是摆满了各种资料，经常听到他会为一个数据反复找人求证。看到身患多种疾病，已过古稀之年的田教授如此忘我地工作，作为年轻人的我很是感动。一次，我对田教授说："您来了这么多次西安都在工作，陪您出去转转都被您拒绝了，我和妻子陪您到我老家周至楼观看看吧。那里是道教最早的重要圣地，是老子写五千言《道德经》的地方，依山傍水、茂林修竹，历史上许多文人墨客、雅士名流都曾留下过足迹呢！"田教授看我恳切的样子，终于说："那好，去看看你老家。"

　　车到了楼观台，可惜他病弱的身体难以支撑他登上老子当年讲经的说经台。他坐在说经台前的木椅上，双手拄着拐杖，仰望着眼前的巍巍秦岭、秀丽终南，凝视着眼前的千年银杏，陷入了深深的沉思……离开楼观台，我们来到离我家仅有一里之地的黑河水库。站在水库大坝上，看着眼前这一汪清水，我说："西安人吃的就是这个水库的水。这里名叫金盆，盆底有个仙游寺，是白居易写《长恨歌》的地方，建有国内现存最早的方形砖塔——法王塔。塔内安放有舍利，在建水库时，寺塔及其珍贵文物一并被规划搬迁到盆顶北梁兴建的仙游寺博物馆里了。""库区移民是怎么安置的？水源地是如何保护的？"田教授关切地问。听完当地负责人的介绍后，田教授说："建水库易，库区生态保护难。要持续做好这篇文章，造福子孙。"随后，我们又来到仙游寺博物馆，田教授兴致勃勃地观赏了陈列在这里的原仙游寺出土文物、文史资料。在回西安的路上，田教授对我说："你的老家还真是人杰地灵，是一方风水宝地。"

　　与田森教授相交、相处，你始终会感受到在他身上有一团火。2007年1月，我收到他从英国寄来的他的著作《苏联剧变沉思》。他在书的扉页上写道"勇敢地奋追吧，我们时代的年轻人，胜利最终属于顽强拼搏的人们！赠廉涛同志。田森"。2007年夏，田教授又给我寄来了他的新作《透视英国社会》，书的扉页上写着"赠廉涛同志：'君子自强不息'。田森于英国"。每当我想起田教授的这些赠言，想起与他交流时他的满腔热血和激情，我总会感到一个生命不息、战斗不止的灵魂，一颗追求真理的年轻的心在跳动，我永远无法把他和一个集多种病痛于一身的年过七旬的老人联系在一起。2009年春，田教授来电话说，由任佶先生编辑的《田森教授论民航》一书已出版，由任佶转送我和西北民航的几位同志。收到书后，我惊喜地发现书中还收用了2007年田教授来西安时我为他拍摄的一张照片。此时的田教授已查出癌症，但他为了西北的发展，在接受治疗的同时，依然来到了西安，完成他的学术调研。因而，田教授的这张照片看上去明显清瘦了很多。

作为一个社会学家、一个彻底的唯物主义者，田教授把生死看得比常人超脱。他告诉我，一次他应邀到海南养病，住在山上，睡到半夜低血糖发作，半个身子不能动了，话也说不出来。他艰难地用手抓起拐杖，敲击墙壁，叫来了隔壁的工作人员。幸好有一位来海南拜访他的国际友人是医生，他才得以及时救治，脱离危险。当我问及危难的那一刻他的想法时，他引用了一位美国社会学者的话说："接近死亡并不一定是坏事，当你已经意识到这个事实后，它也有积极的一面，你会因此而活得更好。"看着摆在眼前的那一摞摞材料，他接着说："希望在这有限的时间里，能够多做一些对社会有益的工作。"这让我想起了上个世纪80年代，他作为中国唯一的一名代表参加联合国在马耳他召开的研究老龄化对策的国际会议期间，一个西方记者问他："教授先生，你能告诉我，你想怎样离开这个世界？"他坦然回答："我愿意或者在讲台上，或者在书桌旁，或者在与同志们探讨问题的过程中，结束我的最后呼吸。""为人类工作，对历史负责"，这是1947年7月他从延安大学毕业时，老校长李敷仁送给他的两句话，他一生铭记在心，忠实践行，并成为几十年来与疾病顽强斗争的强大精神武器。因此，这也就不难理解为什么田教授在他癌症晚期，会毅然决然地放弃在北京良好的治疗条件，在老伴的搀扶下，自费飞往以色列采访，了却他60多年来的基布兹情结（基布兹是迄今为止人类社会共产主义程度最高的生产和定居组织），撰写出了一部研究以色列基布兹的历史与现状、探寻基布兹共产主义元素形成的原因，以及人类社会形态未来走势的重要著作这一非凡之举了。

"闪电走在雷鸣的前面，思想走在行动的前面。"这是田森教授经常引用的海涅的诗句。他虽然走了，但他留下的《中苏社会主义比较研究》《当今的青少年犯罪问题》《中国特区社会研究》《中国老龄化社会研究》《日本社会掠影》《苏联剧变沉思录》《澳大利亚新西兰社会透视》《北欧模式与人类未来》《田森与民航》《海航崛起告诉人们什么》《三个世纪的陈翰笙》《马海德传》等10余部著作以及300多篇在中外产生广泛影响的论文，对于当代的社会学研究，依然有着重要的启示、借鉴和引领作用。

今年是田教授逝世三周年，谨以此文怀念我尊敬的田森教授。

2017年6月2日于西安咸阳机场

忆毛锜先生

看到李星老师（著名评论家、茅盾文学奖评委）在《西安晚报》上悼念毛锜先生的文章标题《德行永在——悼念毛锜先生》时，我不由得一怔，急迫地读完全文。想起前年搬家时整理书房，看到20年前毛锜先生发给我的两张新年贺卡，与先生交往的情形便呈现在我的眼前……

大约是在1997年，西安咸阳国际机场创建"全国文明机场"期间，作为机场宣传部的负责人，我向单位领导建议邀请一批作家和媒体来机场采风，以扩大创建工作在全国的影响，为通过民航行业评审营造舆论氛围。活动的组织者给我提供了一份受邀名单，里面有毛锜先生。此前，我并不认识毛锜先生，但毛锜先生的大名早已如雷贯耳，他在成名诗作《司马祠漫想》中所表现出的人格魅力和胸藏锦绣、横溢才华，让我这个诗词爱好者敬佩不已。那天在饭桌上，我坐在毛锜先生旁边，他端起酒杯说："要说咱们来的这些人里对机场感受最深、最有发言权的当属我了。"我忙问何故，他笑着说："我家就在机场旁边。"说话间，他将杯中酒一饮而尽，随后接着说："这机场给我们村里人带来了发财致富的机遇和幸福，也带来了烦恼，飞机场刚搬过来时，村民们看着新鲜，后来弄得人睡不好觉，现在时间长了，也就习惯了。"忘记是谁插了一句："听说母鸡都不下蛋了。"大家哈哈大笑。毛锜先生一本正经地说："这纯粹是笑话。"随后他端起酒杯对我说："啥时候能把这民航飞机改成无声飞机就好了。"说完和我碰杯又一饮而尽。从此，我和毛锜先生的往来交流就多了起来。有时毛锜先生的亲朋好友从机场乘机，他会托我接接送送，每次都客客气气，没有半点名人的架子，也没有丝毫名人的孤傲。

1999年元旦，我收到毛锜先生发给我的新年贺卡，贺卡底色是一个卡通女孩手舞足蹈奔跑的漫画，上面写着："廉涛同志，前年吧，曾和几位同行应邀在你处做客，匆匆一晤，未能畅叙，但因机场就在故乡田畔，非但经常过往，且每每惦念，愿今后有机会多联系。"

2000年秋天，我陪外地来的朋友到陕西历史博物馆参观，在门口遇见毛锜先生，他高兴地把我拉到一旁说："机场给村里带来的变化太大了，村里好多人都在机场工作，收入稳定，福利也好，最重要的是庄稼人见识广了，重视对娃娃的教育了，村里考上大学的孩子越来越多了……"说着说着，他不好意思地说："我忘了你还有客人，咱回头找时间好好聊。"在此后的日子里，他时不时地会打电话给我，询问机场的发展情况，聊聊村里的变化。

2001年元旦，我给毛锜先生发了一张祝福新年的贺卡，很快便收到毛锜先生的新年贺卡，上面写道："贺卡收到，非常感谢，我老家就在机场旁边，周末和假期我喜欢回去寻觅故乡童年的梦，以后有机会当顺便去看望你。"

从这两张贺卡和与毛锜先生的交往中，我深深地感受到毛锜先生对故土的深情和厚爱、对朋友重情重义的可贵品质。这对我这个同样从农村通过高考才进了西安城的年轻人来说，有着深深的触动和启迪。我想：也许正是因为毛锜先生从未忘记自己是"从哪儿来的"，才能写出当时在全国影响巨大、获得全国中青年诗人优秀作品奖的抒情诗《司马祠漫想》吧。

2020年6月10日于海珀香庭

辑 四

时代的脊梁

如果说五颜六色的教科书，使我幼小的心灵知道了隆起大地脊梁的是一座座巍峨的山脉，那么，今天我不止一次地思考、追问着自己，筑成我们中华民族脊梁的又是什么？他，在古城的航空港，胸前戴着闪光发亮的"五一劳动奖章"的褚秦勇，却使我深深地懂得了，正是一个个像他这样赤心报国的普通劳动者，筑成了我们这个时代和民族的脊梁。

在民航西安机场，提起褚秦勇，人们会不约而同风趣地说，他是"脚杆子上拴大锣，走到哪，响到哪"。的确，在他走过的近半个世纪的人生历程中，工作几经变化，职位几经升迁，可他把工作当作自己第一生命的劳动本色却始终如一。

老褚上世纪60年代中期调入民航，是机场车队的元老之一。不管是当年作为一名普通司机，还是后来当了车队队长、物资设备处处长，几十年来，他始终把驾驶室当作自己的第一卧室，在长期的驾驶实践中，他练就了一身过硬的技术和工作作风，总结出了如何处理思想与技术、主观与客观、快与慢、保养与使用等方面的系统经验，并把它毫无保留地传给了一批又一批的青年司机，使机场车队司机队伍的业务技术和职业道德水平明显提高。

作为一名老司机，工作服、油手套、工具箱，他总是随身携带，他每天的工作时间不是八小时，而是十小时以上或更多的时间，披星而出、戴月而归几乎成了家常便饭。在他近30年的驾驶生涯中，安全行驶了50多万公里，创造过十几万公里车未剐蹭、车容如新无大修，连活塞也没换过的记录。他主管车队工作，每年车辆年检年审，无论是车容车貌，还是技术状况，都始终达到了良好状态，检测一次过关，机场连年被评为西安市车辆管理先进单位，这里面凝聚着他多少辛勤劳动的汗水和心血！

可是，谁又曾想过，在这些沉甸甸的成绩背后，老褚背负着多少常人无法承受的家庭负担……

他的父亲中风偏瘫；母亲患糖尿病、胰腺炎、胆结石和支气管扩张等多种疾病，曾两次手术，去掉一叶半肺和两根半肋骨；爱人椎间盘突出；小孩患肝炎。五口之家竟有四位亲人常年有病，生活不能自理，他常常是既当护工，又当保姆，忙了单位又忙家里。为了不影响工作，他坚持每天清晨5点多起床，处理完家务后按时上班，晚上回家后才去跑这个医院，找那个医生，单位领导和同志们都劝他推后上班、提前下班，可他却说："我是一个党员，哪能因个人的事影响工作呢？"花开花落、冬去春来，就这样，他整整坚持了10多个春秋。

去年6月，老褚母亲的病情日益恶化，机场领导反复交代让他守护在老人身边，可他心想，西北民航体制刚刚改革进入试运行阶段，机场是古城的空中门户，自己怎能心安理得地去忙个人的事情呢？他白天照旧按时上班，晚上拖着疲惫的身子去医院守护老人。6月7日这一天，面对已经严重昏迷了三天的老人，他的心里还是放心不下工作，晚上7点多钟，他从10公里外的医院赶回单位，当得知有人劫持了机场接送旅客的客车，他立刻主动参加了机场召开的紧急会议，并坚持要求参加营救小组，在领导和同志们的反复劝阻下，他才回到了医院，可是他那八旬的老母亲早已在一声声"勇儿、勇儿"的期盼声中无望地离开了人世。泪水从这个平日铁骨铮铮的硬汉子的眼中夺眶而出，他泣不成声地跪在含辛茹苦抚养他成人的母亲

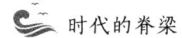

身边说:"妈,自古忠孝难两全啊!"人非草木,孰能无情?他,也是有血有肉的五尺男儿,而他却在工作与家庭,尽忠与尽孝的十字路口毫不犹豫地选择了前者。究竟是什么给了他这么大的精神力量,用老褚的话说:"我时刻也没有忘记入党时面对庄严的党旗自己所发过的誓言。"

的确,他没有忘记,而且他无时不在用自己的行动证明着这一切。

1970年单位分房,他把房子让给了老师傅乔锦文;1980年分房,他又把房子让给了司机张英;1988年,他带领职工辛苦干了一个月,自己动手备料修建了十多间平房,让一个个青工欢天喜地地住进了新房,而他一家四口调入民航十多年却一直住在一间地势低洼,昏暗潮湿,夏天像蒸笼,冬天像冰窟的破旧平房里,一家老小做梦都在盼着能分到一套好房子啊!对此,周围的一些同志困惑不解地问他:"老褚,你这是图了个啥,又何苦呢?"而他却说:"自己的困难咬咬牙凑合凑合就过去了,职工的困难一定要尽心尽力抓紧解决,不看到老师傅先住进新房,我于心不安啊!"这是多么朴实的话语,然而却映射着一个共产党员金子般的心。职工黄开让粮食不够吃时,他立刻送去50斤粮票;司机王志高的母亲病危,他马上在西安请了医生前往15公里以外的长安县去探望……几十年来,从职工的婚丧嫁娶到生老病死,从柴米油盐到衣食住行,他都尽力给予关怀照顾,始终把别人的困难当作自己的困难,把他人的伤痛视为自己的伤痛,无时无刻不把自己火一样的爱倾注在每个职工身上,把党的温暖洒向一个个普通的家庭。难怪无论是基层领导,还是普通职工,凡有难言之事,都愿找他谈心,有什么解不开的疙瘩都愿找他帮助,同志们都把他当成了生活中值得依赖的兄长和朋友。

然而,褚秦勇却说:"作为一名党员干部,我做的这些还远远不够。"这并不是他的故作谦虚之词,更不是他的沽名钓誉之言。

作为机场综合部门物资设备处的一处之长,他既管车、管仓库,又管修理,用车、用人、用物可以说易如反掌,可他一上任就定了个规矩,

"宁为公事跑千里，不为私事跑一米"，他宁肯牺牲个人利益，也不占集体和群众的便宜。他父亲在世时，每次去医院检查治疗都是他用三轮车送去送回。父亲去世后，久病的母亲每年清明节去20多公里外的墓地为父亲祭奠扫墓，他总是用自行车把母亲带去带回。爱人和孩子患病去医院都是他背来背去，从没用过公家的车。1988年，单位给他分了新房，搬家时，他宁愿每天晚上自己用三轮车一车一车地搬，也不肯用单位的车，不肯叫同志们给他帮忙。按理说，其他人可以用车搬家，他用车也是无可非议的，可他却说："咱是一个党员干部，一言一行都为群众所关注，自己怎能因此损害党在群众心目中的形象呢？"

这就是褚秦勇，这就是作为一个共产党人和领导干部的褚秦勇！

当社会上刮着"有权不用，过期作废"的阵阵歪风时，他却始终坚守着"打铁先得自身硬"的准则。

当有些人正在干着损公肥私、假公济私、以权谋私的勾当时，他却用自己的实际行动不折不扣地捍卫着党的威望，维护着党在人民心目中的光辉形象。

当有些人正在破坏着党和人民的鱼水之情时，他却用自己的一身正气，密切着党和群众的血肉联系。

倘若我们每一位领导干部都能像褚秦勇这样当官不特殊，有权不谋私，那么，我们的党风、民风、社会风气何愁不能归正！

倘若我们的干部都能像褚秦勇这样，廉洁奉公、两袖清风，那么，我们四化建设的宏图又何愁不能早日成为现实！

褚秦勇，他几十年如一日为社会主义事业洒下的汗水，付出的心血，党和人民没有忘记，他连年被评为机场先进工作者、优秀共产党员，多次出席全国民航先进表彰大会。1987年，他光荣地被评为全国民航劳动模范，1988年又荣获"五一劳动奖章"。这些熠熠发光的奖章和奖牌不正是对他近半个世纪人生历程的真实记录！此刻，我深深地感到我们社会主义的大厦不正需要成千上万像他这样的建设者吗？！不正是成千上万像他这样的赤心报国的普通劳动者筑成了我们这个时代和民族的脊梁吗？！

1990年11月12日于西关机场

风物长宜放眼量

1990年10月25日上午,西安西关机场办公楼二楼会议室里,烟雾腾腾。从在座的人们那期盼的眼神里可以看出,他们每一个人都热切关注着即将发生的事……

11点40分,由民航局科教司和陕西省技术监督局共同组成的西关机场计量定级考核评审组全体成员来到会场。

一阵静默……

考评组组长文斌操着一口略带南方口音的普通话郑重宣布:

"……经评审组考评,西安西关机场达到了国家二级计量合格企业标准"。霎时,群情激奋,会议室里回响起长时间热烈的掌声。这掌声似乎要传到机场每一个角落,传到机场每个职工的耳边……

1989年,刚刚完成体制改革的西关机场,作为以保证飞行安全、正常和后勤服务为主的企业,各项工作面临着重重困难,几百双翘望机场腾飞的眼睛似乎变成了一个个问号:企业要发展,路该怎么走?

"企业要发展,计量须先行。"1989年8月,机场组建了专职计量职能机构——计量能源处,随后又成立了计量能源管理委员会,并在各有关部门配备了15名专兼职计量员。同时,他们还把计量工作上等级作为企业一项主要工作任务纳入了经理目标责任制。

机场领导懂得,要搞好计量工作必须首先提高全员计量意识。为此,

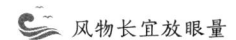

一开始他们就在全机场范围内开展了一次"计量法"和计量基础知识宣传教育月活动。计量能源处还编辑出版了近两万字的《计量知识问答》，发给每位职工学习，并将《中华人民共和国计量法规选编》发给处级干部学习。11月，机场对全体人员进行了"计量法"和计量基础知识统一命题考试，机场领导亲临考场参加考试，参考人数为606人，占应考人数的97%，考试成绩平均在95分以上。

计量工作的水平与企业计量人员业务、技术素质密切相关。计量能源处组建后不久，全处人员就去昆明参加了国家民航举办的计量管理研讨会，在回西安途中，他们不顾劳累，又专程前往双流机场学习取经。现在，全机场已有5名同志通过了陕西省技术监督局和民航局科教司组织的检定员考核，并取得了水表、电度表的检定员证书。同时，为使计量人员在工作中有章可循，机场制定了共14章、148条的计量管理制度，使计量工作朝着管理制度化迈进了扎实一步。

面对西关机场计量测量装备欠账太多、计量检测手段不齐备、不完善，计量检测率和计量器具配备率十分低下的严峻现实，机场领导果断决定，调整和补充配备生产用水表103块、电度表76块、衡器12台，先后花去30多万元，使经营管理、场道安全和环境监测计量器具的配备率均达到了100%，能源计量器具的配备率达到了98.2%，计量器具配备得到逐步完善。

"你们走在了全省医疗卫生部门的前列。"这是评审组一级评审员、陕西省技术监督局马立英工程师对机场急救中心在推行法定计量单位工作上所取得的成绩给予的评价。起初，医生们对法定计量单位的实施都感到不习惯，他们每个人便在办公桌的玻璃板下压一张计量单位换算表。现在，他们已习惯并掌握了血液、尿液、体液等数十个法定计量单位。机场还根据法定计量单位先后对151台压力表、血压表、台秤等计量器具全部进行了改制，重新印制了职工食堂饭票，并在各种原始记录、统计报表、账卡中全面推行了法定计量单位。

　　经过一年多的努力,"计量工作越过三级而直上二级"的构想今天已由西关机场人变成了现实。风物长宜放眼量,而今,西关机场的决策者们又有了一个新的构想,他们计划在搬迁咸阳机场以后,用5年左右的时间建成一个拥有300平方米面积的计量室,能够开展电磁、力学两个专业的周期检定工作,以适应现代化管理的需要。

1990年12月5日于草阳村

银鹰将从这里腾飞

古都咸阳东北角,一座现代化的大型民用机场平地而起,这就是国家重点工程——陕西西安咸阳国际机场。

这座占地约7000亩的国家一级机场,经过3年多建设,如今,跑道、滑行道、助航灯及导航台工程已全部竣工;候机大楼、航管、气象楼已进入装修和设备调试阶段。机场主要设施有的已基本完工,有的正在进行最后的"攻坚",三秦儿女期盼已久的通航指日可待!

1987年8月20日,是一个值得纪念的日子。随着阵阵震耳欲聋的锣鼓声、鞭炮声,这块昔日的荒原顿时沸腾了,3000多名建设者在这里拉开了建设西安咸阳国际机场的序幕。为了落实中央领导同志"一要加快进度,二要飞出去"的指示精神,建设者们顶烈日、战严寒、抗黄风、住荒原,夜以继日地奋战在工地上。现在,当你步入宏伟壮观、富丽堂皇的候机大楼内,为旅客服务的餐厅、咖啡厅、机械化行李传送带、安检系统、电力系统、消防系统等设施立刻会使你沉浸在舒适、便捷的现代化氛围之中。从候机楼向北望去,长3000米、宽60米的跑道和滑行道宛如巨龙一般横卧在黄土地上,广阔的停机坪与周围的碧草绿荫相辉映,会使你感到心旷神怡。

候机楼的东侧,是一座占地7200平方米的航行管制楼,楼内雷达和数据处理终端显示系统、电子计算机室、通讯控制室、气象卫星接收系统,以及具有80年代先进水平的自动气象观测系统已安装就绪。

　　位于候机楼东北侧的气象大楼与候机大楼、航行管制楼构成立体三角形，显得格外别致。这里的设备大都是引进的具有80年代国际水平的先进设备，有美国的仪表着陆系统（盲降设备）、法国的全向信标机、美国的容量达480个电路的高质量数字微波传输系统，还有120个电路的有线通信电话同时通往西安。

　　笔者从有关部门获悉，与一期工程相配套的供电、供油、供水、供热系统，以及机务维修、货运仓库和主要生活设施现在基本完工。特别值得一提的是，在咸阳国际机场四周有许多属于全国和陕西省重点保护的文物古迹，如武则天之母的陵墓顺陵、周文王、周武王之陵墓周陵、汉元帝刘奭的陵墓渭陵等12座帝王陵墓。西安咸阳国际机场的建设无疑给这些长卧在地下的历史遗迹带来了福音，使这些深埋在地下的历史文物能为现代人一展昔日的风采。

　　八百里秦川文武胜地，五千年历史古今文明。如果说分布在咸阳国际机场周围那灿烂夺目的历史遗迹给三秦大地注入的是悠远的古代文明，那么，咸阳国际机场的建设无疑将给这块古老的黄土地带来现代文明的新的气息："据有关部门预测，2000年，西安咸阳国际机场的年旅客吞吐量将超过320万人次。西安咸阳国际机场最终建成后，终端旅客年吞吐量将可达到2350万人次，可起降波音747等国际大型客机，并将陆续争取开辟通往南亚、东欧、西欧、北美等地的国际航线。"

1991年5月4日于西关机场

无须扬鞭自奋蹄

在西安西关机场宾馆，人们总会看到一个匆忙的身影，已是年过半百的她，依然和年轻时一样，脏活累活带头干，搞卫生、缝被单、修网套。她始终和职工在一起，如果不是她胸前时常佩戴着的"值班经理"的标志，你很难分辨出她到底是哪个工种。工作忙起来，中午、下夜班她都不休息，有时连饭都顾不上吃，节假日她更是第一个要求值班。为了工作，她常常顾不上家。女儿住院，动两次手术，想叫她陪陪，她为了工作，只是早晚去医院看看。爱人在咸阳，工作忙，有时星期天也不回来，家里的一切都靠她料理，可她从未因家务而影响工作，始终坚持出满勤干满点。她，就是西安西关机场宾馆经理杨秀阁。

一次，住宾馆的一位刚刚出院的高位截肢的姑娘，在母亲的陪同下准备回安康，身上的钱只够买两张飞机票，没想到天气不好飞机延误了3天，她们吃住发生了困难，母女俩非常焦急。老杨得知后，一面安慰她们，一面从家里拿来奶粉、鸡蛋、白糖、馒头等，还给姑娘带来了杂志和画报，母女俩感动得热泪盈眶。她们回到安康后，一连写了几封感谢信，刊登在《西安晚报》上。像这样的事对杨秀阁来说实在太平常了。

今年4月23日，杨秀阁在宾馆大厅发现一位60多岁的台胞神情忧郁，就主动上前询问。原来老人阔别大陆已40多年了，想发封电报让家人来接，不知道去哪里发。她立即让老人把发报内容写下来，派门卫小许把电报发了出去。几天后，这位台胞又来找她订一周内去香港的机票。这类票一般须提前一个月才能订上，可当她看到台胞那求助的目光，心想无论怎样难办也不能推脱。她便利用"五一"节休息时间，跑了一个上午，把票买到交给了老人，这位台胞送给她手表和车费以表谢意，被她婉言谢绝。十几年来，她就是这样千方百计方便旅客，绝不慢待一位客人，尽量把旅客安排得妥妥帖帖。凡遇到航班延误，面对满腹怨气的旅客，她总是格外耐心地回答问询，尽力调整安排旅客住宿，帮客人寄存行李，挂长途电话；碰上旅客身体不适，她就陪着到卫生队看病、拿药，帮旅客到餐厅联系可口的饭菜。她用自己的一言一行，把自己的一片爱心献给每位南来北往的旅客。

作为宾馆经理，杨秀阁心中总是想着职工。一位青工因为恋爱受挫，终日情绪低落。她三番五次找她谈心，摸清了这位青工的实际情况后，以一个长辈的身份帮她出主意，讲事情的危害，使这位青工明晓了利害，妥善处理了和男友的关系，工作劲头倍增，接连受到旅客表扬。

去年8月，一位服务员患了皮肤病，生怕治不好，影响容貌，整天心事重重。她主动登门探望，陪她看病，启发她放下思想包袱，姑娘的思想疙瘩终于解开了，病情也随之好转，又愉快地走上了工作岗位。

面对商品经济大潮冲击下滋生的不正之风，杨秀阁始终保持警惕。一次，从厦门来的一位水龙头推销员，向宾馆推销产品，并要给她回扣，被她当场拒绝。在她模范作用的感召下，每当旅客为感谢服务员的良好服务而赠送钱、物时，服务员们都婉言谢绝。在治理整顿和纠正行业不正之风中，宾馆无一人违法违纪，保持了清正廉洁的作风。为了加强管理，在机场的统一部署下，她在宾馆推行全面质量管理，强化全体人员的服务意识，制定了岗位责任制、三项服务程序和奖罚制度，并落实到每个人身上，还经常性地开展"假如我是一个旅客"活动，大大提高了全体人员的服务素质，使宾馆工作走上了制度化、规范化、标准化的轨道。

从1984年到1990年度，西安西关机场宾馆共接待中外旅客40.7万人次，收入407万元，为国家上缴利润269万元。收到旅客表扬信2750封，获各种奖旗奖状32件，连续8年被评为"三八红旗集体"，并荣获集体功一次。杨秀阁自己也被评为民航局、民航西北管理局优秀共产党员和先进个人，并获得西安市先进服务工作者、民航"三八红旗手"等荣誉称号。面对她用心血和汗水浇灌出的这些殊荣，人们便不难理解她那过早挂满两鬓的银丝了。

1991年8月10日于西安西关机场

空中丝绸之路新起点

转折

1991年8月31日下午6时,当一架载满旅客来自南国春城的银鹰划破渭北塬上寂静的长空,徐徐降落在这块古老的黄土地上时,第一个走下舷梯的旅客惊奇地发现,展现在他眼前的是一座大型现代化民用新机场。

就在一位位旅客带着惊喜的目光环视着新机场时,西安西关机场这个曾饱经沧桑,有着半个多世纪光荣历史的空中枢纽却在谱写着它最后的乐章。当晚9时,乘坐2701航班飞往兰州的南京地矿研究所的业治铮老人得知他将是最后一个离开西关机场的旅客时,情不自禁地说:"时代在发展,民航在前进。"9时37分,执行2544航班任务的2701号飞机带着西北民航职工的万千祝福,插向夜空,飞向远方。西安西关机场从此完成了它的历史使命。然而,在场的人们目送着星空中渐渐消失的银鹰却久久不愿离去,他们似乎在思索,在追忆着西北民航半个多世纪前进与发展的历史足迹。

抉择

位于古城西安西郊、距西门城楼仅1.8公里的西安西关机场,始建于1930年,闻名中外的西安事变曾在这里留下最后的历史印记。共和国诞生后的第17个春天，随着国民经济的迅速恢复和发展，人民政府决定将它扩建成可起降当时国内较大型客机——三叉戟、具有民航二级机场规模的新机场。

然而，随着历史长河的奔腾，这个曾经为陕西乃至西北的政治、经济、文化做过特殊贡献的空中枢纽，却越来越显得苍老和"力不从心"。

三面环市，形似口袋一样狭窄的机场区，每到冬季，市区的烟雾便滚滚而来，弥漫了整个场区上空，3个月低于1公里能见度的天数竟占49%，正常航班得不到有效保证。机场周围超出净空障碍物多达24处，加之周围机场航线空域的互相干扰，飞机空中安全也受到严重影响。

机场不仅本身不能发展，而且也严重影响着古城西安的发展。由于受机场净空条件的限制，场区周围不能建设高层建筑，从而很大程度上限制了城区的规划布局和工业建设，市区居民和附近村民也饱受着难以忍受的飞机噪声之苦。

近年来，伴着对外开放的春风，陕西的旅游经济迅速崛起，西安——这个被誉为世界四大文明古都之一的旅游城市已成为世人向往之地，如云的旅客纷至沓来。根据预测，到2000年仅来陕旅游观光的外国人、港澳同胞和归国访问的华侨就将达68万人。这意味着西关机场已难以承担起时代的重任，择地另建机场，已成为历史的必然。

经邓小平同志亲自批准，1984年3月10日，国务院、中央军委做出了将西安咸阳空军机场扩建改建为民航机场的决策。

5年多，弹指一挥间，昔日的宏图今日变成了现实……

风物宝地有一星

1987年8月以前，这里还是一片沉寂的土地，杂草丛生，一片荒凉，尽管有过一支驻军和几百户村民在此生息，但在这茫茫荒原上却显得寥若晨星。

新机场西南距秦岭45公里,东南距骊山40公里,北距海拔1440米的嵯峨山30公里。附近没有工业区和高大建筑、净空条件良好,符合一级机场标准。也许正是由于这一得天独厚的自然条件,才使得这块黄土地今天拥有了现代文明的权利,才使得它今天能够成为祖国西北腹地经济腾飞的空中枢纽。

如今,这座占地约7000亩,总面积相当于西关机场4倍的国家一级机场正敞开它宽广的胸怀,以其崭新的现代化设施和方便舒适的交通工具喜迎八方宾朋。

当你步入占地21000平方米、宏伟壮观、富丽堂皇的候机大楼内,为旅客服务的餐厅、咖啡厅、商店、电梯、机械化行李传送带、安检系统、电力系统、消防系统、公安监控系统、电子监控系统等设施立刻会使你沉浸在舒适、优美的现代化氛围之中。从候机楼三楼向北望去,长3000米,宽60米的跑道和滑行道宛如两条巨龙横卧在绵绵黄土地上,广阔的停机坪与周围的碧草如茵相辉映,会使你感到心旷神怡、赏心悦目。

1991年9月,作者登临塔台,俯拍刚刚启用的西安咸阳国际机场

在候机大楼东侧，一座占地7200平方米的航行管制楼巍然屹立。楼内有一、二次进近雷达和数据处理终端显示系统、电子计算机室、导航监控系统，容量达480路的高质量数字微波传输系统等具有80年代先进水平的航管设备。还有120路有线电话同时通往西安，并建有1200门程控总机。

位于候机楼东北侧的气象大楼与候机楼、航管楼构成立体三角形，显得格外别致。这里有从芬兰引进的具有80年代国际水平的自动气象观测系统、713气象雷达和气象卫星接收系统等先进设备。

在跑道中段和终端两侧还装有美国的仪表着陆系统(即盲降设备)、法国的全向信标机等一流通讯导航设施。

与一期工程相配套的还有供电、供油、供水、供热系统，以及机务维修、货运仓库和主要生活设施。供油系统还将完全管道化和实现储油、供油系统自动化，并可同时为16架飞机自动加油，新建油库航空煤油总储量已达到28000立方米。

汗洒黄土　情系蓝天

1987年8月20日是一个值得纪念的日子，随着阵阵震耳欲聋的锣鼓声、鞭炮声，咸阳底张——这块昔日的荒僻之地顿时沸腾起来，3000多名建设者在这里拉开了建设新机场的序幕。

从此，这里便没有了星夜的空寂，只有如同白昼般的灯火。建设者的心中便没有了春、夏、秋、冬的四季，而只有火一样的热情和干劲。为了落实中央领导同志"一要加快进度，二要飞出去"的指示精神，建设者们顶烈日、战严寒、抗黄风、住帐篷，夜以继日地奋战在工地上。在西安咸阳国际机场建设最紧张的日子里，我作为记者，在工地见到了一位被工人们称为"贾三摇"的老电工，他就是原西安西关机场维修动力处变电站副站长贾文付。当老贾知道了我的来意，便有滋有味地给我讲起与他一起工作的同志们一桩桩感人的事迹，而当我问起他的情况时，他却憨然一笑，说是上班时间到了，便悄然离去。此时时针正指向中午1点，是午休时间，我有些困惑不解。工人们解释说，住处距工地约有一公里路程，早晨上工地有车送，中午和晚上车没有保证，工人们为了保证按时上工，须提前个把小时出发。他们告诉我，老贾已年过半百，老伴身体一直不好，但他却很少能回家照顾，就连小孩不慎摔断了胳膊，他也只是抽空回趟家看看，工作丝毫没有耽搁。人非草木，孰能无情？可老贾的心里装的公事太多了。变电站是机场生产、生活的重要保障部门，他要争分夺秒熟悉这里的现代化设备和图纸资料，为投入运营做好充分准备。他每天在3000米长的跑道上来回奔波（走一个单程也需要40分钟），对跑道灯光电缆的绝缘性进行监测，日日摇表三次，风雨无阻，难怪大伙都风趣地叫他"贾三摇"。

和老贾在一起工作的小蒋，来工地时妻子产后还不到半月，为了工作，他硬是撇下妻子和可爱的小宝宝，花钱请保姆照顾家里，义无反顾地来到建设工地。在他熟悉中心变电站图纸、资料和设备性能的日子里，脚上长了个大鸡眼，动了手术，医生要他在家休息，可是，伤口未愈，他的身影就出现在电机旁。

季金泉这个名字，在工地上人人皆知，别看老季已50开外，可工作起来风风火火，像个小伙子。他负责工程上的通讯导航内外选点、投资计划和施工合同的签订等工作。为了保证导航台选点无误，他查阅了大量技术资料，在方圆三县二区境内翻沟壑、走泥路实地勘察。他和同伴们一天钻几十里的庄稼地，被玉米叶子划破脸，拉伤臂，太阳一晒钻心地疼，他们却全然不顾，仍一米一米地丈量，一处一处地打桩定位。饿了，咬口馍；渴了，喝口凉水，常常披星而出，戴月而归。最使他难过的还是附近的村民一时不理解，竟将他们辛辛苦苦打好的桩一夜之间拔个精光，他领上人一方面要向群众做说服工作，另一方面还得将毁坏的工程逐一修复。就这样，通过两个多月的艰苦奋战，13个站点定位全部完成，经民航局检验，完全符合技术要求，一次审验通过，为后来的土建工程打下了坚实基础。

西安咸阳国际机场投资达4.5亿元，如此浩繁的建筑工程，资金投入不出一点问题谈何容易！可老季说："事在人为，只要认真，百分之百成功的希望是有的。"4年间，他共签订各种合同38份，资金达707万元，都做到了稳妥可靠。前几年，回扣风盛行，他却从未慷国家之慨，为金钱所动，对每项投资都是反复审查、谨言慎行。一次，某设计单位计算设计费63万元，季工查阅有关资料，缜密论证，取得了翔实数据，以此据理力争，终于使设计单位按50万元标价签订了合同。几年来，他就是这样以高度的主人翁责任感，一点一滴地为国家节约了80万元建设资金。1988年以来，季金泉连续3年被评为机场优秀共产党员和先进工作者。

文明的延续

咸阳，这块秦川腹地的膏腴之地，秦皇汉武、盛唐列祖无不享用。在西安咸阳国际机场四周有许多属于全国和陕西省重点保护的文物古迹，有武则天母亲之陵墓——顺陵，有周文王、周武王之陵墓——周陵，有汉元帝刘奭之陵墓——渭陵等，共12座帝王陵墓。机场的建设无疑给这些长埋在地下的历史遗迹带来了福音，使这些中华民族的历史文物能为现代人一展它的风采。为了在机场土建时不损坏一件文物，开工前，陕西省考古研究所等三家文物钻探公司对机场区文物进行了探查和清理修复。在建设工程中，他们首次发掘出一批北周古墓，填补了我国考古工作的一项空白，特别是陕西省考古工作者在机场辅助工程——机场专用公路线的随工清理中，从汉景帝刘启之墓（阳陵）中发现了一组类似兵马俑的大型从葬俑坑、陵园建筑和陪葬墓，这是继秦俑和法门寺之后又一考古重大发现，被誉为东方的"太阳神"。一些有识之士认为，若能就此建馆陈列，形成东有秦俑、北有汉俑、西有法门寺的文物旅游格局，不仅可以弘扬其极高的学术、艺术价值，充分发挥其观赏和教育意义，还能使其仰仗这座现代化的机场，获得特殊的经济、文化和社会效益。

八百里秦川文武盛地，五千年历史古今文明。如果说分布在西安咸阳国际机场周围那灿烂夺目的古代艺术给三秦大地注入的是悠远的古代文明，那么，西安咸阳国际机场的建设无疑将给这块古老的黄土地带来现代文明的气息；如果说古丝绸之路是盛唐经济繁荣的桥梁，那么西安咸阳国际机场这个今日空中丝绸之路的新起点必将为陕西和我国西北腹地的经济插上腾飞的翅膀。据有关部门预测，2000年，西安咸阳国际机场的旅客年吞吐量将超过320万人次，而外国旅客的比值将超过国内游人。机场完全建成后，终端旅客年吞吐量可达2350万人次，年飞行量可达24万架次，可起降波音747等大型客机。

人们期待着西安咸阳国际机场这座现代化的航空港连同它周围那星罗棋布的古代艺术能为这块古老文明的黄土地带来勃勃生机。今天，当一架架银鹰从这里腾飞，飞向祖国的四面八方时，机场职工似乎从内心深处迸发出同一个声音：我们既然创造过机场事业值得自豪的过去，我们也一定能够开辟机场事业更加光辉灿烂的未来。

1992年4月11日于西安咸阳国际机场

班车会议

夕阳柔和的余晖，洒在平坦的公路上。

5月5日，一辆西安咸阳国际机场下班的通勤大轿车，行驶在机场通往古城西安的公路上，座无虚席的车厢里传来录音机播放的讲话声，只见"乘客"们一个个正襟危坐、洗耳恭听。

原来在车厢里，机场领导正在主持中层干部会议。50多名"乘客"都是机场处级干部，他们正在凝神静听民航局局长5月4日在全国民航飞行安全电话会议上的讲话录音。

车平稳地行驶着，"乘客"们刚听完录音，就议论开了：

"今天既坐了车，又开了会，真是一举两得！"

"开这样的班车会，能腾出更多的时间抓工作，真划算！"

……

"班车会议"是怎么开起来的呢？据了解，西安西关机场转迁到西安咸阳国际机场后，不少干部办公随迁，而家仍住在西安，上下班由专车接送；新机场面积由于是原机场的4倍，办公分散，召开一次中层干部会议，仅通知开会就得花1个多小时甚至更长时间，加之眼下又值生产旺季，上班集中开会给基层领导增添了负担。为了缓解这一矛盾，机场党委决定，利用干部集中坐车上下班的机会，在班车上召开有关会议，今天就是头一次召开"班车会议"。

听完大家的议论，坐在车前的机场领导又开了腔，回顾分析了今年以来生产的安全形势，接着部署了下一步的安全工作，同时宣布："今后凡是能在班车上开的会一律在车上开！"话音刚落，车厢里掌声四起。

1992 年 6 月 3 日于西安咸阳国际机场

点点滴滴都是情

在机场众多的工作岗位上,提起离退休干部管理处的工作,人们总不免要说:"那尽是些婆婆妈妈的苦差事",而西安咸阳国际机场离退处干部高芳梅以中华民族"老吾老,以及人之老"的优秀美德,四年如一日,甘愿在这块"老人世界"的田园里,勤勤恳恳、任劳任怨、默默无闻地奉献着……

平平淡淡才是真

1989年3月,民航体制改革的大潮把43岁的高芳梅推到了机场离退休干部管理处新的工作岗位上。基于以前在地方做过妇联、街道办事处和基层党支部工作多年的经验,她一到离退处,首先认真学习党对老干部工作的一系列方针、政策,把有关规定摘抄在工作记录本上,随时翻阅、对照检查。她越来越感到,自己所做的工作不仅关系到老干部是否能安度晚年,更重要的是向老同志表明党和人民并没有忘记他们为革命所做出的贡献。因此,她把做好老干部工作当作自己的一项光荣职责。

在处里,她总是早上班,在同志们没到办公室之前,就烧好开水,把办公室、老干部活动室和500平方米的院子打扫得干干净净。下班,她总是最后一个离开。冬天,处里轮流烧土暖气,只要她值班,她总要和爱人一起晚上给炉子多加一次煤。轮到有的同志值班不会生炉子，她二话不说，就帮着干，有时弄得满身烟灰，满脸黝黑。别人取笑她说："你一个女人家，这样拼命工作图了个啥？"她却憨然一笑，说："啥都不图，只图大家有一个舒适的办公环境，离退休老同志有一个舒心的活动场所。"

给离退休老同志办福利，出远门拉瓜果，这些男同志干的活，老高同样抢着干。一次，拉了3万余斤西瓜，处里5个同志从上午9点开始分，午饭和晚饭时，她就让其他同志回家照顾孩子，而自己却叫女儿在外边买着吃，直到晚上10点半把西瓜分完，她才松了一口气。在场的瓜农目睹这一切感慨地说："这位大嫂比我们农村人都能吃苦。"

每年组织老干部外出旅游，携带数万元的巨款是最棘手的事，但老高每次都主动承担这一重任。去年，处里组织老干部去广州参观旅游。10月份的天气，西安已是凉爽的深秋，而广州却像个大蒸笼，同去的人都换上了夏装，而老高为了票款的安全，不得不穿着民航秋装，热得汗流浃背。回到旅馆，想冲个冷水澡，却因为房间人杂，只好作罢。晚上别人睡得打呼噜，她却提心吊胆，睡不安稳。同行的一位离休干部感慨地说："小高腰缠万贯，可苦了她了。"可她却笑笑说："没啥。"几年来，凡是她交付的款项，结账时总是分文不差。

点点滴滴都是情

离退休干部管理处的工作，在一般人看来都是些微不足道的小事，有人对老高说："工作何必那么认真。"可她认为，这些虽是小事，但对这些离退休的老同志来说，却是关系到他们生活是否方便，心情是否愉快，晚年是否幸福的大事。每当在路上遇见老干部时，她都主动上前打招呼，攀谈两句；对到办公室来的老干部，她都彬彬有礼，端茶倒水；对有病的老同志，她总要抽空到家里嘘寒问暖，安慰其好好养病。在外出旅游参观时,她帮年老体弱的老同志拎包;遇到下雨或路不好走的地方,她就搀扶老同志;给老同志打洗脸水、洗衣服、盛饭夹菜,对她来说更是寻常事。

每年给老同志领衣服是最麻烦的事了。领的衣服统一衣号,好多老同志穿上都不合适,老高便一一到仓库给予更换,一次不行两次,两次不行三次,直到本人满意为止。对一些年老体弱、有病行走不便的老同志,她就带上裁缝到家去量,衣服做好后,再逐家挨户去送。平时,有的老同志外出,她便常到家里去看望家属,有困难就帮助及时解决,有的家里灯具坏了,她就到变电站领来给换上,自来水管漏水,她就找水暖工及时给修好。每次办福利分完东西,她不顾疲劳都要用三轮车或自行车把东西一一送到腿脚不方便的老同志家中。老工人秦辉扬、曹然退休后分别回河南、四川老家居住,家里经济比较拮据,老高每月都及时准确地把工资汇到他们家中,秦辉扬百感交集地来信感谢她:"你就像我们的闺女一样,服务到家了。"

洒向人间都是爱

提起时下的社会风尚,人们总觉得人情淡漠,而高芳梅却使老同志深深地感到"人间自有真情在"。

有两位老干部体弱多病,生活不方便需要照顾,请老高帮忙给孩子在自己身边找个工作,她三番五次地找有关部门协商,终于得到解决。有位同事的孩子在家待业,整天为工作犯愁,她得知后便多方联系,也给办妥了。处里有的同志出差,孩子小做不了饭,她就把小孩叫到自己家里吃,或者把热腾腾的饭菜给小孩送到家里。

高芳梅的爱人在配餐公司工作,因而常有很多人通过她为家人订做生日蛋糕,一年下来有百余份,老高都不厌其烦地一一给订做好,再取出送到家里。在处里,老高工作也从来不分分内分外,因此,大家都很敬重她。

　　几年来，高芳梅就是这样以她满腔的热忱，把党的温暖、组织的关怀、同志的友爱送到了每一位离退休老干部的心里，为此她连续4年被评为机场优秀共产党员。

1992 年 9 月 19 日于西安咸阳国际机场

七十六小时

深秋的古城西安，秋雨绵绵……

9月21日清晨五点半，当人们还在睡梦中，民航西安基地家属院供水场值班员和往日一样为保证基地正常的生产和生活用水已开泵加压。然而，值班员老张发现，水压表压力急剧下降，情况异常，他一边快步跑出水场，沿水管主干管检查，一边叫值班员小罗立刻报告有关领导……

基地处水暖站站长牛随生、供水分队长李镐闻讯后带上工具冒雨急奔现场，在水场外约6米处，他们发现前些天为新建家属楼开挖的200米管沟，由于数十天的阴雨，导致管沟土基松软下沉，使得直径150毫米的主干管严重断裂。水正汹涌喷出，流向人行横道……

管道断裂严重，井泵已被迫停止运行，配餐公司、职工食堂及几千户人家的生产、生活用水被迫中断。

修复管道需要打铅口，而烧化铅水时温度最低也在850摄氏度以上，如此高温的铅水遇到雨滴会发生飞爆，极易造成人身烫伤事故。按施工规程，雨天禁止此项施工作业，而天公不作美，这几天雨下个不停，天气预报称近期西安地区天天有降雨，要等下去势必给基地的生产和几千户家属的生活造成更为严重的困难……

在这严峻的时刻，牛随生和李镐深思熟虑，当机立断："与天斗，打破常规；与险斗，争分夺秒。"十几名水工纷纷表示："为了恢复正常供水,天大的困难也要克服。"

集体的力量是巨大的。他们急速开启自来水阀门,首先解决了六区低压供水,同时,快速装上了一台抽水泵,建起了临时供水点,缓解了七区、八区供水。随后,十几名水工便投身到最为棘手的抢修主管道施工中,大家运木料、搭雨棚、切管口、化铅口。雨雾中,水工们脚踩着稀泥,抬着16米长、400多公斤重的管子,艰难地一步步走向地沟,再一点点移动将管子对接好,然后一人打着雨伞,一人拿着勺子,端着850摄氏度高温的铅水,冒着雨点随时可能滴入铅溶液从而飞爆四溅,导致烫伤身体的危险,小心翼翼地走进地沟,把铅水灌进管缝,再一锤一锤锤实打硬。在紧张的作业中,分队长李镐腰部不慎扭伤,水工刘仍山手背被砸伤,有的同志脚被扎破,有的手磨出了血泡,但谁也不叫一声苦,渴了大家就喝口凉水,饿了就啃口馒头,累了就披上雨衣在水泥地上打个盹儿,过路和围观的群众看到眼前的一幕,抱怨的目光化作了关切、心疼的目光,住在附近的居民主动为水工们送来了开水。9月24日上午10点,管道终于被完全修复,并加压试水成功。在连续76小时的鏖战中,他们打铅14个,接管件10个,化铅165公斤,浇筑混凝土基础及立柱225立方米,铺地基钢板2.5立方米,焊钢架600公斤,并创造了雨天化铅水作业的奇迹,创造了雨天76小时干完了在晴天需半个月才能完成的工作速度。

1992年11月11日于西安咸阳咸阳机场

奋进的足迹

西安咸阳国际机场——三秦大地上一颗璀璨的明珠。当你踏上这块充满无限生机的土地，门类齐全的各种航空服务设施和优美的场区环境，立刻会使你领略到现代化航空港的风姿，沉浸在舒适怡悦的氛围中。

翻开机场的大事记，1992年7月25日，这座现代化的内陆航空港经国务院批准正式对外籍飞机开放，成为国际空港，它已与国内、国外16家航空公司建立了航空往来，与国内40多个大中城市实现了通航，并有飞往中国香港、日本名古屋的定期航班，成为陕西对外开放的重要窗口和我国西北腹地令人注目的航空枢纽。看到这一切，自然会勾起人们去追溯机场成立4年来奋进的足迹。

走科学治场之路

1989年3月，民航体制改革的大潮在西北民航卷起了"千堆雪"，机场犹如一只摇曳的小船驶向了这汹涌澎湃的大潮中。

面对千头万绪的企业基础工作，几百双翘望机场腾飞的眼睛似乎变成了一个个问号："企业要发展，路该怎么走？"

机场领导果断提出了"实行科学管理、争创三级企业、建设一流机场"的企业发展思路。

"要管理，就得有章法。没有规矩，难以成方圆。"机场领导如是说。

章法之一，整章建制。由于机场大部分单位是新组建的，没有可遵循的既定的规章制度。为了明确各部门的职能和岗位工作职责，实现生产、服务、经营活动的科学化、现代化，机场制定了181个管理标准和344个各类人员工作标准，汇编成《企业标准》，以此作为"场规场法"，下发执行。

章法之二，完善信息管理办法。走进机场各处室、车间、班组，信息流程、信息登记和信息反馈单，各种原始记录、台账、卡片、统计报表等资料一应俱全。他们规定了大事不过三天，小事不过一天的信息处理原则，在全机场形成了全质办综合管理、现场处收集传递、各职能部门进行处理的信息管理体系，使领导决策有了及时可靠的信息保证。

章法之三，抓计量、降能耗。"企业不计量，难得搞兴旺。"一位计量专家在给机场职工上计量课时讲的这番话，机场人铭记在心。于是，计量工作被纳入经理目标责任制。机场先后投入120余万元，使经营管理、场道安全、环境监测、能源等计量器具的配备率达到了100%。据统计，仅能源计量器具，1992年就为企业节约资金207.34万元。

章法之四，抓关键部门。当家先得理财。机场财务部门制定了《财务审批权限、审批原则及审批程序的规定》等十几项财务制度，与此同时，他们按照世界财务制度和财会体制的要求，在全机场积极推行财务工作新制度。物资部门在设备选型、购买上不搞"独来独往"，而是与使用部门"并驾齐驱"，避免了可能造成的损失，他们还对全机场设备实施A、B、C分类管理，对直接保证飞行安全和航班正常的A、B类设备进行重点管理。档案部门对以往几十年的4000余份档案重新进行了编目、分类、整理、立卷，随时为研究企业发展提供文献资料，使"死文书"变成了"活秘书"，直接转化为生产力，有效地为企业生产经营服务。

章法之五，"严"字当头。在机场候机楼内，旅客意见投诉箱和投诉电话格外醒目。机场规定，凡是与旅客争吵，受到旅客投诉的，不论什么原因，都必须做出处理，并报有关部门备案。一次，安检员对一位旅客例行开包检查，这位旅客却傲慢无理地将封条贴在了安检员的脸上，扭头就走。泪水从姑娘的眼眶里直往外滚，但她却没有片言只语，照样履行着自己神圣的职责。

章法之六，推行方针目标管理。在机场各处室，方针目标展开图随处可见。从1990年开始，每年年初，由机场对飞行、安全、服务等各项质量指标提出具体目标值，并层层分解展开到各处、室、科、队、班、组、个人，使每个职工都明确该干什么、什么时候干、怎样干、干到什么程度。同时，在基层处室实行经营包干与经济效益挂钩，在机关处室实行奖励基金与经济责任制挂钩、突出质量指标的否决考核办法，分期实施，奖惩兑现。在全场形成了千斤重担大家挑、人人肩上有指标、从上到下有标准、考核奖惩有依据的科学管理体系。

几分耕耘，几分收获。1990年10月25日和12月28日，机场分别通过了国家计量二级企业评审和陕西省全面质量管理达标验收。1991年，机场又获得了陕西省质量管理奖，实现了全面质量管理行业达标和财务、设备、档案三达标。

人和企业兴

1992年，机场实现利润634.26万元，比1989年翻了两番多。这究竟靠的是什么？

机场领导说："主要靠人和、心齐，靠职工把心贴向企业。"

如何才能使职工的心贴向企业？机场的做法是，把解决职工的思想问题与解决职工的实际生活问题结合起来，对外旅客是上帝，对内职工是主人。

　　1989年，改革伊始，许多原想分到管理局和航空公司的职工被分到了机场。人们普遍认为，机场只承担地面后勤保障服务职能，且基础差、底子薄、人员素质低、发展余地小、福利待遇差，一时间，人心不稳。针对这一情况，机场一方面采取多种形式对职工进行热爱机场、建设机场的教育，对职工讲机场的优势和发展前景，同时也把机场的现状和面临的困难向职工交底。另一方面，机场领导逢会必讲："要树立自尊、自强的自信心，只要大家齐心协力、同甘共苦，机场就一定能取得发展，就不怕机场没有前途。"与此同时，他们在全机场大力提倡领导干部起模范带头作用，转变工作作风，树立群体意识。机场党委一班人率先做出表率，党委成员之间互相尊重、平等对待、不比地位高低、不争权力大小、工作多商量、意见常交换。去年机场领导班子做了调整，但他们"分工负责、团结协作、民主议事、民主决策"的好传统却始终没有丢。上行下效，基层领导之间互相补台、相互支持，不打"小九九"，工作一盘棋。部门与部门之间推诿扯皮、本位主义不良作风没有了市场。

　　"当领导，只有把职工的困难当成自己的困难，职工才能服你。"这是机场领导常说的一句话。西安咸阳国际机场始终重视解决职工最为敏感的实际问题。诸如给职工食堂增设小炒、夜宵供应；增加澡堂开放时间；为职工进行家庭财产保险、安装防盗门；给职工住宅的厕所、厨房贴瓷砖，给厨房安装抽油烟机、热水器；解决单身职工宿舍、职工子女培训就业、上学入托等问题。西安咸阳国际机场远离城镇，职工业余文化生活十分单调，机场便建起了职工文化娱乐舞厅。职工有病住院，领导总要亲自前往医院探望。有道是"点点滴滴总关情"，正是这桩桩件件不起眼的小事，使人心有了归属感，企业产生了凝聚力和向心力。职工们高兴地说："领导为我们办实事，我们就愿意为企业出力。"

　　由于注意做好人的工作，西安咸阳国际机场形成了一种与企业休戚与

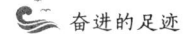

共同心同德的气氛，"场兴我荣，场衰我耻"已成为职工共同的荣辱观。也正是在这种氛围中，产生了"坦诚质朴、团结求实、优质奉献、创新向前"的机场企业精神——"跑道精神"。

发展才是硬道理

如果说西安西关机场走"科学治场"之路，为企业的发展奠定了坚实的基础，那么矗立在汉唐列祖竞相享用的这块秦川腹地膏腴之地上的西安咸阳国际机场，则为企业的发展开辟了广阔的前景。

早在机场搬迁咸阳之前，机场领导就屡屡号召职工"到咸阳新机场去建功立业！"

时隔半年，东风吹来满眼春。小平同志南方谈话使得机场人更加认清了形势，明确了方向。机场党委及时召开扩大会议，研究部署机场在新形势下建设的指导思想和发展战略。共识很快达成，即机场在保证安全、正常、服务的前提下，必须以主业为依托，尽快完善机场功能，围绕延伸服务，大力开发第三产业，走多种经营发展壮大机场、向国际水平看齐之路。

"忽如一夜春风来，千树万树梨花开。"作为完善机场功能的第一着棋，机场首先成立了航空服务公司，目前即将筹建就绪，它将集客货代理、值机、机务维修、特种车辆服务于一体，为各航空公司和旅客提供优质、高效的地面一条龙服务。

鸡年伊始，机场又成立了开发公司，他们围绕延伸服务，正加紧在7200平方米的机场综合楼内开设商店、餐厅、咖啡厅、邮局、银行、客房、办公设备等门类齐全的服务项目。还准备陆续开办出租车服务和旅游系列服务。与此同时，基建工程公司、空调制冷技术服务部、候机楼红帽子服务队也相继在机场挂牌营业。

第三产业更似雨后春笋。老莫食品公司、服装加工干洗部的牌子已在机场率先竖起。职工技协充分发挥自己的优势,开办了旅客接待、装饰装修、水电设备安装、电视广告制作、喜庆婚礼录像等服务项目,大力开展多种经营。职工疗养院也正在完善设施,拟建成集疗养、旅游、度假、会议接待于一体的多功能服务基地。

西安咸阳国际机场之所以发展速度这样快,经济改革的步子迈得这样大,一个重要的原因就是机场人善于从长远目标抓起,在企业硬件上舍得下大功夫、花大力气。西安咸阳国际机场在建期间,国家资金紧缺,一些配备设施不完善,有些设施规模过小,导致机场投入运营后,服务功能不全,难以满足旅客的需要。对此,机场想旅客之所想,多方筹措资金,兴建了机场综合服务楼,购置了3部登机桥、9部豪华旅客车和消防器材等设备,更换了行李转盘、自动扶梯等设施,对候机楼地面和贵宾室等重要场所进行了改造装修。据统计,仅1991年和1992年两年,机场累计完成基建投资就达5500万元,是1989年和1990年两年总和的10倍。今年,机场还将投资7700万元抓紧兴建国际联检厅,为将要开辟的多条国际航班服务。西安基地职工住宅建设也将破土动工。与此同时,机场还先后投资200余万元,对场区进行了大面积绿化,改善了卫生设施条件,被咸阳市授予"花园式航空港"的荣誉称号。去年,经国家卫生检查团检查,机场6项卫生指标已达到国家标准,今年将申报卫生机场。栽下梧桐树,引来金凤凰。1992年机场旅客吞吐量已达166万人次,今年,他们计划突破200万人次大关。

站在这块被改革开放的春风吹绿了的黄土地上,眼前生机勃勃的景象使笔者百感交集。为什么机场在短短4年多的时间里,竟有如此巨大的变化,获得如此巨大的发展?思来想去,说一千道一万,关键在于解放思想、更新观念,在于脑子里要有强烈的居安思危意识,要有市场观念、竞争观念、效益观念。归根结底一句话,就是要吃透小平同志讲的"发展才

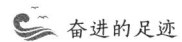

是硬道理"这个"理"。就在即将完成这篇文章之际，西安咸阳国际机场又在召开集资动员大会，为企业生产建设筹措资金。谁又能说，这不是他们向着社会主义市场经济的海洋和国际一流机场的目标迈进的又一步呢！

1993 年 3 月 27 日于西安咸阳国际机场

我心中的跑道

朋友，你可曾想过，机场的跑道像什么……

白天，跑道像祖国大地上一条明亮的长河，银鹰起飞，犹如直冲云天的海燕。

夜晚，跑道像祖国都市里一条繁华的大街，银鹰归来，老远就望见它闪亮的明珠两串。

如果说，机场是绿色的琴，跑道就是银色的琴键，银鹰就是弹奏蓝天之曲的灵巧的指尖。

如果说，滑行道是拉满的弓，跑道就是绷紧的弓弦，银鹰就是这巨大的硬弓射出的利箭。

如果说，跑道是圣洁的哈达，那么，它送走过多少希望和憧憬，又带来过多少幸福和友情。

如果说，跑道是长卧的巨龙，那么，缚龙之人就是机场的每一位员工。

场道工告诉我，跑道，是摄取他们战斗生活的长长的胶片，只要你看见它的洁净和平坦，你就不难看出为了旅客的安全，他们怀着怎样的忠诚和赤胆。

现场指挥员告诉我，跑道，是他们粗大的手臂伸向天边，哪一次不是把银鹰全部安全接下来，他们才端起吃饭的饭碗？

巡道的民警告诉我，跑道是从高天垂下的漫长素绢，无论春夏秋冬，他们都在上面谱写着保护人民生命财产的钢铁誓言。

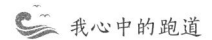

机场职工们告诉我，跑道是机场人的身躯和脸面，只要你看到它的洁净、宽阔与平坦，坚实、负重与向前，你就无须再问机场人的思想和品格、机场人的作风和观念。

　　跑道，在机场人的心中，它不是砂石和水泥混凝的普通地板，而是团结坚实的摩天巨盘。

　　跑道，在机场人的心中，它背倚大地，仰观天宇，没有粉饰的豪华，而只有坦诚质朴的内涵。

　　跑道，在机场人的心中，它默默无闻，不图名利，而只想用它的优质奉献换得千万旅客的安全。

　　跑道，在机场人的心中，它不只是3600米长，而是勇往直前的通天大道，把机场和五湖四海紧紧相连。

　　啊，看见跑道，我似乎又听到了1990年干群合奏出的计量上等、质量达标的胜利凯歌；似乎又看到了1991年干群同心爬过了质量创奖、顺利转场的大坡。

　　看见跑道，我似乎看到了"脚底下拴大锣，走到哪儿响到哪儿"的褚秦勇，似乎看到了无须扬鞭自奋蹄的"老黄牛"杨秀阁。

　　看见跑道，我似乎看到了问询处服务员服务中含泪的微笑。

　　看见跑道，我似乎又看到了《水工情》中水暖工在厕所为旅客打捞手表。

　　看见跑道，我似乎看到了幼儿园的阿姨们对小朋友耐心细致地进行教导。

　　看见跑道，我似乎又看到了车队的司机在45公里运输线上的风尘和辛劳。

　　看见跑道，我看到了机场人的心血和汗水，看到了机场人的智慧和自豪，看到了机场1200多名员工的风采。

　　啊，跑道，让我们再一次齐聚在你的起飞线上，沿着这直铺云端的通天大道，冲向又一个新的目标。

1993年10月2日于西安咸阳国际机场

不变的追求

今天，面对这么多熟悉的面孔，站在这里，我诚惶诚恐。因为，这是一个特殊的讲台，是机场竞选安全服务明星的竞技场，而我自己在工作中所做的点点滴滴都是一个企业员工应该做的，太平淡了，实在没什么可值得在这庄严神圣的讲台上称道的。我的领导和同事既然要我来讲，我愿借这寸金之地和珍贵的时刻谈一下我在新闻报道工作中的一些粗浅的感受。

我经常听人说："写文章是名利双收的事，既可以拿稿费，又可以扬其名。"而写文章的酸甜苦辣却一向难为人知。作为新闻宣传战线上一名半路出家的新兵，我更感到纵使"文章人人会作"，但"个中滋味自知"。我在宣传部具体负责对外宣传工作，我想，既在其位，如果不能用自己手中的笔为树立民航和机场企业良好形象而尽责，就是自己的失职，而在我刚刚走上这一新的岗位最初的日子里，面对纷繁复杂的事物，我却不知如何下笔是好，连写了数篇稿子却大都石沉大海，被采用的也都是些简讯或一句话新闻。机场领导和部领导安慰我，让我慢慢来，可越是这样，我越是心里不安。我暗下决心，一定要尽快提高业务素质。我几乎每天晚上都要到办公室写稿，阅读研究有关报纸的特点和重要文章的写作技巧，自修新闻理论。那时候我住在草阳区过渡房，从过渡房进入机场区要过一道铁门，在办公室写完稿后，我经常半夜三更叫老师傅开门，时间一长老师傅便不太乐意，没法子，我只好绕道西稍门、过劳动南路回家，本

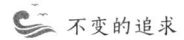

来只有400多米的路程一下子远了四五公里，夏天还好，即使夜半时分，路上也有行人；冬天就不一样了，天寒地冻，路上空无一人，孤身一人骑车真有些心惊胆战。几年来，在家里没有条件进行写作的情况下，无论春夏秋冬，我始终坚持只要一有新闻由头，都要去办公室写作。

鲁迅先生曾经说过，他是把别人喝咖啡的时间拿来写作的。鲁迅先生这种惜时如金的吃苦精神对我启发很大。凡是参加民航报社举行的各种会议或去北京出差，我都要带上提前采访好的素材，白天参加会议或办事，晚上写稿。1990年6月，民航报社在烟台召开各地记者站成立大会，我和与会的许多同志一样，都是第一次去这座美丽的海滨城市，晚上别人要么参加舞会，要么游览夜景、观海听涛，我连续三个晚上都把自己锁在屋内，赶写了反映机场全面质量管理成果和优质服务的两篇稿子。同室的沈阳桃仙机场宣传部的周部长看到我连续几个晚上写稿到深夜两三点钟，动情地说："年轻人能吃苦，就不怕写不出好文章来"，并主动为我修改润色。不久，《民航报》刊登了这两篇稿子。1991年4月，在北京参加民航局举办的新闻干事培训班期间，我带去的《银鹰，将从这里腾飞》一稿，人民日报社的老师看了说5000多字太长，要我回西安后压缩到1500字以内再寄给他。为了争取时间，我白天听课，晚上改稿，经过三个晚上，三易其稿，终于在培训班结束前交给了老师。老师看后十分惊喜，当场告诉我10天内见报。果然，过了一个星期，《人民日报》刊发了这篇稿件。此稿在民航内外产生了一定影响。这是我第一次在国内最具权威的新闻媒体上发表文章，自然高兴极了，但每当回忆起当时同室的人鼾声如雷，而自己灯下孤影、夜半笔耕的情景时，不禁百感交集。

西安咸阳国际机场启用，我想这是西北民航发展史上划时代的一个重大题材，便提早动手写了一篇4500字的通讯稿——《空中丝绸之路的新起点》。不料，稿子还未发出，《民航报》接连发了他人内容相近的文章，我给报社打电话说明这篇稿子是自己花了许多心血写成的，然而得到的回答是此项内容已经有过报道，不宜刊用。无奈，我一气之下，另选角度，先后5次深入机场建设一线，采访30多人次，翻阅了4本资料，熬了十几个夜晚，重新组稿。稿子写成后很快被《民航报》等国内17家新闻媒介采用，有的还刊登在头版显著位置。

新闻宣传工作经常会遇到一些突击性任务，为了按时完成领导交办的任务，我常常牺牲星期天或其他休息时间，在办公室一待就是一天，有时竟忘了吃饭。今年7月，我和部领导一起为《民航管理》组稿，时间紧、任务重，等到审改完其他同志的稿件，已离《民航管理》编辑部规定送稿的日子只有两天了，手头还有许多事务性工作要做，而领导布置给我的一篇反映机场创建"全国卫生机场"的稿子还未动笔，正值酷暑季节，我将自己锁在宣传部资料室伏案疾书，灼人的阳光从窗外直射在我身上，汗水湿透了我的短袖衬衣，从早晨8点到晚上8点，我连续工作12小时，滴食未进，写完了这篇稿子。有时机场有重大消息，我接到通知后，立刻赶往机场，采写完后，又马不停蹄地赶回西安到报社送稿。一次，一位中央领导来机场视察，我在机场采访完后回到西安已是晚上9点多了，写完稿子，屋外已下起了鹅毛大雪，我骑上自行车艰难驶过已结冰的环城南路赶往陕西日报社，夜班值班主任看过稿子说，下午5点钟省委办公厅的一位同志已送来了这篇消息，我听了心里不由得一阵酸楚。夜班主任看到我全身都湿透了，头发都已结冰，感动地说："就凭你今天的吃苦精神，用你的了。"顿时，我的双眼潮湿了，我不知道是悲是喜！这几年，我始终坚持写完的稿子不过夜，无论刮风下雨，大雪纷飞，一定要送到编辑部，有时编辑看后不满意，我便按照编辑的要求当场反复修改、誊抄，直到同意编发为止。

我常常要求自己，干工作，既干之，就要投入，把它干好。而这投入的背后是我的辛劳和亲人的付出。我父亲两次住院，我都因为手头工作脱不开身而不能在病榻前侍奉，以尽孝道。今年10月，我父亲再次住院，当天医院就发了病危通知书，而当时，《空港明星》文集的编辑工作已近尾声。为了不拖延时间，按计划付印，第三天一大早给父亲挂上吊针后，我便赶回办公室和部里同事一起联系印刷厂。跑了两个厂家，等回到医院，已是下午五点半了。医生见了我劈头盖脸一顿训斥，说我这个当儿子的太不称职，而我父亲却用理解的目光对我说："单位有事，你去忙吧，我没事。"为了不让我在工作上分心，我的妻子几乎承担了一切家务，诸如接送小孩、买粮换气、油盐酱醋、洗衣做饭，有时也难免发些牢骚，但每当看到我的文章见诸报端，她又会露出欣慰的笑容。我写稿常至深夜，妻子从来没有怨言，相反，还常常把食品送到我的办公室。每当我孤身一人坐在办公室写稿时，一种愧为人子、愧为人夫、愧为人父之情便油然而生。

作为一名负责新闻宣传的干事，又是《中国民航报》记者，我不仅自己要写稿，还要负责机场通讯员的组稿、改稿、发稿工作。为了尽快在机场形成一支骨干通信网络，我将自己在新闻实践中的感受和已被证明是行之有效的做法毫无保留地介绍给通讯员。饭桌旁、班车上、马路边，只要碰到通讯员，我就为他们出题目、点技巧，鼓励他们苦练内功，还告诉他们企业发展离不开对外宣传工作，讲述宣传工作是企业在市场竞争中立于不败之地的重要手段的中外实例，使他们树立投身宣传工作的自信心和自豪感。凡是通讯员写来的稿件，我都一一认真给予修改，并当面指出文章的长处和不足，及时发往新闻媒体，并设法让编辑部尽量能予刊用。据统计，4年来，凡经我修改过的稿件有200余篇，刊用的有170余篇，其中今年经我改过的稿件有100余篇，刊用的有70余篇。除了写稿之外，我还有大量的通联及事务性工作要做，比如协助部领导贯彻上级精神、制定年度报道计划、明确报道任务、编发报道要点、分解刊物指标、组织人员培训、制定检查措施、及时通报情况、按季发放稿酬、加强与新闻单位联系、配合新闻单位采访及地方重大活动的宣传，等等。这些工作既琐碎、又具体，我都力争把件件工作善始善终做好，尽量让领导少操心。

在商品经济大潮冲击下的今天，文人下海、经商似乎已成为一种潮流。有朋友劝我说："现在都什么年代了，你又何苦当苦行僧呢？"我说，我有我的追求，能让一个个默默无闻、吃苦耐劳、普普通通的民航人通过我的笔在社会上亮亮相，能让我们机场的生产建设成就通过我的笔向世人一展风采，这是我莫大的快慰。4年来，我围绕机场加快转换经营机制、加速基础设施建设、强化经营管理、健全服务功能、保证运营安全正常、提高服务质量等中心工作，先后在《人民日报》《中国日报》《新华每日电讯》、中央电视台、中央人民广播电台、《中国民航报》《陕西日报》等中央及地方数十家新闻媒体刊播稿件330余篇，累计45万多字，其中今年到目前为止刊播稿件93篇，占全机场刊播稿件的三分之一强，为塑造民航的良好形象，提高机场企业声誉尽自己的绵薄之力。为此，我连续4年被评为民航西北管理局优秀通讯员、《民航报》优秀通讯员，1992年被评为全国民航新闻报道先进个人。

我深知，我所报道的一切与机场日新月异、蒸蒸日上的建设事业还很不相称，与领导的希望和组织的要求还有很大差距，与"十佳安全服务明星"的条件更是相距甚远。我也深知，新闻报道工作是一项群众性的工作，没有各级领导的重视和支持，没有广大职工的积极参与并为我提供新闻线索和素材，没有部领导为我创造良好的外部环境、解除我工作生活上的后顾之忧，没有全体干部员工所创造的机场改革、建设、发展的生动实践，我将一事无成。因此，我的荣誉应当归功于大家。今后，我仍将依靠大家的支持做好本职工作，为使西安咸阳国际机场走向世界发挥我的光和热。我的追求不会改变。

1994年12月11日在西安咸阳国际机场"十佳安全服务明星"
竞选大会上的演讲稿

古城明净的窗口

在西安咸阳国际机场荣获的众多荣誉里,人们对"全国卫生机场"的殊荣情有独钟,因为这里面蕴含着智慧和奇迹,凝聚着心血和汗水,更体现着机场人"敢叫日月换新天"的壮志豪情……

抓教育　点起文明之火

站在绿树成荫、百花争艳、洁净明亮、四季常青的机场区,有谁会把它和1991年转场时那垃圾遍地、黄沙扑面、一片荒凉的景象联系在一起呢?仅仅3年的时间,一个"花园式空港"展现在世人面前,人们在惊喜之余,不禁要问:这奇迹是如何创造的?

机场候机楼的一位清洁工———一位从黄土地走来的姑娘,永远也不会忘记新机场刚刚建成时,她当上了机场的清洁工,第一次来到这富丽堂皇的候机大厅时的情景。她被指定负责一个卫生间的清扫工作。面对这洁白如玉的卫生间,她大感不解地问道:"这厕所比俺家的锅台都干净,打扫个啥?"言者无意,而在场的机场"三优办"的同志听罢心里却沉甸甸的。他们深深地感到,空港是古都的窗口,如果不造就出一支具有现代文明意识的保洁队伍,如果不迅速提高全员的文明水平,如何才能使机场步入"全国卫生机场"的行列?如何才能树立起古城文明的形象?于是,一场群众性的现代文明意识教育活动在全机场迅速展开。机场爱卫会（爱国卫生运动委员会）首先对其成员按照卫生机场8项22条的标准进行了严格培训，建立了一支35人的骨干宣传网络，然后分层次在全场巡回对全员进行卫生基础知识普及教育。机场43个餐厅、饭馆、食品销售点、职工食堂的600余名从业人员全部接受了《食品卫生法》及食品卫生知识培训。爱卫会还紧紧抓住"爱国卫生月""世界卫生日""世界无烟日"等有利时机，利用黑板报、宣传栏、挂图、闭路电视开办了《卫生与健康》专题节目，根据季节特点定期对职工进行健康知识教育。机场领导逢会必讲："机场要实现全方位对外开放，就必须首先打好卫生翻身仗；创建卫生机场是一项群众性的工作，要做到家喻户晓、人人参加。"一次次深入的鼓动宣传、一遍遍生动的培训教育，大大增强了全体员工的卫生意识和对创建卫生机场重要性、紧迫性的认识，"爱卫生、讲卫生、维护卫生"很快变成了每位员工的自觉行动。

抓管理　迈向文明之路

在西安咸阳国际机场，驻场单位有20余家之多，总人数8000余人。如何统一协调好各家的行动，对各个环节实施有效管理，成为创建"全国卫生机场"工作的关键。机场搬迁咸阳后，爱卫会成员立即进行了调整充实，设置了爱卫会常务办公室，负责统筹机场地区的日常工作；各单位则有领导专职负责爱国卫生工作的实施。此外，机场设立了"三优办"，组建了防疫站，配备了15名专职干部，加强对卫生工作的监督和技术指导。各级领导都把创建工作纳入了年度方针管理体系，保证卫生工作层层有人管、环环有人抓。

西安咸阳国际机场在建期间，由于资金紧缺，一些配套设施尚未完成，机场投入运营后，续建、改建、扩建项目较多，基建垃圾随处可见，以致给卫生管理工作带来了很大困难。为使场区卫生面貌迅速改观，爱卫会发动驻场各单位先后出动了71640多人次、车辆1440多台次进行大环境卫生的综合治理，清运垃圾达7200多吨。为了不因基建影响场区整洁，机场制定了专项管理办法，要求"谁建设，谁负责；边建设，边清运；工程完，垃圾清"。机场区的环境卫生面广，点多、线长，为了明确职责，爱卫会下发了"创建卫生机场任务分解表""四自一包"规定和卫生保洁、管理、检查等5项制度，实行分片包干，责任到人，并定期组织驻场单位共同检查，发现问题，利用协调会和讲评会沟通信息，分清责任后立即处理解决。

在抓好群众爱国卫生运动的同时，西安咸阳国际机场还注重抓好专职保洁队的建设。机场有环卫队、候机楼清洁队、机上清洁队3支专职保洁队伍共218人。场区主干道停车场每天都有环卫人员严格按照卫生标准进行两次大清扫，全天巡视保洁，定时定点将日产5吨多的生活垃圾清运一空。候机楼是机场的窗口，日均客流量达5000多人次，如何做好保洁工作，是创建"全国卫生机场"工作的重点和难点所在。负责候机楼大厅卫生的110多名刚入职的农村姑娘，在接受了卫生意识教育之后，懂得了什么是"美"。她们像爱护自己的眼睛一样，维护着楼内每一方净地。厕所曾经是旅客意见反映较为集中的地方，因而它的卫生状况易引起社会各界的普遍关注，成为衡量卫生管理工作的试金石。为了加强管理，候机楼清洁队对楼内的36个厕所109个蹲位全部实行了定岗定员，要求清洁人员采取"立体清洁法"每日进行4次程序化、全方位检查清洗，随时保洁，以保证达到无蝇、无污垢、无臭味、无纸屑、无痰迹、无积粪的"六无"标准。在大厅里，还有40多名卫生监督员和劝阻吸烟员巡回检查，随时制止乱扔果皮纸屑的不良现象和吸烟行为。

机场作为旅客集散的重要公共场所，饮食卫生和空气、病害等环境质量因素直接影响着每个人的身体健康。常言道："病从口入，预防为主。"西安咸阳国际机场把食品卫生管理工作始终放在突出的位置，常抓不懈。凡是饮食从业人员必须经过培训，并取得卫生上岗合格证书才能上岗。他们还要定期体检，发现问题及时调离工作岗位。全场11个营业餐厅、12个食品销售点、10个职工食堂全部建立了卫生检查台账，爱卫会坚持对食品的运输、贮藏、加工，以及餐具消毒各环节按照食品卫生标准进行定期检查和不定期抽查，从而消除了食物中毒的隐患。为了解决水中氟和六价铬的含量超标问题，机场建立了电渗析水处理厂和氧化铁水处理厂，并建立了化验室，进行随机抽样检查，确保了饮用水符合国家标准，使这一困扰机场的老大难问题得到了很好解决。消灭"四害"对于远离城市的西安咸阳国际机场来说显得尤为重要，爱卫会成员在新机场运营前就先期来到机场，在对鼠的密度、种群分布，甲、乙流行性出血热抗原携带情况等进行了广泛调查之后，实施了大面积、高密度、足剂量的灭鼠工作，定期对鼠情进行监测。在蚊蝇滋生季节，机场按时定量喷洒药物，消除蚊蝇滋生地，有力地控制了蚊蝇对人体带来的危害。机场的防疫人员还在公共服务场所设立了空气质量监测站，保证空气质量始终处于良好状态。与此同时，机场严格执行《传染病防治法》《国境卫生检疫法》《女职工劳动保护规定》，重视改善在高温、微波、噪声等有害环境工作的职工工作条件，做好计划免疫工作。这些措施，有效地解决了职业病和传染病这两个现代社会所面临的难题。

"管而不严，等于没管"，西安咸阳国际机场爱卫会和"三优办"的每一位成员深明此理。仅1993年，机场防疫站在检查中就有24户次被限期改进，6户次被责令停业整顿，21户次被罚款，有54名饮食从业人员因健康原因被调离岗位。候机楼清洁队制定了更为严格的奖惩措施。每月他们进行一次"红旗竞赛"评比，给卫生达标者每人5~10元奖励，不合格者按检查评比办法每个单项扣除本人当月工资0.2~0.5元，对检查3次仍无改进的人员坚决辞退。严格的管理使得机场的卫生工作走上了科学化、制度

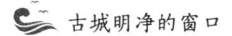

化、规范化、标准化的轨道，也使机场一步步朝着国家卫生机场的目标前进。

抓"硬件" 建设文明空港

一位曾两度来到机场的全国爱卫会的专家看到机场的卫生设施在短短3年的时间里配备得如此齐全先进，不无感慨地说："像西安咸阳国际机场这样舍得花钱投资卫生设施建设，实属少见。"可在场的机场人听了这番话，心里比谁都明白，健全这些卫生设施是何等不易！机场转场后，百业待兴，许多配套设施亟待完善，然而资金短缺，但机场还是千方百计筹措资金优先考虑购置卫生设施。机场领导懂得，不搞好硬件建设，卫生工作就难以深入持久，机场的形象就会因此受到影响。于是，1000万元的卫生配套设施建设费被划出，专款专用。

最迫切需要解决的首先是垃圾的收集处理问题。180多个垃圾桶很快购置到位。4座悬空密封式垃圾台、投资100多万元的现代化的航空垃圾处理厂以"深圳速度"相继建成，每天由环卫部门将生活垃圾和机上垃圾专车抢运，集中进行无害化处理。

为了及时处理每天排放的3200多吨污水，机场投资700多万元建立了一座大型污水处理厂，经过先进工艺处理后的污水达到了灌溉农田标准，受到了当地村民和政府的好评。

为了提高候机楼卫生间的保洁质量和能力，机场拿出20余万元为每个卫生间添置了换气扇、烘手机、管道疏通机、玻璃刮刀、拖把干水器等，使卫生间设施大为改观。同时，机场还投资220万元，新建了1500平方米急救中心用房，增置了救护车等必要的急救器材设备，加强了紧急救援医疗保障能力。

如果说卫生工作的"硬件"投入使得创建工作有了坚实的基础，那么，对机场的绿化美化则为创建工程锦上添花。在短短3年的时间里，机场先后拿出20万元新建了苗圃、花房，种植乔灌木92300余株，植草坪114000平方米，还建立了3处园林小区，使机场绿化面积达到了97%。如今的西安咸阳国际机场已是三季有花，四季常青，芳草碧绿，花香四溢，不是江南却胜似江南了。

机场的创建工作在艰难中起步，但实践着"坦诚质朴、团结求实、优质奉献、创新向前"的跑道精神的机场人却使它在奋进中实现了腾飞。广大旅客对机场的服务、环境卫生、秩序给予了充分肯定，机场也先后获得"灭鼠先进单位""卫生服务模范先进单位""创建文明城市先进单位""城市综合治理先进单位""创三优先进单位""花园式机场""全国民航十佳卫生机场"等荣誉称号。今年3月，又被全国爱卫会正式认定为"全国卫生机场"。这一殊荣，与其说是对机场全体员工创建卫生机场的最高奖赏，毋宁说又向西安咸阳国际机场人吹响了"建设现代化文明国际航空港"的新的号角。

西安咸阳国际机场——古城明净的窗口，将伴着改革开放的春风，站在历史的潮头，向世界展示它更加灿烂的明天！

1994年12月24日于西安咸阳国际机场

艰难的起飞

1991年8月31日，一架波音737客机从昆明飞抵西安，这是西安咸阳国际机场启用后接纳的首架航班，同时也揭开了我国西北腹地民航事业发展新的一页。

5年过去了。今天，当我们站在中国民航航线示意图前，可见辽阔的三秦大地上，西安咸阳国际机场犹如一颗璀璨的星星镶嵌在秦岭北侧、渭水之滨。一条条航线由此发出，仿佛是这颗星星射出的光束。

1991年机场建成启用后，作为全国民航第一家要对建设贷款资金还本付息的企业，机场人一开始就背着2.9亿元的债务负担。尽管机场属于国家"七五"重点建设项目，但由于当时国家全面压缩基本建设投资规模，除了影响飞行的项目外，一些配套的基础设施不得不砍掉。机场运营不到1年，高峰小时旅客流量就已达1700人次，远远超过了原设计高峰小时1100人次的服务能力，基础服务设施不完善这一先天不足的问题日益显露出来。

压力并没有使机场人消沉，相反，却造就了机场"坦诚质朴、团结求实、优质奉献、创新向前"的企业精神，并影响着一批又一批机场新人。机场先后将多方筹集的1.5亿元资金全部用于发展生产上，对候机楼的公安监控系统、安检系统、消防系统进行了更新改造，购置了航班电子显示系统、触摸式电子问询系统、19部旅客班车，使服务的硬件设施得到了改善。

  随着陕西旅游业的迅猛崛起，慕西安名胜古迹之名而来的外宾数量急剧增加。对此，机场领导果断提出了"要尽快使机场的服务体系同国际惯例接轨"的工作指导思想。于是，4400多平方米的国际候机大厅、6000多平方米的停车场、48500多平方米的站坪，在不到1年的时间里便建成投入使用，使机场的服务功能更趋完善。为了给旅客提供一个舒心的乘机环境，机场还拿出210多万元对场区进行了绿化美化，使场区三季有花、四季常绿，被认定为"全国卫生机场"。与此同时，机场还在职工中深入开展了"十万旅客话民航""运输服务质量上台阶"等活动，使得服务质量显著提高，旅客满意率始终保持在90%以上，空防和地面安全连续5年无事故。

  筑得金巢在，不怕凤不至。现在，西安咸阳国际机场已与国内外22家航空公司建立了航空往来，与国内46个大中城市实现了通航，并有飞往中国香港、新加坡、泰国、日本的定期航班或包机，去年旅客吞吐量已达240万人次，平均每天有100多个航班在此起降。西安咸阳国际机场已成为我国西北腹地最为繁忙的航空枢纽。

1996年1月29日于白庙村

空港吹雪四更天

连日来，一场大雪将八百里秦川装扮得银装素裹，枯黄的麦苗盖上了一层厚厚的"被子"。这场大雪令久盼瑞雪的农家人喜出望外，却给古城空港人平添了几多麻烦。

元月17日凌晨4时，隆隆的马达声打破了雪夜的沉寂，西安咸阳国际机场3600米长的跑道上一派繁忙景象：3部吹雪车分段作业，车灯照亮处，雪团翻卷着被强大的气流抛向道肩两侧。吹雪车的轰鸣声震耳欲聋。在没有任何隔音设备的驾驶室里，驾驶员聚精会神地工作着。站在场道边上的机场和有关职能部门的领导不时用对讲机与吹雪指挥车保持联系，掌握吹雪的进展情况。在场的一位值班人员告诉记者，他们已连续5天在凌晨零下10摄氏度的严寒里这样吹雪了。

今年的这场雪来得猛，下得大，持续时间长。加之西安地区温差较大，白天雪易化，一到傍晚，气温下降，很快就结成了冰，给吹雪造成很大困难。为此，仅本月12日至17日的5天时间里，机场就出动吹雪车27台次，直接参与人员100多人。每次吹雪后，工作人员都要对路道摩擦系数进行测试，并及时将吹过的路道、滑行道、联络道的长度、宽度及其他有关情况通过塔台转告机组，使机组人员做到心中有数，稳妥操作。

15日早晨，大雪使机场不得不宣布关闭到9时。然而由北京经西安飞往成都的1421航班将于8时50分到达西安。为了不造成飞机返航或迫降其他机场，机场立即调集力量，3台吹雪车全部出动，赶在飞机到场前20分钟完成了吹雪任务，保证了该航班安全正点落地。据现场处的一位同志讲，下雪5天来，机场已保证450架次航班无差错事故。

记者在吹雪现场采访，不知不觉已是清晨6时。吹雪车上突然跳下两个人，记者以为发生了什么事情，正要问个明白，却见他们每人抓了两把雪在脸上搓了搓，又急忙跃上驾驶室……

经过紧张奋战，宽阔的跑道终于露出了本来面目。7时15分，飞往兰州的第一个出港航班正点滑向跑道。望着升空的飞机，在场的人们以笑容代替了倦容。

1996 年 1 月 31 日于西安咸阳国际机场

空港不了情

久居空港，整日劳作于空港，可真有些"久闻不知其香"。去年深秋，一位南京的朋友打电话说要来西安，问我要不要带上丝巾。我说秋分已过，凉意渐浓，似有必要。他却说不为防寒，怕下飞机后，西北风大，黄沙骤起，眯了眼睛。我说朋友，你把西安想成啥了？朋友答曰："君不闻'尘埃不见咸阳桥'吗？"我一时语塞。次日，朋友下飞机后，看到停机坪上洁净如洗，候机室里窗明几净，候机楼前花红柳绿，顿生愧色："没想到这里不是江南，胜似江南。"见此，我便得理不饶人，反诘道："君不闻'愚公移山''人定胜天'吗？"一句话说得我们俩会心地笑了。

在回西安的路上，我攒足了劲，如数家珍似的向朋友说起了机场的变迁：这里原本是一个空军机场，前不着村，后不着店，蓬蒿埋人，野兔出没，方圆30公里内没有高山峻岭，冬无雾害，夏无洪灾，黄土深千尺，地上一铲平。这得天独厚的自然条件，古人垂涎于它的风水，王侯将相竞相在这里择地作为归宿，周围竟有12座帝王陵墓。今人青睐于它的良好净空，要在这里建一座大型现代化民用机场。小平同志一声令下，不到5年，便在这里建成了西北规模最大、等级最高的航空枢纽。高楼大厦建成了，现代化设施到位了，可这机场总显得有些干瘪，三分长相七分打扮，机场人明白这个理。但这里既没有江南如画的水色，也没有海滨旖旎的风光。

机场人偏不信这个邪，南泥湾都能挖出个陕北的好江南，就不信这埋皇上的地方整不出个花园航空港。凭着这不服输的"跑道精神"，机场花了数百万元，植了白玉兰、雪松、合欢、紫薇、蜡梅、连翘、含笑、鹤望兰、银杏等数十种数万株奇花异树，把个空港装扮得似花容月貌分外娇娆的仙女一般。现在，当你登临机场的制高点——航空管制塔台上，看这花团簇拥着的一座座风格别致、色泽明快的候机楼、航管楼、气象楼、机库、宾馆、办公楼，看那来去匆匆搭乘飞机的红男绿女，再望着那一架架起飞、降落的银鹰，那脱尽尘埃气的一种清澈秀逸的意境，可以说再没有比这动态的图画更谐调更匀称的了。要看这画，最好是在清晨，望着机场周围那一望无际的平坦的原野，朝雾渐渐地升起，远处村舍的炊烟，成丝的、成缕的、成卷的、轻快的，在静谧的朝气里渐渐地升腾，渐渐地消散，而此时的空港却是灯火通明、人流如织、车流如潮、喇叭声声，飞机准备着远航。比起原野的幽静，空港平添了几分都市的喧闹；比起沃野村舍那悠远的文明，空港分明多了几分现代生活的气息。这秀美画卷中的音乐——那经年不息的滔滔渭水声和那动地山摇的飞机轰鸣声，仿佛是一曲壮美的《黄河船夫曲》，诉说着这方黄土地的昨天和明天，诉说着空港的昨天和明天。

　　车辚辚，马萧萧，阳关三月丝路驼……这些，早已成为历史。如今，飞机代替了骆驼，西安咸阳国际机场成了今日空中丝路的新起点，古城要重振汉唐雄风，西安要从这里走向世界，机场人要让五洲四海的宾朋一踏上这块千年热土，就能感受到咱的帝都风范、现代神韵。机场人还运筹着更辉煌的蓝图，要在本世纪末再建一个国际候机大楼，使机场的服务体系和国际接轨，在国际航空市场上占有一席之地。

1996 年 3 月 21 日于西安咸阳国际机场

心齐自有回天力

地处我国内陆腹地的陕西，是人类远古文明的摇篮，曾在历史的长河中大放异彩。可是，当历史的车轮行进到20世纪90年代，不沿海、不沿边的地理劣势，却使得这里的经济发展始终滞后，西安咸阳国际机场的发展无疑受制于此。然而空港人自强不息，将自己创造出的独特的企业文化凝聚成一股干劲，在市场经济的激烈竞争中站稳了脚跟。

树起一种精神

20世纪80年代中期，西安西关机场跻身于全国四大空港之列。1991年秋天，机场迁至咸阳。虽然现代化的机场为空港人开辟了广阔天地，但由于受区域经济的制约，机场在全国空港的位次反而连年滑落。

位次滑落，精神不能滑落。机场党委把确立企业精神作为一项急迫的任务摆在了首要位置。

职代会上，由职工自己提出的"坦诚质朴、团结求实、优质奉献、创新向前"的"跑道精神"，获得一致认同，成为全场员工的共同价值观和信念。

1993年起，机场开展了"十佳安全服务明星"评选活动。每年年底举办"十佳"候选人事迹报告会，候选人登台讲演。对评选出的"十佳"，机场党委举行隆重表彰大会，为他们披红戴花、每人晋升一级工资。3年来，在机场评选出的30名"十佳"中，一线职工占到了99%。

章莲素，民航西安幼儿园一位普通的保育员。1994年12月25日，当她再次被推选为候选人走上报告席时，全场爆发出雷鸣般的掌声。看着这位满头银发、年逾半百的老人，听着那一口浓浓的浙江乡音，受过她照料的许多年轻人仿佛又听到了当年在幼儿园章老师亲昵地呼唤着自己的乳名，把她花钱买的饼干塞在自己手中，把她一针一线缝制的棉衣棉裤穿在自己的身上。26年前，章莲素的丈夫在一次飞行中不幸遇难，此后，孑然一身的她，将自己的青春年华全部奉献给了幼教事业。短短15分钟的报告，竟被6次掌声打断。章莲素获得了1994年度"十佳"第1名。

为了起到典型引路的作用，西安咸阳国际机场将"十佳"事迹拍成系列专题片、编成文集在职工中广泛传播。职工们奋发向上、人人争先，机场连续5年实现安全无事故，1995年被中国民用航空局授予"航空安全管理先进单位"。

高扬一面旗帜

在竞争日趋激烈的市场经济大潮中，企业要立足，就得打出自己的品牌，为公众提供识别企业的独特标志。西安咸阳国际机场的决策者们在企业精神确立之后，又确定了机场的场徽，在职工心中扬起一面旗帜。

"征集场徽设计方案"的启事发出后，短短40天，职工们设计的图案就达161幅，每一幅图案都凝聚着职工对机场的美好祝福和希望，机场人的心灵又一次在对事业的共同憧憬中产生了共鸣。

机场人深深懂得，优质服务就是最过硬的"品牌"。在开展"运输服务质量上台阶"活动时，候机楼问询处的姑娘们每班3人，从早晨5时30分上班到晚上11时左右夜航结束，平均每人每天接待旅客600多人次，回答旅客口头及电话问询1800多人次,口干舌燥,但她们从不叫苦。

机场安检站专门为文明执勤中受委屈的人员设立了"委屈奖"。一位旅客不服从安检的有关规定,反而动起手来,副分队长罗斌的衣服被撕破了,而这位七尺汉子却强忍着泪水,始终没有还手,那位旅客只得接受检查。近年来,有几十位安检员由于能够正确对待个人的委屈得失而获得"委屈奖"。

在西安咸阳国际机场,每一位员工都像爱护自己的眼睛一样爱护着机场的声誉。一位在候机楼干了3年的清洁工谈到场徽时说:"我讲不出什么道理,我只知道,把地板擦得亮亮的,把卫生间收拾得干干净净,就不会给场徽抹黑。"

汽车运输处的司机说起自己的场徽更是情真意切:"场徽虽然是印在车身上,但我们总感觉好像刻在自己的脸上。"

西安咸阳机场人视机场的荣誉如生命,千方百计做好各方面的工作,机场因此连续5年获得陕西省政府颁发的"质量管理奖"。1995年,在共青团陕西省委首批命名的100个"青年文明号"中,机场有3个岗位获此殊荣。与此同时,机场还跨入了省级文明单位的行列。

唱响一首场歌

这是一个难忘的日子,容纳近千人的职工活动中心被装扮得格外漂亮,场内座无虚席,场外闻讯而来的驻场人员围得水泄不通。下午1时,"红五月场歌比赛"开始。600多名员工先后登台引吭高歌。他们中有年近六旬的老职工,也有刚进机场的年轻人;有机场总经理、党委书记,也有普通职工和离退休的老同志。整整3个小时,歌声一浪高过一浪,领导和员工的心在这美妙的歌声中交融在一起。

歌以咏志,正像场歌中所唱的那样"一次次搭起友谊的彩虹,一次次托起明天的太阳"。为了"明天的太阳",西安咸阳国际机场再投资1.5亿元不断完善服务功能,使服务体系尽快向国际惯例接轨的同时,又把实施人才战略作为企业文化建设的一项重要内容。1995年,机场率先在西北民航实行干部聘任制,使一大批德才兼备的年轻干部走上了领导岗位,干部队伍的知识结构和年龄结构得到优化。机场还通过公开考试,从外部引进了各类急需的专业技术人才,每年都接收一大批大中专毕业生。现在,全场员工中受过中专以上教育的比建场之初增加了30%。

在西安咸阳国际机场,员工的积极性和创造性得到了充分的发挥,科学民主管理成为企业文化建设的又一重要方面。机场的重大决策交给职代会讨论,1995年就有18条职工提的合理化建议被采纳。机场的政研会也紧紧围绕企业的安全和生产经营开展研讨,每年都收到数十篇为企业发展献计献策的论文。机场还组织"我与机场"征文活动,最大限度地调动每位员工参与企业管理的积极性,保证了决策的科学化和民主化。

很难说清楚一首企业自己的歌曲在企业发展中究竟能产生多大的效应,但至少可以说,在西安咸阳国际机场,场歌已成为员工交流情感的一种语言,场歌使1700多名员工的心贴得越来越紧。

1996年7月15日于西安咸阳国际机场

冬天里的一把火

在美丽富饶的燕赵大地，有一座有着2300多年历史的古城——邯郸。提起邯郸，人们对"邯郸学步"的故事并不陌生，然而，我国地方最大的钢铁企业——邯钢就矗立在这里，这一点却鲜为人知。

邯钢，随着新中国的成立而出生成长，随着新时期的到来而发展壮大。20世纪80年代，在中国改革与发展的第一个春天里，邯钢成了全国冶金系统的新秀。90年代，在中国改革与发展的第二个春天，邯钢又成为全国工业企业的明星。一时间，邯钢成为舆论关注的热点，在全国引起轰动。党中央、国务院相继发出号召，要求全国学习邯钢经验。

邯钢是1958年建厂投产的河北省省属钢铁联合企业，1996年由原邯钢总厂改制为邯郸钢铁集团有限责任公司，从建厂到1977年曾有17年亏损，累计亏损额达1.72亿元。党的十一届三中全会以来，邯钢通过强化管理和利用自有资金、自筹资金进行技术改造，使钢铁材料综合生产能力有了很大发展。

1989年、1990年，由于宏观经济的影响，基本建设规模缩小，造成钢材市场疲软，售价一跌再跌，再加上原材料涨价，钢材成本猛升，使邯钢到了难以生存的地步，徘徊在亏损边缘。1991年，为适应社会主义市场经济的客观需求，厂长刘汉章大胆提出了"模拟市场核算，实行成本否决"的管理思想，随即在全公司全面推行。

所谓"模拟市场核算，实行成本否决"，就是模拟市场价格代替原来内部的计划价格，以此核算企业各环节、各单位的成本费用，并进行严格的考核。达到考核要求的，实行嘉奖；没有达到考核要求的，绩效坚决否决。这样，使职工直接感受到了市场经济的潮起潮落，从而树立市场观念，关心市场，主动参与市场竞争。邯钢还在加强思想政治工作的基础上，认真贯彻按劳分配的原则，使那些贡献大的职工先富起来，充分调动了广大职工的积极性。

通过推行这一机制，有力促进了经营机制和增长方式的转变，促进了改革、改组、改造和企业管理的加强，促进了成本降低和经济效益的提高。现在邯钢有职工2.8万人，拥有资产77.17亿元，在中国工业企业综合评价中，位居45家钢铁企业第2位，成为特大型的钢铁企业。

邯钢的发展，为国有企业提供了一条成功的经验，正如中央领导为邯钢题词中所说的"邯钢经验是国有企业实现两个根本转变的有效途径"。

西安咸阳国际机场领导早就认识到了邯钢经验对机场工作的指导作用。在去年5月的一次机场党委中心组学习会上，机场主要领导就向与会人员谈到"邯钢经验对强化企业管理，提高经济效益很有指导意义，很值得我们借鉴学习"。此后，在机场召开的各种会上，机场领导总是不忘讲学习邯钢的现实意义，总要反复讲学习邯钢经验对促进机场发展的重要性。

1996年11月，"邯钢成就展"在西安举办，机场主要领导亲自带领处级干部前往参观，又请邯钢集团经营处负责人为机场处级以上干部介绍经验。

这一切都在机场中层干部心中引起了极大的震动，对机场干部转变观念起到了有力的促进作用，为深入学习邯钢经验做了充分的思想动员和舆论准备。

1996年12月3日，在机场党委扩大会上，机场主要领导明确提出1997年要把"学邯钢、抓管理、促效益"作为党委5项工作任务的重中之重来抓，促进机场各项管理工作的全面提高,并做出了派考察团去邯钢实地学习的决定。

在考察期间,为了对邯钢经验有更深的了解,机场领导专程拜会了邯钢集团主要领导,受到了邯钢领导的热情接待。在交谈中,邯钢领导认真回答了机场领导提出的有关问题。考察团成员还参观了轧钢厂,听取了情况介绍,分头深入到邯钢的有关处室进行了座谈了解,获得了第一手资料。

在邯钢的学习考察虽然只有短短的两天时间,但考察团的每一位成员都被邯钢人"艰苦奋斗、务实创新,讲大局、讲团结、讲民主、讲贡献,重政策、重科学、重效益,创业绩、创新路、创一流"的"8433"企业精神所深深地感动,被邯钢人首创的"模拟市场核算,实行成本否决"的成功经验所启发。

大家深切地感受到,学习邯钢,就得像邯钢那样大胆改革企业内部劳动、人事、分配等不适应市场经济的各项规章制度;就得像邯钢那样从严治厂、从严管理,坚持不懈地加强企业基础工作;就得像邯钢那样,以强化经济核算为手段,充分挖掘、层层分解指标,实行重奖重罚,调动广大职工当家理财的积极性;就得像邯钢那样发扬艰苦奋斗的优良传统,在员工中大力开展增产节约、增收节支;就得像邯钢那样从企业实际出发,瞄准国内外先进水平制定企业的发展战略。

我们有理由相信,有着远见卓识的西安咸阳机场人把邯钢经验同机场实际相结合,一定能够走出一条具有自己特色的实现经济效益与社会效益同步提高的企业管理成功之路,为民航事业,为陕西乃至西北地区的繁荣发展做出更大的贡献。

1997 年 1 月 10 日于西安咸阳国际机场

为了这黄土地

八百里秦川是一片广袤神奇的土地。在这片黄土地上，先人们用自己的勤劳和智慧，创造出了灿烂的中国古代文明。

而今，古城西安第一门户——西安咸阳国际机场的2000余名员工，为了这黄土地的腾飞，继承中华民族的传统美德，把古代文明的精髓融入现代化航空港的管理中，积极开展"为人民服务，树行业新风"活动，以其独具特色的服务，赢得了八方宾客的赞誉。

营造一个家

走进西安咸阳国际机场，旅客会发现自己好像置身于一座大花园里，候机楼前绿草成茵、花团锦簇，湖碧池清，环境整洁。候机楼内，名人墨迹、飞天壁画把环境装点得典雅朴实；商品柜台上，兵马俑、香包、红兜肚、民间书画等工艺品随您欣赏，核桃、板栗、石榴等土特产任您选购。大厅内交替播放的中外名曲背景音乐，不时引来外宾手舞足蹈，古代文明和现代文明在这里是那么和谐统一。

机场人为此自豪，但他们并不满足。他们说，给旅客提供一个赏心悦目的候机环境只是机场文明的一个方面，更重要的是让南来北往的旅客在这里感到安全、快捷、方便，这才是机场文明的灵魂。于是，原来悬挂在候机楼大厅中央、不易被旅客发现的乘机说明撤掉了，5块图文并茂、中英文对照的旅客办理乘机手续流程和有关说明的指示牌设在了进港厅门口，使旅客一进门即一目了然；信息传递实行计算机统一管理，使翻板、大屏、电视、广播4个方面的信息准确统一；在进出港厅之间设立隔断，使候机秩序井然、安静；各种标志、指示牌统一按国际标准制作、设置，规范、合理、醒目；对空调系统的改造使候机楼内的空气清新、宜人；改造后的旅客餐厅全部采用干净卫生的自助餐，饭菜酒水品种多样，使旅客吃得方便，吃得实惠；隔离厅内增设了磁卡电话、咖啡厅、美容美发室、自选商店、便民服务点……

机场人的目标十分明确，那就是创建现代化文明航空港，为旅客提供全方位、一条龙服务。因此，只要发现旅客可能会不满意的问题，就及时整改。候机楼进港厅原有两组商业柜台，设立时间早，年营业额达200多万元，是候机楼内柜台中效益最好的。但为了给旅客营造一个舒适的候机环境，使候机楼内部布局更趋合理，机场领导决定予以拆除。有人说，机场这样做损失太大，不如保留。但机场党委一班人认为经济效益固然重要，但社会效益更为重要，坚决下令拆除掉。候机楼隔离厅咖啡厅租赁方收费不合理被新闻媒体曝光后，机场果断解除租赁合同，并以此为契机，对场内所有商业网点进行全面整顿，要求商品明码标价，改善了旅客的购物体验，博得广泛好评。完善的服务设施和科学的乘机流程，极大地方便了旅客。5月11日，陕西师范大学的一位新疆籍学生，因家中有急事需要坐飞机回家。他兴冲冲地买好机票后，却又发了愁：没坐过飞机，没到过机场，乘机手续办起来是不是很复杂？他怀着忐忑不安的心情到了机场。令他惊喜的是，进候机楼后，他按照提示和引导标志，从行李检查、办理值机手续、购买机场建设费，经过安检，到隔离厅，前后只用了30分钟。他没有想到，想象中很复杂的事竟然就这样快捷、简便地完成了。

作为黄土地魅力四射的旅游和商贸中心，西安、咸阳每年都要迎来大批的中外客商。为了给旅客们留下一个美好的印象，机场人接过三秦父老传来的接力棒，坚持开展特色服务，为旅客提供周到、温暖的服务，想方设法让旅客满意。乘机旅客和接站客人最怕的是航班延误，机场问询处就主动提供"电话回叫服务"，为被延误旅客和接站客人送去方便。因航班延误的旅客只要在问询处留下联系电话或传呼，问询处的姑娘们便会随时把航班动态告诉旅客。接站或问询的客人，只需打个电话告诉问询处姑娘们需要知道什么事，有消息的，她们会马上给予答复；没有准信的，她们会根据客人留下的电话或传呼，等有消息时给予满意的答复。

机场候机楼场地有限，又是寸金之地，但机场却专门设立了老弱病残幼孕室，里面沙发、茶几、象棋、跳棋、玩具、婴儿车、开水、报刊等设施一应俱全，机组休息室却比原来小了一半。这样做明显不划算，有特殊需要的旅客每天能有多少？但机场人说："账不能这么算，尊老爱幼、解难帮困是我们中华民族的传统美德。场地有限，挤出场地也要搞，谁让我们是黄土地的后人呢！"

候机楼隔离厅内设立医疗服务站，旅客班车上介绍西安、咸阳的旅游景点及服务设施，问询处为旅客代发邮件、信函，安检站为残疾旅客开辟"爱心通道"……一个个凝聚着爱心的特色服务，从机场的不同岗位间不断涌现出来，汇聚成一股文明之风，以西北人特有的纯朴、热情、细致，使来往于西安咸阳国际机场的每一位宾客找到家的感觉。

这里有您的亲人

论硬件，西安咸阳国际机场不是国内最好的，但机场人在服务上却力争一流。他们说："硬件不足软件补，只要我们拿出亲人般的爱心，旅客就会感到空港处处有自己的亲人。"为此，机场先后组织开展了一系列职业道德教育、"亲人意识"教育，要求员工对待老人要像对待自己的父母，对待小孩要像对待自己的子女，对待同龄人要像对待自己的兄弟姐妹。一位福建籍女士在机场候机时，不慎将丈夫的遗物——一条27克重的金项链掉进卫生间大便池内，急得泪流满面。清洁工小刘得知后，在用铁丝钩不上来的情况下，毅然脱掉上衣，光着膀子，忍着臭气用手在便池中捞了十几分钟，终于把那位女士的金项链捞了上来，然后用热水冲洗干净交给她，感动得她要下跪致谢。小刘坦率地说："旅客到咱这里，就是自家人嘛。"正是怀着"自家人"的心态，小刘所在的清洁队先后为旅客在便池打捞物品32次，捡到并归还旅客遗失物品300余件，折合人民币80多万元。"黄土层深三千尺，不及空港亲人情"，这是一位精通汉语的英国老太太写给机场"十佳安全服务明星"吕玉梅的一句临别赠言。这位50多岁的老人游览西安后，要乘机去香港，不料到机场后却发现鞋子开了帮，老人沮丧地穿着这双鞋子，小心翼翼地进了候机楼。正在值班的吕玉梅看见后，立即请老人坐在临近的椅子上。看到老人有些难为情，吕玉梅二话没说，给老人找来垫脚的东西，帮老人脱下鞋，然后又找来订书机，凭着平时练就的一双巧手，把休闲鞋薄薄的帮和底接在了一起，竟丝毫看不出修过的痕迹。看着完好如初的鞋子，英国老人忍不住紧紧拥抱了善良、机敏的吕玉梅。这感人的一幕，引来周围旅客的热烈掌声。

可贵的亲人意识，不仅增强了机场人服务的主动性，同时机场人还把这种意识延伸到服务技能的培训上，自觉磨炼为亲人服务的本领，提高业务素质。值机柜台的姑娘们经常利用业余时间开展技术比武、岗位练兵竞赛，使自己的业务技能精益求精。她们每天提前10分钟到岗，为早到的旅客办理登机牌，遇到旅客排长队，立即增开柜台，尽量缩短旅客排队等候时间，使得旅客在值机柜台前等候时间最多不超过15分钟，大大低于中国民用航空局规定的标准。机场安检站采取随到随检、多开通道、手检和探测器检查同时进行等有效措施，在确保安全的前提下，使旅客过安检的时间严格控制在18分钟以内……机场人全身心地投入西安市窗口行业知识竞赛、机场组织的"强化文明用语月"等活动中,多方面锤炼自己为旅客服务的整体技能,使机场人的文明素质跃上了一个新的高度。

一天,一位刚下飞机,拄着拐杖的香港旅客,向机场候机楼问询处的问询员吴靖蓉打听西安骨科医院怎么走。吴靖蓉没有将这个服务范围外的事一推了之,她马上找到地图,查出医院的准确地址,详尽地告诉了这位香港同胞。过后,她又担心这位旅客人生地不熟,行动又不便,在向领导报告后,亲自把老人送到了距机场50公里以外的医院,安置妥当后又返回岗位。这位香港同胞激动地说:"回去后我要把这一切告诉我的亲人和朋友,让他们都来西安,看看这里的亲人。"

今年3月12日下午4时,机场汽运公司驾驶员汪尧武驾驶陕A02502号客车,执行西安至咸阳的旅客运送任务。当该车行至火车西站时,他发现车内有香烟味,便用话筒劝说吸烟的人将烟灭掉。吸烟人恼羞成怒,便对汪尧武进行辱骂。想到自己身为机场精品班车驾驶员,汪尧武没有与旅客争吵。当车到候机楼后,其他旅客陆续下车,该旅客再次上前滋事,并说要把汪师傅"摆平",一边说一边撕扯汪师傅的衣服,并动手殴打他。汪师傅闻到旅客身上有股酒气,他想旅客可能是酒后闹事,便打不还手、骂不还口,直至公安民警前来处理。汪尧武以自己的宽容大度,塑造了机场人的形象。

共同托起一片蓝天

作为西北的第一门户,西安咸阳国际机场是幸运的。创建文明机场一开始,就得到了省委省政府的大力支持,副省长担任创建协调领导小组组长,副秘书长担任副组长,而该领导小组又是在省政府严格控制各种非常设机构的情况下成立的。

政府非常看重机场这个门户，尽力为机场解决创建中的一些难题；机场人更是珍惜这"三秦第一门户"的声誉。机场成立了"文明办"，下拨专款用于创建，党委一班人不失时机地动员抓落实，主动联络民航内外20多个驻场单位共同把机场的事情办好。"创建文明机场仅靠机场一家孤掌难鸣，只有靠驻场各单位的共同参与，才能把机场的事情办好"，大家对此有着共同的认识。

广泛听取驻场单位意见，召开多种座谈会，发放意见卡……机场认真倾听各方面的意见，主动改进为驻场单位的服务，表达着共建文明的诚意。

候机楼管理处在办公用房紧张的情况下，主动把舒适的办公室让给急需的驻场单位，自己则搬出候机楼。驻场单位的住宅楼地下电缆烧断造成整楼停电，变电站迅速组织职工分两班轮流作业抢修，仅用4个小时就使供电恢复正常，让驻场单位的干部职工感受到了机场服务的周到，也激发了他们共建文明的热情。

今年年初的一天晚上，一位已办好货运单的货主打电话到机场问询处，想问一下有没有当天到广州的航班。值班员小吴得知这是一批急需运到广州治疗烧伤病人的药品，她查出第二天下午才有去广州的航班，而早上有去深圳的加班飞机，便告诉了货主。但货主在西安，跑到咸阳改货单已经来不及了，小吴把这一情况告诉了西北航空公司货运配载室的值班人员。值班人员没有因为小吴是机场工作人员就置之不理，而是像一家人似的，马上找出货单，重新改填到去深圳的加班飞机上，并要小吴通知货主。货主深受感动，特地给机场领导写来一封感谢信，讲述自己的感受。

不少人认为机场只是一家单位，其实西安咸阳国际机场共有20多家直接或间接为旅客服务的单位。这20多家单位，无论哪一家有了文明或不文明的行为，人们都会看成是机场的。因此，一荣俱荣，一损俱损。驻场各单位对此看得很真切，大家十分明白只有"共荣才能共兴"，只有齐心协力，努力把机场的事情办好，共建现代化文明的大空港，黄土地的明天才会更美好。

西北航空公司把文明机场建设与公司开展的服务质量创奖活动结合起来，按照《公共航空运输服务质量标准》认真做好地面服务工作，一个航班一个航班落实文明机场标准中对办理乘机手续、货运交运、提取时限的要求；西北空管局确定了一些窗口为文明创建单位；中航油西北公司开展"千架次用户无意见"活动，把自己的工作置于用户的监督下；海关、卫生检疫、边检、武警中队等都结合自己的实际，为机场的文明建设各尽其职，劲往一处使，力往一处用，为古都再添文明光彩，并经受住了实践的检验。

今年1月11日至13日，大雾封锁西安咸阳国际机场，造成106个航班延误，近万名旅客滞留空港，部分旅客反复出入安检达六七次，旅客情绪烦躁，着急不安可想而知。然而在机场工作人员的服务过程中，没有出现一起争吵和投诉事件，唱出了一曲所有驻场员工敬业爱岗，一心为旅客的文明之歌！

一把把黄土一把把情，空港劲吹文明风。机场人明白西北第一门户的称号寄托着多少父老乡亲期盼的目光。机场人表示，要把创建文明机场活动扎扎实实地深入持久开展下去，用一份份旅客、用户的满意答卷，塑造一方黄土地的现代文明，让古城的这扇窗户在世人的眼里更加明亮、夺目！

1997年11月5日于西安咸阳国际机场

打破坚冰好行船

周秦汉唐,皇皇盛世。古老的三秦大地,曾孕育了灿烂的古代华夏文明之光。

"俱往矣,数风流人物,还看今朝。"历史的长河流到了20世纪90年代初,在古城西安与咸阳之间的大地上,矗起了一座现代化航空港——西安咸阳国际机场。

近10年,西安咸阳国际机场在历史的长河里,乘改革开放之东风,破阻碍发展之坚冰,扬帆前进。

中央文明委、中宣部授予机场"全国创建文明行业工作先进单位",中国民用航空局授予机场"全国十大文明机场",西安咸阳国际机场跻身全国十大空港行列……

深化改革 挣脱思想观念的桎梏

西安咸阳国际机场是10年前民航体制改革的产物。

在改革中诞生,在改革中发展,西安咸阳国际机场改革的脚步从未停止……

西安咸阳国际机场建成使用以来,机场党委坚持"积极探索、稳步推进,精心组织、大胆实践"的原则,正确处理了改革、发展、稳定之间的关系，把改革一步步推向深入。

说到西安咸阳国际机场的改革，不能不提到1995年。这一年，机场率先在西北民航实行干部聘任制，一大批年富力强的同志走上了中层领导岗位，一批专业技术骨干进了各级领导班子。人事制度的改革为机场的各项改革打下了坚实的基础。

说到西安咸阳国际机场的改革，不能不提到1996年。这一年机场调整了内部机构。本着理顺关系、提高效益、主副分离的原则，机场成立了多种经营办公室；撤销了科教处，将其主要职能并为人事劳动教育处和物资设备处；把经营计划处分离为计划处和经营管理处；组建和设立了8个具有独立法人资格的副业公司。

这一年，机场全面推行了全员劳动合同制。

这一系列重大举措，使西安咸阳国际机场实现了主副业分离、管理和经营的分离，使机场的劳动人事制度发生了根本性转变，为机场提高经济效益打下了良好基础。

在1996年改革取得突破性进展的基础上，1997年西安咸阳国际机场对处级干部做了调整，完成了科级和科级以下干部的续聘工作，并作为全国民航机场的试点单位，在全民航率先建立了集体协商和集体合同制度。1998年，机场又开展了减员增效、下岗分流工作。

通过改革，西安咸阳国际机场真正建立起了"能者上，平者让，庸者下"的用人机制，在干部职工中产生了强烈反响。

在这些改革中，西安咸阳国际机场通过副业分流正式职工246人，先后清退临时工185人，1998年首次出现了人员负增长。

体制理顺了，机构合理了，职责明确了，人员精干了，西安咸阳国际机场领先改革，初步建立起了适应现代企业制度要求的运行管理体制和人事用工制度。

进入本世纪的最后一年，西安咸阳国际机场的改革继续向纵深发展，改革分配制度的号角在机场吹响。这次改革坚持了按劳分配、总量控制、以岗定薪、岗变薪变的原则，以岗位作为确定工资标准的主要依据，推行岗位工资、绩效工资、年龄工资、基础工资4个单元组成的结构工资制，实行计件工资管理，确保工资总额的增长同机场生产发展水平、经济承担能力相适应。这次改革打破了分配中的大锅饭，将员工个人收入与企业整体经济效益挂钩，使职工与企业同命运、共利益，风险同担，从而增强了员工的风险意识和主人翁责任感。

每次改革，从本质上讲就是一场革命。西安咸阳国际机场的各项改革之所以能顺利进行，与机场党委一班人精诚团结、锐意改革、勇于开拓是分不开的，与机场党委一贯重视思想政治工作是分不开的。

机场党委坚持每年召开一次思想政治工作研讨会，专题研究机场改革、发展中员工出现的各种思想倾向，提出做好员工思想工作的思路和对策；不定期地召开思想政治工作座谈会，及时分析解决员工思想上出现的突出问题，仅1998年至今就召开了4次不同层次的思想政治工作座谈会、研讨会、分析会；党委有关职能部门每季度深入基层调研，并写出专题思想调研报告，为党委更好地把握员工的思想脉搏，处理好改革的力度与员工的心理承受能力之间的关系提供了科学的决策依据。平时，机场还通过理论学习班、形势报告会、上党课、参观革命历史遗迹，以及丰富多彩的企业文化活动，对全员进行邓小平理论和辩证唯物主义教育，弘扬"跑道精神"，强化企业理念，陶冶员工情操，在全员中树立奋发图强的创业意识、求真务实的开放意识和着眼未来的忧患意识；重视解决员工的实际困难，使每个机场人都实实在在地享受到机场改革和发展的成果。入情入理、细致入微的思想政治工作极大提高了员工参与改革的积极性、支持改革的自觉性，全场员工的思想观念随之也在潜移默化地发生着根本性的转变。

学习邯钢　推动管理方式的转变

西安咸阳国际机场候机楼管理处是机场最大的主业单位之一，直接面对旅客。在这个单位明显地感到，过去"家大业大，出钱的口子大点没啥"的观念在变，过去粗放管理的方式也在变。

过去，东西用完了，就买；设备坏了，就换新的；钱没了，就要。大家多年就是这么个习惯，很少有人去细算一下成本账。可是从1996年开始，这个习惯改变了。处里的负责同志举了个简单的例子。以前，候机楼的换气扇，装上以后，需要不需要，转起来就不停；转坏了，当然是换新的。整个候机楼有300多个换气扇，转起来没有人管，自然就坏得快；坏的多了，换得也就勤。因此，库房里总得预备着一大堆换气扇。可是现在不同了。换气扇装上后，有专人定期维护。坏了，责任人先自己动手修；修不了，再经领导批准送外面单位修；确实修不了，才换新的。每位责任人心里都有一本成本账，因为机场财务部门对全机场每个二级单位都有"数字警示"，每个月的成本费不能超出预算。

候机楼管理处发生这么大的变化源于1997年机场开展的"学邯钢"活动。

"学邯钢"活动开展以来，候机楼管理处的成本逐年下降。1998年该处各项费用剔除合理增加部分，共减少了14.44万元，库存材料占用资金也由1998年初的20.82万元降到年底的10万元。学邯钢，确实让他们尝到了甜头。

西安咸阳国际机场由于受所在地区经济发展速度的制约，客货吞吐量增长缓慢，靠民航主业的大幅增加提高经济效益显然行不通。在严峻的效益形势面前，机场决策层达成共识：走节约开支、降低成本之路，挖潜力，增效益。1997年开始，一场声势浩大的"学邯钢，抓管理，降成本，增效益"活动，在全机场范围内展开。

邯钢是冶金生产企业，机场是民航服务单位，两者毫不相干，学邯钢学什么？不少干部职工心存疑虑。机场党委及时为大家指明了方向：学邯钢，重在领会邯钢经验的实质，学习邯钢精神。

邯钢管理经验的实质就是将市场机制引入企业，加强成本核算，实行成本否决，全员参与企业成本控制。机场组织财务、经营等职能部门，组成费用核算小组，进行科学细致的成本核算。根据核算结果，将所有费用支出项目划分为138项，按照收支平衡目标提出全机场总成本控制标准，逐项科学分解费用指标，最后按照压缩各项费用10%的原则，确定各项费用实际指标，并层层分解落实到各单位。各单位与机场签订经营责任书，并进一步将指标分解到下一级单位及至个人。指标确定了，责任明确了，能否见成效的关键在于抓落实。机场加强了对各单位经营状况和费用开支情况的日常监控，每月在安全生产汇报会上通报各单位的经营状况和成本开支情况，对严重超支的单位及时给予警告。

为了切实把成本降下来，西安咸阳国际机场在"学邯钢"活动中进一步完善了各项管理制度。1997年4月，机场有关会议费、电费、接待费、机动车定点维修费的4个管理办法同时出台。紧接着，机场《车辆油耗定额控制指标及机场燃煤采购规定》以及《物资材料采购办法》也相继下发。这些规章、制度为成本控制目标的实现提供了保障。

1998年，西安咸阳国际机场通过开展规范化基础管理工作，把"学邯钢"活动推向新高潮。机场全面修订了各项规章制度，颁布了《投资管理规定》等一系列新的规章，并圆满完成了《规范化运营手册》的编写工作。

学邯钢，筑起了堵住成本浪费漏洞的大堤，推动着西安咸阳国际机场管理方式的转变。1997年，机场可控费用部分节约支出500多万元；1998年，又节约200多万元。

1997年，西安咸阳国际机场在客货吞吐量增加幅度极小的情况下，一举摘掉了亏损帽子。

1998年，机场在民航整体效益滑坡的形势下，经济效益平稳增长，实现利润121.88万元。

盘活资产　打破资金缺乏的瓶颈

西安咸阳国际机场是我国第一个全部使用贷款建设的机场。投入运营后，资产负债率较高，还本付息的任务相当沉重。另外，受多种因素影响，机场的部分服务用户，即一些航空公司拖欠机场结算款的现象也相当严重。

流动资金缺乏，成为制约机场快速发展的一个瓶颈。

为了解决资金缺口较大的问题，机场在降低成本、节约开支的同时，加大投资管理力度，把有限的资金用在刀刃上。

1997年，《西安咸阳国际机场建设投资管理规定》《关于严格执行基本建设项目招（投）标管理规定的通知》等一系列加强资金管理的规定措施相继出台。这些规定措施的严格落实保证了投资效益的顺利实现。仅1997年，机场共审核23项预算，核减费用78.66万元，从而大大提高了资金利用率。

为了减轻沉重的还债付息负担，机场一方面加大控制新贷款的规模，一方面积极组织资金归还贷款。机场财务部门抓住国家调低银行利率的机会，多次与银行协商，用当时的低利率贷入资金，来偿还过去的高利息贷款。种种措施使机场的负债率逐年降低，资产负债率已从最高时的80%下降到目前的33%，利息支出也从最高年份的2400多万元降至目前的700多万元。

针对机场所属单位财务分散、资金分散且占用量过大的情况，西安咸阳国际机场在1996年结构调整之际，借鉴兄弟单位的经验，成立了资金管理中心，即机场内部银行。

过去，各下属单位分别在银行开户，整个机场在银行的户头有四五十个。设立资金管理中心，机场所有财务机构必须在中心开户，这样可把各单位的沉淀资金集中调配使用，从而减少闲散流动资金的占用量，又可监督各单位财务支出活动。

成立资金管理中心的同时，机场组建了8个副业公司。这8个公司需要进行融资时，按《西安咸阳国际机场内部融资管理规定》，通过机场资金管理中心向机场借款。同时，这些公司与机场签订"经营责任书"和"财产租赁合同"，确保机场在这些公司的国有资金保值增值。

几年来，机场资金管理中心分别为副业公司融资90多万元，为机场副业的发展注入了活力，增加了副业发展后劲。副业公司也于1997年、1998年两年分别向机场上缴资金使用费474.94万元和517.5万元。

主业扶持副业，副业反哺主业，在主副业共同发展的过程中，机场资产管理中心充分发挥了"蓄水池"的功能，为机场的主副业生产注入新鲜的血液，从而使机场充满生机，充满活力。

从"主副剥离"到"主副并举"，西安咸阳国际机场通过盘活资产走上了良性循环发展的道路。

目前，西安咸阳国际机场已筹建了"员工持股会"，制定了机场员工内部持股方案和持股章程。这一举措，将加快副业经营机制转换的步伐，实现投资主体的多元化。

祖国的西部资源优势得天独厚，陕西是人文、自然资源富集之地，作为我国西北地区规模最大、等级最高、设施最先进的现代化国际航空港，西安咸阳国际机场将充分发挥亚欧大陆桥经济带上大型航空枢纽的优势，开拓前进，在新的世纪创造更加辉煌的业绩。

1999年10月18日于西安咸阳国际机场

人气从何而来

走进西安咸阳国际机场荣誉室,"全国卫生机场""全国文明机场""创建全国文明行业工作先进单位""省级文明单位"等各种奖牌、奖状、锦旗、证书琳琅满目,这里浓缩着西安咸阳国际机场10年来的辉煌成就,也记载着机场10年来发展变化的历程。

机场的发展变化是立体的、多层面的,伴随着改革步伐的加快,从机场的设施、设备到服务项目、服务功能,从管理体制到员工的思想观念、精神面貌,无不给人以蒸蒸日上的真实感受。

西安咸阳国际机场10年来改革发展的历程,走过的每一步,难道就没有坎坷?干部聘任制、全员劳动合同制、主副业剥离、绩效工资制、分流人员、全员轮岗、定岗、定员、定编、精简机构、干部竞岗等每一项重大改革举措的实施,都必然涉及员工的切身利益,难道就没有冲突?是什么力量保证了机场各项改革举措的顺利推进?是什么力量让机场员工把自己自觉地融入集体的荣誉中?西安咸阳国际机场的人气从何而来?

加强党建　统领人心

今年5月25日上午,西安咸阳国际机场可容纳300人的职工活动中心座无虚席,机场主要领导正在给机场党员干部上党课,主题为"正确把握西部大开发的战略意义和整体思路，紧紧抓住机遇加快机场建设"。党课上完了，党员干部的心里亮堂了："西部大开发，机场怎么办？"党员干部的心中有了底。

像这样的党课在西安咸阳国际机场已不是第一次了。1998年，以美国为首的北约轰炸我驻南使馆的事件发生后，机场员工议论纷纷，机场主要领导以"认清西方人权本质，增强振兴中华的紧迫感"为主题给全体党员干部上党课；去年，在揭批"法轮功"邪教组织的关键时刻，机场主要领导以"坚持辩证唯物主义，树立正确的人生观"为主题给党员干部上党课；李登辉"两国论"出台后，机场党委邀请军事专家讲解台湾问题的历史、现状，使党员干部对党和政府的对台政策有了更深的了解。

由机场党委领导或者有关专家、学者给全体党员干部上党课、做报告是西安咸阳国际机场党委抓员工思想教育的一个方面。机场党委不仅在重大政治事件面前教育员工统一思想、站稳立场，而且在事关机场发展方向、工作方针、重大决策等重大问题上也及时开展不同形式的思想教育。党的十五届四中全会召开以后，机场党委进一步明确了空港建设、发展的方针、目标，形成了加快机场股份制改革，实行干部竞争上岗，以及开展"三定"工作的具体意见，并向全体员工广泛宣讲，做到人人皆知，从而使大家明确了自己肩负的责任，看到了机场未来发展的美好前景，思想的高度统一转化成了机场员工发奋工作的动力。改革是机场前进的主旋律，改革也必然带来员工思想利益上的冲突，机场党委把思想政治工作的焦点对准改革。在每一项改革措施出台前，做好方案的调研、论证，反反复复地做好宣传教育，印发相关的调研材料，认真听取员工的意见和建议，使方案尽可能完善；在改革实施阶段，成立专门工作组，深入基层单位解释政策，正面回答，给予指导；方案实施后，密切关注员工对改革的适应情况，注意收集改革中利益受损群体的思想动态，有针对性地开展思想政治工作。由于党委的思想政治工作及时到位，有效地避免了改革中员工思想及利益冲突对机场整体部署的影响，保证了各项改革举措的顺利推进。

"打铁先得自身硬。"机场党委在实际工作中始终把贯彻民主集中制作为强化政治核心作用的重要途径，凡是重大政治、政策问题，党委成员首先认真学习，统一思想；凡是干部任免、改革、投资等重大问题，凡涉及群众切身利益的问题，班子成员都要充分酝酿，集思广益，达成共识；凡是党委形成的决议，党委成员都率先垂范，身体力行，不搞"特区"。

1997年以来，机场党委先后围绕"如何做好改革中的思想政治工作""机场思想政治工作的焦点、难点是什么""如何认识思想政治工作是一切经济工作的生命线"等问题召开了6次不同层次的座谈会，形成了符合机场实际的思想政治工作新思路，在行业内率先制定了《机场思想政治工作管理规范》。

党委领导过硬的思想政治素质和以身作则的作风，极大地带动和影响了机场员工，党委的政治核心作用也得到了充分体现。

企业文化　凝聚人心

去年初，机场把几年来机场员工创作的散文、小小说等文学作品改编成电视短片。这在机场已不是什么新鲜事，尽管节目制作的水平无法与专业电视台相比，但作者字里行间散发出的炽热情怀却让人感动。在员工眼中，跑道、夜航灯、旅客班车、机场草坪等这些实物与他们朝夕相伴，似乎都有了生命，与他们的思想、心灵都能产生强烈的共鸣，成为激励他们热爱机场、建设机场、奉献机场的精神动力。电视短片语言纯朴，感情真挚，就连国内一些知名作家都被机场员工的这份情所感动。

这只是西安咸阳国际机场企业文化建设的一个侧面。经过多年不懈努力，西安咸阳国际机场的企业文化建设结出了累累硕果，成为凝聚机场人心的重要一环。

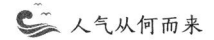

在市场经济条件下，企业文化作为精神文明建设和思想政治工作的重要载体，在贯彻企业理念、增强企业凝聚力、创建和谐人际关系等方面发挥着不可替代的作用。机场自建场以来，把挖掘、培养、营造蕴藏于企业管理中的文化品格作为企业文化建设的主调。通过讨论、提炼、总结等一系列扎实细致的基础工作，西安咸阳国际机场在全国民航机场中较早地确立了"坦诚质朴，团结求实，优质奉献，创新向前"的企业精神——"跑道精神"；确定了场徽、场歌、企业发展目标、经营战略、经营方针等企业理念体系，以及形象识别系统和视觉识别系统。为了满足机场员工日益增长的精神文化需要，机场党委也舍得投入，员工文化活动室、图书室、篮球场、足球场相继建成，成为员工业余学习娱乐的场所。民航西安有线电视台自办节目丰富多彩，机场职工摄影协会、青年文学爱好者协会的活动有声有色。机场实施的"六个一工程"，即每年一次大型文艺演出、一次体育比赛，编辑出版一本企业文化文集，举办一次员工书画摄影展，拍摄一部反映机场两个文明建设的电视专题片，举办一次思想政治工作暨企业文化研讨会，几年来也取得了明显成效。西安咸阳国际机场的企业文化建设方案都是在员工集思广益的基础上提出的，文化活动自然就由员工唱主角，员工在参与中受到启迪，文明素质也在参与中不断提高。

"典型引路，激励人心"，是机场企业文化建设的又一得意之笔。先进典型必须是贯彻企业理念，代表企业精神，被企业员工共同认可的先进员工或者群体。几年来，机场的评优活动涵盖了机场所有的工作岗位。在各种评优活动中，自1993年以来持续开展的"机场十佳安全服务明星"评选活动（1996年机场党委又增加了"十佳安全服务先进单位"的评比）在员工中反响最强烈，每年的评比成为机场一年一度最受关注的事情之一。被评为"十佳"的单位和个人，机场党委要召开隆重的事迹报告会为他们披红戴花、颁发奖金，还会为他们拍摄电视专题片及出版先进事迹文集。截至目前，机场已涌现出70位"十佳安全服务明星"，40个"十佳安全服务先进单位"。在典型的激励影响下，机场涌现了一批在行业内外有一定影响的先进群体和个人，他们成为实践机场企业精神，代表机场企业形象的一面面旗帜。

多办实事　温暖人心

"机场的发展离不开每一位员工的努力工作，因而也应该充分尊重每一位员工的主人翁地位，在生产发展的同时，使员工的生活待遇相应得到提高"，这是机场党委领导一贯坚持的一个观点。多年来，机场的年度工作目标、财务收支情况、招待费使用情况等企业管理事务每年都坚持向职代会报告，接受员工代表的审议，工资改革、住房分配、员工福利等事关员工切身利益的事情也透明操作，使广大干部职工心中清楚明白。同时，为给员工创造更多的发展机会，机场还积极拓宽培训渠道，使员工都有接受不同层次、不同专业的学习、进修、培训的机会。

把"说"和"做"有机结合，把事关员工切身利益的事办实办妥，满足员工物质和精神的双重需求，这是西安咸阳国际机场思想政治工作的重要方面。为员工办实事、办好事，既增强了员工的荣誉感、归属感和自豪感，又在全场形成了"机场为员工着想，员工为机场尽力"的良好氛围，员工和企业的双向认同，促使每一位员工在机场发展的每一个紧要关头，都把自身的努力自觉地转化为推动机场向前发展的物质力量。

人气旺则企业兴，西安咸阳国际机场有效的思想政治工作实践再次证明了这一点。

2000 年 8 月 28 日于西安咸阳国际机场

为西部开发添翼

站在中国航空交通图前,可以看到数以千计的航线交织成密密的网。网的中央便是西安咸阳国际机场。70多条航线、20多家中外航空公司、400多万人次的年旅客吞吐量,构筑起一座正在蓬勃发展的现代化国际机场。

黄土地上的花园港

1991年,新建的西安咸阳国际机场正式运营后,充分抓住时代赋予的机遇,迅速拓展业务,10年来旅客吞吐量、货邮吞吐量、飞机起降架次分别以18.2%、16.2%、10.1%的速度递增,形成了主副业协调发展的经营格局,机场连续10年安全生产无事故,连续5年实现赢利。与此同时,机场的两个文明建设也取得了丰硕成果,形成了以"坦诚质朴、团结求实、优质奉献、创新向前"为核心内容的企业文化体系,先后荣获"全国卫生机场""全国文明机场""创建全国文明行业工作先进单位"等多项殊荣。机场人在黄土地上建成了"花园式航空港"。

十年磨一剑,机场的成绩来之不易。从西安西关机场转场咸阳之初,机场人面临种种挑战,他们顽强探索,走出一条快速、健康的发展之路。

为确保安全,机场不断加大基础设施投资力度,改造业务流程,建立并完善了一系列安全制度,形成了安全教育、安全监控、安全考评紧密结合的安全保障体系。

为提高服务水平，机场大力推行规范化服务，通过开展精品服务样板岗、公布投诉电话、聘请社会监督员、开辟"爱心通道"等创新服务活动，为旅客提供一流的服务。

为营造健康向上的企业文化，机场开展了"双十佳"评选活动（十佳安全服务明星、十佳安全服务先进单位）、实施"六个一"工程（每年一次大型文艺演出、一次全场性的体育比赛，编辑出版一本企业文化文集，举办一次员工书画摄影展，拍摄一部反映两个文明建设的电视专题片，举办一次思想政治工作暨企业文化研讨会），推行"场务公开"，积极参与社会公益活动。

为实现科学管理，机场先后实施全面质量管理、标准化管理、规范化管理，在西北民航系统率先推行干部聘任制、主副业分离、全员劳动合同制、岗位技能工资制、干部竞争上岗，为建立现代企业制度打下了良好的基础。

随着发展步伐的加快，机场基础设施滞后成为一个瓶颈问题。1994年，机场旅客吞吐量已超过一期工程设计保障能力，设施不足，水电供给紧张，场地狭小——整个机场已长期处于超负荷运行状态。

西安咸阳国际机场快速发展与基础设施滞后的矛盾引起国家有关部门的重视。2000年4月12日，新华社公布了中国实施西部大开发战略新开工十大工程的消息，西安咸阳国际机场扩建工程作为西部地区机场建设的重中之重名列其中。

工程总投资14亿元人民币，新建5.2万平方米的航站楼、19万平方米的停机坪、3.5万平方米的停车场，同时完善与之配套的供水、供电、天然气、制冷、排水、垃圾处理，以及道路等基础设施。工程完工后，机场可以保证年旅客吞吐量750万人次、货邮吞吐量13万吨、飞机起降10万架次的需要，从而使机场的运营能力有一个大的跨越。

丰碑：西部世纪新标志

一个前所未有的浩大工程，一次全方位的挑战，扩建工程的建设者们深感责任重大。怎么办？以制度创新为手段，以科学管理为核心，建设一流工程——这就是答案。

西安咸阳国际机场是机场扩建工程的项目法人，工程的组织策划、资金筹措、招投标和建设过程中的主要工作都在机场的具体部署下进行。机场人深知质量是工程的生命，机场扩建指挥部始终以确保工程质量为核心，严格实行科学的"四制"管理，即项目法人责任制、招投标制、监理制和合同制。

在监理单位的选择上，机场严格进行招投标，采取"政府监督、社会监理、施工单位保证"的方法，确保监理制落到实处。

在合同制方面，机场坚持全部合同由专职法律人员起草，重大项目的合同聘请专业律师事务所进行审核、把关，各项业务工作的开展均严格依合同执行，确保了工程的顺利进行。

在招投标工作中，机场大力推行"阳光"招标，严格执行《招投标法》，推行无标底招标，做到公正、公平、公开，保证了专家审查的公正和准确，很好地实现了项目的投资控制。这一做法不仅为机场选择了资质高、技术实力强、业绩好的施工队伍和性能质量好、技术先进的设备，而且节省了一定的建设资金。从开工至今，机场已先后完成了100多个标段的招标工作，合同金额8亿多元，没有发生一起有效投诉。国家计委稽查组经过全面稽查，对机场规范的招标工作给予了充分肯定。

西安咸阳国际机场还拟定了工程"两个一"的目标。一是建设廉洁工程。机场制定了廉政工作管理规定和工程建设"十不准"，与全体工作人员层层签订廉政协议并作为经济合同的有效附件。截至目前，被拒收或主动上缴机场的各种礼金总价值10多万元、各类礼品50多件。二是锁定中国建设工程鲁班奖。为了实现这一目标，机场实行项目经理制，由技术能力强、熟悉机场业务、德才兼备的技术骨干担任项目经理，形成了项目经理、工程师、高级顾问3层技术负责体制。对工程建设中的招投标工作、设计委托变更等重大事项进行集体研究决定，保证了决策的科学性和正确性。

目前，机场扩建工程已完成总投资的80%：停机坪2001年12月27日已通过初步验收，今年1月份远机位全部投入使用；新航站楼已于2001年12月28日封顶，现已进入装修和设备安装阶段；供水、供电工程主体全部完工，并通过自验，近期将进行初验，通过后便投入试运行；排水工程已完成80%。整个工程将于2002年底完工，2003年如期交付使用。到那时，一个功能完善、设施一流、环境优美的现代化空港将矗立在关中平原上，成为新世纪陕西乃至整个西部的标志。

梦想在竞争中腾飞

2001年12月10日，中国正式加入世贸组织，一个开放、竞争的环境使中国民航业面临着严峻的挑战。机场党委敏锐地认识到：尽快适应经营环境变化，积极参与国际化竞争，是机场在激烈的市场竞争中站稳脚跟的唯一途径。竞争的核心是人才的竞争，咸阳国际机场从劳动人事工资制度改革入手，在实行干部聘任制、全员劳动合同制、岗位技能工资制、干部竞争上岗等改革措施的基础上，着眼于机场的长远发展，大力推行科教兴场战略，以培养适应国际化竞争的高层次管理人才为目标，通过强化培训、MBA教育等方式，储备了一批优秀人才。

有了好的人才，还必须有好的经营机制才能发挥作用。为此，机场近年来推行了一系列的经营管理改革："学邯钢，抓管理，降成本，增效益"，与二级单位每年签订"经济指标责任书"，对机关职能部门实行费用包干。机场股份制改革正加紧进行，在新成立的绿化保洁等公司试行经营者参股等，这将大大提高机场资本运营水平和融资能力，有利于调整机场资本结构，整合机场内部资源。

为提高机场服务水平，机场已开始进行ISO9000质量体系认证；引进信息技术，建立了计算机离港系统和机场综合信息系统，实现了局部域内信息共享和办公自动化；洞察物流业发展趋势，投资1800余万元在西安高新技术产业开发区兴建了西北最大的航空客货运中心，发挥"城市候机楼"作用，实现"一站式"服务；筹建海关监管仓库。所有的举措只有一个目的：提高机场的竞争能力。

跨入新世纪，西安咸阳国际机场审时度势，以全新的理念制定了未来的发展战略，即：以精益化发展战略为核心，以人力资源和企业文化为支撑，建设具有核心竞争力的企业集团。

放眼新世纪，一个新的机场经营环境正在形成。承东启西、连接南北的区位优势，航空公司轮辐式航线网络的逐步形成，国家西部大开发政策的支持，为西安咸阳国际机场建设区域性枢纽机场提供了良好的契机。西安咸阳国际机场将在新世纪再创辉煌，为西部开发插上腾飞的翅膀。

2002年4月13日于西安咸阳国际机场

不经风雨　何以见彩虹

5月7日,一个阳光明媚的日子,新西兰人戴维走出了西安交通大学第一附属医院的隔离病房。作为陕西首批治愈的"非典"患者,他一时间成为陕西各大媒体关注的焦点。就在戴维治愈出院的同时,在距西安45公里外的西安咸阳国际机场一个偏僻的农场院落,一群最早发现戴维病情的机场医务人员和相关工作人员共24人也走出了机场留验站的大门。18天前,正是戴维在西安咸阳国际机场的出现,敲响了陕西防控"非典"的警钟,也拉开了西安咸阳国际机场全面抗击"非典"的序幕。

发现陕西第一例外籍"非典"患者

4月20日下午5时20分,西安咸阳国际机场急救中心值班室接到现场指挥中心紧急电话:西安即将飞往北京的HU7881航班上有一位旅客有发烧症状。值班室迅速通知候机楼医务室值班医生立即前往查看。值班医生陈美峰放下电话,携带急救箱迅即赶到现场。然而,他并没有想到,这次出诊的对象会是陕西第一例外籍"非典"患者。

经过初步检查,戴维体温38.4摄氏度,脸颈潮红,口腔充血。据随团翻译讲,此前他已游览过北京、三峡和重庆,发烧已有几天。事关重大,小陈立即用手机联系处领导。机场卫生处处长、副主任医师张玉华闻讯后立刻带医生叶绍祖、护士王琰和急救中心支部书记王清印乘救护车赶到现场。"我是副主任医师，经验多，我上，其余人在舱门外待命。"张玉华不由分说首先进入舱门，小叶二话没说也紧随其后。经检查，张玉华认为，病人此前已发烧几天，又来自疫区，不排除患"非典"的可能。于是，她立即将病人送往机场急救中心，同时通知防疫人员对机舱进行彻底消毒。

在急救中心，经过透视、输液和进一步的诊断，张玉华决定，将戴维火速送往西安交通大学第一附属医院。"我去！"医生陈美峰自告奋勇护送病人，待他把病人的一切都安排妥当，再返回机场时，已是次日凌晨2点多了。

第二天下午4点，陕西省"非典"办通知机场：戴维被确诊为"非典"，凡与戴维有过密切接触的人必须马上隔离。

3小时过后，机场有关医护、飞机监护、值机人员共24人被隔离在机场农场的一个院落里……

上下同心人定胜"非"

事实上，早在3月底，机场党委就根据媒体对广东疫情的报道，未雨绸缪，对防疫工作提早做了安排。机场决策者认为："抗击'非典'事关稳定大局和人民生命安康，同时也是对机场管理水平和应对突发事件能力的检验。"4月9日，机场成立了预防非典型肺炎领导小组，下设办公室，以建立疫情信息搜集报告系统、日常环境监测防疫系统、突发事件应对系统为重点，迅速在全场展开了防控"非典"的工作。

突发事件对应处理系统是迅速控制"非典"疫情的"消防栓"。从4月17日开始，在不到半个月的时间里，机场先后制定下发了《预防"非典"工作预案》等一系列文件，制定了"防控'非典'工作处置程序""信息接收及传递工作程序""体温测量流程图"等,使上下之间、单位之间、部门之间、人员之间职责明确,措施落实,防控工作不断走向规范、有序、科学。

防控"非典"工作的高效源于有一个权威高效的现场指挥协调机关。在西安咸阳机场,"非典"办已成为名副其实的生产一线最高指挥机关,凡是"非典"办发出的任何命令全机场无条件服从,大家都知道这关乎大局,马虎不得。机场"非典"办从成立的第一天起就全面进入"战时状态"。5月上旬,在机场抗击"非典"最紧张的日子里,我们来到了设在机场候机楼三楼的"非典"办。一进门,"防控'非典'责任重于泰山"几个大字首先映入眼帘。墙上贴满了电话号码、重要文件和各类处置程序图,电话铃声此起彼伏,电脑屏幕前值班员一边监视着航班动态,一边用对讲机与现场人员保持联系,记录着有关信息。在这里,任何措施的落实都以小时和分钟来计算,任何形式主义都被深恶痛绝,大家戏称这里的办事效率为"'非典'速度"。

4月21日,为迅速给和戴维密切接触过的人员建立留验站,机场"防控'非典'领导小组"下令紧急征用机场农场,整个后勤保障系统迅速运转起来,仅用了7个小时,一个设施齐全的留验站按规范建成。4月23日,机场接到通报,北京飞往西安的HU7882航班上有两名"非典"受控对象。当时距航班落地仅剩23分钟,机场"防控'非典'领导小组"果断启动"非典"防治紧急处置预案,各相关单位15分钟内集结完毕,及时将这两名旅客隔离送往指定医院,圆满完成了任务。

在抗击"非典"的非常时刻,2000多名机场员工的心紧紧地凝聚在一起,没有人叫苦叫累,没有人畏惧退缩,以团结、奉献、拼搏、奋斗为"坦诚质朴、团结求实,优质奉献、创新向前"的机场企业精神赋予了新的时代内涵。

在机场候机楼,有这样一个白衣天使,许多人叫不出她的名字,但所有的人都熟悉她奔波忙碌的身影。她，就是机场急救中心护士长刘芬雪。20多天她天天坚守在一线，仅有一次回家也是匆匆把孩子托付给专程从河北赶来的婆婆，又立即赶回机场。5月以来，每天由于体温异常而需要复查的旅客人数不断增加，最高一天达42人次。每次接到报告，她都迅即赶到现场，厚厚的防护服、严密的防护眼镜和防护手套，使她的衬衣常常像水浇了似的。

作为机场"非典"办主任，张玉华在被隔离的日子里无时无刻不牵挂着工作。她一边为隔离人员讲解预防"非典"知识，鼓舞士气，让大家放下思想包袱；一边亲自起草和修订了机场"非典"应急处理预案、工作程序和工作预案等制度，靠着电话和传真与外界联系，协助机场有关领导指挥着抗击"非典"的战斗。在疫情最紧张的时候，她平均每两分钟就要接到1个电话，每半个小时接到1个传真，每天都要工作到凌晨两三点钟。过度的工作使她声音嘶哑、眼眶深陷，头上平添了许多白发，送饭的同志几乎认不出她了。领导和同志们都劝她好好休息，可她一想到每一个电话、每一个传真、自己的每一个判断都会影响到机场防疫工作的全局，关系到旅客的安危，就强打起精神又投入工作中。

三箭齐发共渡难关

"非典"不仅考验着决策者的管理水平，也考验着员工与企业休戚与共的决心和信心。从5月1日起，机场全员下调工资，机场领导、处级干部和其他员工分别降低40%、35%和30%。降薪是机场成立14年来从未有过的举措，但员工们却纷纷表示："国家有难，匹夫有责；企业有难，员工有责！""就是不发工资，我们也要坚守岗位！"

"任何困难也动摇不了我们改革的决心，阻挡不了我们加快发展的步伐。我们必须一手抓防治"非典"，一手抓安全生产，一手抓改革发展，三箭齐发，携手共渡难关。"机场决策者在全机场干部会上的讲话令全体员工精神为之一振，思想更加统一。

4月30日，机场召开紧急会议，果断决定，在降低工资的基础上，各单位差旅费、招待费、会议费和出国人员经费在年初计划基础上一律压缩30%，维修费压缩10%。5月9日，机场进一步决定：非急需、低值易耗品一律不得购买；非生产性购置计划全部暂停；主副业单位总费用再削减10%；减少临时工用量，实行正式工轮岗制度，轮岗期间工资只发50%……

5月11日，机场召开副业公司经营座谈会，出台了机场副业公司经营管理规定，进一步完善了以股东会、董事会和监事会为核心的法人治理结构，明确了总经理人事管理和经营决策权限，优化了股权结构，要求副业公司立足内部，加大拓展外部市场的力度，提升外部收益在总收益中的比重，以副补主，把"非典"带来的损失降到最低……

与此同时，机场的各项改革也不断深入。机场在生产流程改革的基础上，全力推进管理流程和信息流程改革；积极做好属地化改革的各项准备工作。机场扩建工程也正按照预期目标高质量完成，有关人员培训、设备安装调试、候机楼搬迁正在按计划有条不紊地进行……

"不经风雨，何以见彩虹？"面对西安咸阳国际机场人抗击"非典"的信心和决心，面对机场人改革发展的壮志和豪情，我们有理由相信，机场人一定能够夺取抗击"非典"和发展经济的双胜利，创造机场更加美好的明天。

2003年5月26日于西安咸阳国际机场

筑得金巢在　引凤翩翩来

5月25日上午,西安咸阳国际机场停机坪上可谓是双喜临门,格外热闹。客机坪上,历时两个多小时、规模宏大、庄严肃穆的迎送舍利子赴港仪式刚刚结束;工作坪上又鼓乐齐鸣,包括新华社、人民日报社、台湾东森电视台在内的30余家主流媒体共同见证着一个重要的历史时刻:西安—九寨航线的开通……

一个航线的开通,何以引来八方关注?

面对首航现场数十家媒体的镜头,机场领导激动地说:"西安—九寨航线的开通,是中国民用航空局支持西部大开发的重要举措,是陕西省委省政府重视发展陕西民航事业所取得的积极成果,它必将进一步加强西安咸阳国际机场的区域枢纽地位,吸引更多的航空公司把目光投向西安这块极具航空发展潜力的热土。"

主动出击　扩大市场

2003年是陕西民航发展史上极不平凡的一年。9月18日,建筑面积近8万平方米的西安咸阳国际机场新航站楼正式投入营运,使机场的保障能力和对外开放水平大幅提升。但受"非典"影响,由机场通往日本的几条航线停航,港、澳航线持续低迷,旅客运输量恢复缓慢;受取消经停航班政策的影响，西安咸阳国际机场航班密度降低，旅客流量下滑；受航空公司战略重组的影响，西安咸阳国际机场基地航空公司运力减少；加之周边干线机场业务发展迅速，与西安咸阳国际机场形成竞争态势，这些都使得西安咸阳国际机场作为区域枢纽机场实现干线与干线连接、支线与干线连接的功能和地位受到严重挑战。

枢纽机场的竞争关系着陕西省机场管理集团公司的未来，而基地航空公司的航线布局、航班的密度与时刻衔接、便捷的中转流程等是枢纽机场建设的关键因素。

对于去年12月12日刚刚组建、18日移交陕西省人民政府管理的陕西省机场管理集团公司的决策者们来说，体制转轨，百业待举，只有主动出击，抢占市场，才能打破制约枢纽机场建设的瓶颈，为集团公司改革、建设、发展奠定基础。集团公司审时度势，在年初工作会议上明确提出了"以改革为动力，以航空市场为主战场，以安全、服务为两翼，以效益为目标，实现集团公司持续、健康、协调发展"的工作思路，而"以航空市场为主战场"成为今年所有工作的重中之重……

集团公司制定了周密的航空市场营销方案，集团公司主要领导亲自担任组长，带领5个工作组，紧锣密鼓，四面出击，抢占市场。

在不到1个月的时间里，集团公司领导3次赴京向民航总局领导提供相关统计数据，汇报运输生产情况；陕西省委书记、省长在听取了集团公司运输生产情况汇报后，高度关注，认为西安咸阳国际机场的建设发展事关陕西的改革开放，他们在北京参加"两会"期间专程与中国民用航空局局长进行了会谈，引起了中国民用航空局局长的高度关切，随后，中国民用航空局运输司司长两赴西安研究具体措施予以扶持。开通西安—九寨航线正是中国民用航空局扶持陕西民航事业的具体举措之一。

在积极争取政策扶持的同时，陕西省副省长在集团公司领导的陪同下亲赴东航，集团公司领导赴南航、海航介绍西安咸阳国际机场业务发展现状和西安地区旺盛的航空市场需求，积极寻求运力投放。

群雄并起　逐鹿市场

　　陕西省委、省政府领导和陕西省机场管理集团公司决策层的努力，引起了各航空公司的高度关注。南航集团迅即做出反应，召集南航股份、新疆航和北方航负责人来西安商讨南航在西安的业务拓展，对其成员单位航班在西安的相互衔接、在西北地区其他机场的延伸采取了实际步骤，并积极运筹其经停西安航班的逐步放开和在西安设立基地；海航集团也不甘落后，迅即把山西航空市场的部分运力调往西安运营。

　　南航、海航均表示要把西安咸阳国际机场作为其航线布局和战略规划的重要组成部分，对其经营战略做相应调整。

　　一时间，西安成为航空运输企业群雄逐鹿的战场。在这个战场上，陕西省机场管理集团公司与航空公司在合作中实现了双赢。

　　仅一季度，机场旅客吞吐量增幅就达31.96%；夏秋航班计划比去年同期增加1364班，周频增加44班。南航集团新增2条航线；海航集团新增4条航线；东航集团新增1条航线，恢复3条航线，并计划将6架A320飞机投放西安。尤其是海航开通的西安—九寨航线不仅打通了从北线进入九寨的空中通道，使旅客实现了在4天之内"访中国西安，探世界奇迹，游中国九寨，览世界仙境"的梦想，而且为陕川两省实现旅游、航空资源的优势互补，打造西安(兵马俑)—阿坝(九寨)—成都(大熊猫)西部强势旅游精品圈奠定了基础。就在海航率先开通航线之时，川航、东航西北公司也正在紧锣密鼓，择机加盟这一黄金航线。

打造平台　赢得市场

筑得金巢在，不怕凤不来。集团公司决策者深深懂得这一道理。在"方便快捷、安全舒适、旅客至上"的思想指导下，以航空枢纽的理念全方位提升机场安全服务保障水平的另一场战役同时在集团公司各机场打响。

健全中转功能。与各航空公司建立了季度沟通例会制度，及时听取航空公司的意见和建议，尤其是对机场候机楼内离港、航班显示、广播系统、行李分拣、电子商务和头等舱旅客服务、晚到旅客专用通道等影响中转流程的8个问题，限期逐一进行了整改，并分类制定了便捷周到的中转联程旅客服务程序，使西安咸阳国际机场中转服务功能更加符合国际惯例。

夯实安全基础。对咸阳、榆林、延安、汉中机场影响飞行、空防安全的问题进行了详细排查、解决，不断强化安全基础。在刚刚结束的国际民航组织对西安咸阳国际机场的保安审计检查中，机场的安全工作受到了专家的一致好评。

确保客货需求。积极与川航、东航武汉有限公司商谈开通西安至重庆、大连、榆林包机事宜；将客运VIP的理念引入货运服务，与大田—联邦、大通等知名企业签订了VIP服务保障协议，与中航嘉信商务旅行管理公司签订了合作协议，开始服务于西门子、通用、世卫组织等高端客户；运用AMS（代理人销售管理系统）初步建立了常旅客管理计划并已投入运营；成功中标西安宾馆商务中心经营权、西安—昆明和乌鲁木齐—兰州—昆明货舱经营权，特别是中标曼谷机场项目使集团公司首次实现境外投资……

完善基础设施。机场旧候机楼改造、二类盲降、物流园区、海关监管仓库等项目的建设和榆林、汉中机场迁建的前期准备工作正有条不紊地按计划推进。

不断创新机制。以建立现代企业制度为目标，加快了西安咸阳国际机场股份制改造和榆林、延安、汉中、安康4个航站股份有限公司组建，以及航空服务公司改制、机构撤并重组、资本扩张的步伐。

文化创新　瞄准市场

以"跑道精神"为核心的机场企业文化曾在机场的发展史上发挥过重要作用。但随着陕西省机场管理集团公司的成立并移交地方，企业的内外环境发生了重大变化，适应市场要求，创新企业文化，确立集团理念，统一员工认识，树立集团形象已成为当务之急。为此，集团公司党委于今年初适时实施企业文化创新工程，动员全体员工积极参与集团核心价值观和精神的征集，共收到员工提案百余份，经过筛选、概括、提炼，最终将"为员工创造事业，为客户创造满意，为所有者创造财富，为社会创造文明"4句话确定为企业核心价值观。

为使这一以市场为导向的企业核心价值观得到集团公司员工的广泛认同并付诸实践，集团公司党委决定在全体员工中深入开展"市场意识、改革意识、主人翁意识、场情意识"为内容的4项教育，编印了统一的宣传教育材料，由各二级党委、部门领导结合实际进行全面系统的教育，集团公司领导分赴各分管单位进行重点教育。员工们说，通过学习教育，对集团公司的家底清楚了，对市场对自己的要求了解了，自己在本职岗位上应该怎么做明白了，对集团公司的未来心里亮堂了，作为集团公司的员工更加自豪了。

最近，集团公司党委做出了向"全国民航劳动模范"王晓涛学习的决定，在全体员工中深入开展向王晓涛学习活动，王晓涛"直面市场、爱岗敬业、勤于钻研、不畏艰险、勇挑重担"的优秀品质在陕西省机场管理集团公司员工中竞相传颂，感动着越来越多的人。集团公司领导说："我们就是要通过王晓涛这一典型引路、榜样昭示的活教材，带动员工自觉实践集团公司的核心价值观，使员工的思想不断与市场接轨，行为不断适应市场规则。"

中国的改革开放正如日中天,西部大开发正如火如荼,陕西省机场管理集团公司人搏击市场的实践使我们有理由相信,公司确立的"把陕西省机场管理集团公司建设成为以机场航空业务为主,集旅游、商贸、餐饮、物流、房地产及高新技术产业等为一体,有较强市场竞争力和美誉度的西部大型机场管理集团"的目标一定能实现。

2004 年 6 月 4 日于西安咸阳国际机场

和谐的音符

在我们的日常生活中，常常会出现这样的情况，面对同样的境遇，人们的言行却大相径庭……

2015年11月末的一天，五陵原上出现了少有的极端天气，早晨还是薄薄的雾天，下午突然变得五步之外不辨人马，浓浓的大雾将整个机场罩得严严实实，近万名旅客因天气原因无法顺利成行，滞留机场……

在候机楼内，广播一遍遍播放着各种信息，工作人员紧张而忙碌地穿梭在人群中，耐心细致地回答着旅客提出的各种问题。随着时间推移，一些不耐烦的旅客开始向工作人员发难，一些沉不住气的旅客也跟着附和起哄，任工作人员如何解释都难以抚平他们的激动。

就在这时，在T2航站楼的一角，有3个人一字排开旁若无人地打着太极拳，神态是那样专注，动作是那样优雅，表情是那样喜朗，似乎天气不好、航班延误并没有影响他们的心境，好像周围熙熙攘攘的嘈杂声与他们毫无关系，但他们分明是乘客，也在候机，也在等待，然而在他们的脸上，却看不到丝毫的烦躁或愤懑，看到的是神情自若、自得其乐。

在T2候机楼与T3候机楼的连廊处，十几个人席地而坐，一人手捧一本书，悠悠然地看着。一个七八岁的小男孩，给正在看书的母亲捶着背，不时地和母亲交流着，似乎在问：捶的位置是否正确，轻重是否合适？母亲频频地点头，不时回过头来微笑着慈祥地看着小男孩，小男孩两个小拳头捶得愈加起劲了……

　　直到深夜，天气依然没有好转的迹象，机场工作人员竭尽全力调动各种资源，为旅客提供餐饮、安置酒店，大巴一辆接一辆驶向候机楼，任凭工作人员如何引导，仍有许多旅客一波又一波潮水般涌向大巴。这时，一位看上去60岁左右的男士，手扶着行李箱，静静地站在候机楼门口的路边，他没有随着涌动的人群而狂奔，我不知道这位男士是不屑去争去挤，还是不愿去争去挤，还是就认定了一定会有人来服务他。但无论如何在大雾依然，乘机无望，人们争先恐后想提前乘车回酒店的时候，我对这位男士如此淡定地面对旅途的不顺和疲惫，却心生了几分由衷的敬意……不一会儿，一位工作人员迅速走过来，与男士交谈了几句，随即引导他乘上了一辆大巴，上车后，男士微笑着向工作人员挥手告别……

　　时间已经过去快半年了，但这几位旅客的形象却常常在我的脑海里翻滚，思量再三，还是想把他们讲给旅途中的你……

2016年4月27日于西安咸阳国际机场

空港欣语

我做梦也没想到这辈子能在民航工作。

小时候，看着天上的飞机，感觉是那么遥不可及。

1984年，高考改变了我的命运，进西安城上了学，成了城里人。西安西关机场就在学校附近，飞机的轰鸣声常在耳畔，但那时候坐飞机听说必须是县团级，还要开证明，老百姓只能是望"机"兴叹。

1985年深秋的一个周末，我和班上的几个同学好奇地走进西安西关机场，机场的北大门有武警守着，门内左侧的空地上放着一架伊尔–18飞机，飞机四周拉着隔离线，据说这是一架退役飞机。看着眼前这个庞然大物，同学们有些激动，你一言我一语地谈论着飞机是如何上天的，想象着坐上飞机腾空而起的感觉⋯⋯

沿着场区的林荫大道向里走了约莫2公里，古朴典雅的候机楼跃然眼前。候机楼前停着几十辆小轿车，从车上下来的人自然都是领导，个个派头十足。我和同学们跟着这些神气十足的旅客向候机楼走去。走进这座近4000平方米的3层候机楼内，我发现其他同学被门口站岗的武警拦住正在说着什么，我意识到自己可能属于"漏网之鱼"，便紧张而迅速地到楼里探个究竟⋯⋯花岗岩的石柱、大理石的地面、精致的吊灯、穿着制服神采奕奕的服务人员⋯⋯这一切都让我感到神秘而心生向往。

1986年毕业季，我被分配回老家周至，不甘心的我在西安苦苦折腾了3

个多月，11月17日终于被人事部门调配到西安西关机场。从此，我便成了一位民航人。

刚上班的半年时间里，因为单位宿舍紧张，我被安排住在机场宾馆。宾馆距旅客出口处不到50米，距候机楼也不到百米，距停机坪不到200米，飞机巨大的轰鸣声常常吵得我晚上睡不好觉，我便会独自一人到候机楼内，到旅客出口处走走，看看南来北往的旅客，看着飞机的起起落落，想着当年震惊中外、改变中国历史的"西安事变"里惊人的一幕就发生在这里——当周恩来得知张学良不计个人安危要亲自护送蒋介石乘飞机离开西安，便急匆匆地赶到停机坪来劝阻，却看到飞机已滑出跑道腾空而起，周恩来仰望苍天，久久伫立，长叹不已，噙着热泪反复地说："张副司令，张副司令……"

1987年秋天，单位领导让我和他一同到延安出差，说是坐飞机去，我兴奋得一夜未眠。那是一架运-7飞机，当我从舷梯登上飞机的那一刹那，竟激动得眼眶有些湿润。伴随着巨大的轰鸣声，飞机滑行—起飞—爬升……我突然感到有些失重，心脏都快要跳出来了，尽管系着安全带，但仍不由自主地双目紧闭，双手紧紧抓着座椅的扶手。坐在对面的乘务员看我如此紧张，便对我说："别紧张，放松，过会儿就好了……"十几分钟后，我才渐渐恢复了平静，但已是满手的汗……

1990年，我被调到机场宣传部工作。那时，已开工近3年的西安咸阳国际机场正在如火如荼地建设。据说，机场是小平同志亲自批准建设的。随着国家对外开放步伐的加快，西安越来越受到中外旅客的青睐，西安西关机场旅客吞吐量连年攀升。然而，地处西安市区的西关机场发展空间严重受限，市民生活也受到严重影响，1982年小平同志亲自批准，1987年西安咸阳国际机场便开建了。

作为宣传干事，同时还兼任《中国民航报》记者的我，到建设一线采访便成为寻常事。为了测量跑道摩擦系数，顶着烈日每天在跑道上走20多公里日日摇表3次的老贾、妻子临产自己还在工地加班的小蒋、通信专家老金……这些当年感动过我、走进我笔端的默默无闻、战天斗地的建设者,至今仍让我难以忘怀……

1991年8月31日晚0时,这座1924年开始飞行活动,历经4次改扩建,运行了67年的西安西关机场宣布关闭。当晚,各种特种车辆设备浩浩荡荡绵延数十里转场至西安咸阳国际机场。9月1日,三秦人民翘首以盼的西安咸阳国际机场终于建成投运了。

这是一个崭新的天地,2万多平方米的机场候机大厅,净空状况良好,冬天少雾,生产没了"淡季",机场人在同心奋斗中凝成了"坦诚质朴、团结求实、优质奉献、创新向前"的"跑道精神",蕴含着"跑道精神"的场徽成了机场人的标配。我情不自禁写下小诗《我心中的跑道》:"朋友 / 你可曾想过 / 机场的跑道像什么……如果说 / 机场是绿色的琴 / 跑道就是银色的琴键 / 银鹰就是弹奏蓝天之曲的灵巧的指尖。如果说 / 滑行道是拉满

2005年5月5日,作者(左一)与知名媒体人曹景行先生(左二)在西安咸阳国际机场保障台湾地区亲民党主席宋楚瑜专机现场

的弓／跑道就是绷紧的弓弦／银鹰就是这巨大的硬弓射出的利箭。如果说／跑道是圣洁的哈达／它送走过多少希望和憧憬／又带来过多少幸福和友情。如果说／跑道是长卧的巨龙／那么／降龙之人就是机场的每一位员工……"

"旧时王谢堂前燕，飞入寻常百姓家。"随着航空运输的大众化，机场旅客吞吐量像滚雪球似的，外宾增速尤其迅速。为了满足发展需求，1995年，4000平方米的西安咸阳国际机场国际厅建成投运。

1996年，《西安晚报》举办"西安十大建筑征文大赛"，机场位列其中，著名作家谌容、韩石山、卞毓方、陈晓星、刘成章等来机场采风，作家们的美文陆续刊发在全国各大媒体上，引起社会各界对西安咸阳国际机场的广泛关注……

1999年，机场领导派我到北京请著名作曲家刘青先生对机场场歌重新谱曲，请著名歌唱家李丹阳女士演唱，重新录制场歌。在刘青老师家里，我详细介绍了机场情况，谈了对歌曲的一些想法——既要大气、有力，又要抒情、易于传唱；既要适合合唱、又能适合独唱……一周后，刘青老师打电话到我家里，他用钢琴边弹边唱了两遍，问我怎么样，我说："真没想到，这么好听！"接着，他又让我拿起歌词，对着话筒跟着琴声一起大声唱，唱完，我们两人同时在电话里笑了。刘青老师还笑着说："你的音乐细胞蛮不错的嘛。"很快，刘青老师和李丹阳老师珠联璧合，录好了带子，李丹阳老师清纯甜美、音域宽广、深情悠扬的演唱将词曲的意境体现得淋漓尽致。那年适逢新中国成立50周年，机场举办了宏大的歌咏比赛，场歌是必唱的歌曲，从此"……放飞的是希冀，拥抱的是平安……"的场歌回响在机场的每一个角落……

2003年，突如其来的"非典"给民航业带来了沉重一击。一时间，西安咸阳国际机场刚刚建成投运的8万平方米的T2候机楼成了"空巢"，不见了昔日繁忙的景象。也正是在这个时候，机场人才真正体会到了什么叫"旅客是上帝"，什么叫"大河没水小河干"，什么叫"与企业同呼吸

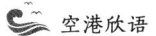

共命运",什么叫"不经风雨何以见彩虹"……也正是在企业发展的逆境中,机场人逐渐形成了"为员工创造事业,为客户创造满意,为所有者创造财富,为社会创造文明"的核心价值观。

在此后的10余年里,西安咸阳国际机场人团结拼搏,实现了人流、物流的连年翻番,机场也不得不进行二期扩建。2012年,25万平方米的T3航站楼建成投运,在机场南侧又新建了一条跑道,西安咸阳国际机场在西部率先进入"三楼二跑道"运行时代。不仅如此,随着航空事业的发展,西部机场联合重组,组成了横跨陕甘宁青4省区24个机场的西部机场集团,形成了以西安咸阳国际机场为核心,银川、西宁机场为两翼,15个支线机场及6个通用机场为支撑的发展格局。尤其值得点赞的是,西安咸阳国际机场作为西部机场集团的核心企业,已阔步迈入全球机场40强,是全球最准点的机场之一。

面对今春突如其来的新冠肺炎疫情给机场运输生产带来的断崖式下滑,机场人一边夙夜守护着西北的空中门户,一边千方百计恢复生产,着眼未来,全力推进西安咸阳国际机场三期建设——投资470多亿元新建70万平方米的T5航站楼、4条跑道、115个停机位、35万平方米的综合交通枢纽及其配套设施……相信不久的将来,拥有4座航站楼、4条跑道,集公路、地铁、高铁、城际铁路为一体的"平安、绿色、智慧、人文"的"四型机场"、世界最佳中转机场将呈现在世人面前。作为西安咸阳国际机场30多年发展的亲历者、见证者、参与者,我是何等幸运、何其幸福啊!

2020年3月6日于海珀香庭

从空港到新城

朋友下飞机后,一上车,便赞叹道:"这十几年没来西安,刚在飞机上一看,这机场周围怎么变成一座城了!"

我笑着说:"是啊!当年的空港如今已成为空港新城了……是西咸新区的5座新城之一。"

朋友的惊叹勾起了我对这块土地凤凰涅槃的回忆……

1982年小平同志拍板建设西安咸阳国际机场,1987年机场正式开工建设,经过4年奋战,1991年9月1日,一座现代化的航空港矗立在五陵原上,成为陕西新的空中门户、空中丝绸之路的新起点。

在此后的30年里,随着国家对外开放战略的深入推进,西安这座世界古都越来越受到中外宾客的青睐,机场旅客吞吐量连年翻番,机场不得不一扩再扩,一建再建。1995年先是建了4000平方米的国际候机厅;2003年又建了8万平方米的T2航站楼;2012年再建23万平方米的T3航站楼,还在机场南侧新建了一条跑道;如今又拉开了三期扩建的大幕……

机场日新月异的变化不仅仅是南来北往旅客的增多,候机楼面积的增大,跑道的增加,还有人的变化……

前些天,我在候机楼碰见了做清洁工的小王。20年前,我采写一篇反映机场创建全国卫生机场的稿件,我问她当机场清洁工的感受,小王一边擦着卫生间洗手池的台面,一边漫不经心地说:"这厕所比我家的锅台都干净，整天让人擦来擦去的，不是白费工夫么……"当年快人快语的小王如今已成为保洁公司的一个领班了，我问她现在干得怎么样，她一脸喜气地说："忙得很，每半个小时要巡查一次，卫生间是咱机场的脸面，咱得像爱护自己脸蛋一样搞好卫生清洁，不能让中外旅客笑话咱。咱是国际化的大机场，你说是不是？……"我连连点头说："这可不是20年前的你呀……"听我说这话，小王会心地哈哈大笑起来，急忙和我挥手道别，忙去了。

  2018年，我应邀观看航空地勤公司客舱部举办的"客舱大姐我最美"演讲比赛活动。上台演讲的都是机场周围招录的农民工，她们承担着飞机航前、过站、航后机舱物品的配备、清洁、消毒等工作。站在演讲台上，她们个个声情并茂，神采飞扬。许大姐自豪地说："刚上飞机做清洁工时，面对靓丽的空姐，自己总觉得低人一等，但后来觉得都是服务旅客，空姐们也把我们大姐长大姐短地叫着，干起活来就更加自信自在了……"鲁大姐深情地说："机场让我们这些祖祖辈辈务农的人见了世面，开了眼界，对外面精彩的世界不再陌生了，教育孩子也有了底气。我女儿考上了大学，轰动了乡邻……"王大姐动情地说："机场建成前，我们一家整天在庄稼地里面刨乱，现在一家三口都在机场上班。老伴儿在机场开车，儿子干装卸工，收入都稳定，家里盖了房子，日子过得越来越好……"嗓门最亮的小余说："村里人基本上都在机场干活，大伙说这机场就是咱的摇钱树，咱们都享着机场的福，工作干不好都对不起机场……"一次，小余在清理客舱时捡到了一个小包，打开一看，里面有一厚沓人民币，还有美元、银行卡等贵重物品。她毫不犹豫地上交给了值班调度。有人问她当时心动不，她说："咱不能拿昧心钱，做人得讲良心。再说，丢包的人不知有多着急呢……"那天的演讲会约两个小时，我听得如痴如醉，尽管她们的普通话说得不是那么标准，尽管有的人在台上紧张得磕磕巴巴，但她们讲的每一个真情故事都让我泪眼蒙眬。这泪水不为别的，只为这些曾经老实巴交的农民经过机场这个现代文明窗口的洗礼所获得的精神文明，只为她们每个家庭跟随着空港的脚步获得的幸福与进步，只为她们依然保持着的纯洁和善良……我从她们每个人的字字句句中深切感受到了机场的工作带给她们的人生自信……

2014年1月，国务院批准设立西咸新区，下辖空港、沣东、秦汉、沣西、泾河5座新城。2014年5月，中国民用航空局批复空港新城为我国首个以发展航空城为定位的国家级临空经济区。从此，这个现代化的航空港——西安咸阳国际机场，不再是单纯意义上承载旅客和货物往来的机场，而是带动临空制造业聚集发展，打造内陆改革开放高地的新引擎。

空港新城不仅为临空物流、国际商贸、飞机维修等临空产业发展带来了巨大空间，而且也为机场周围的村庄带来了城市之治……每到夏秋两忙季节，再也看不到农民焚烧麦草和玉米秆冒起的滚滚浓烟；每到春节，再也看不到农民燃放烟花爆竹而硝烟四起……机场净空得到了有效保护，航空安全有了更加牢固的群众基础。村民们说："靠山吃山，靠水吃水，咱靠机场吃饭就得替机场着想，爱护机场就是爱护咱们自己的饭碗……"

空港新城人深深知道，新城的未来在空港，合力加快机场三期建设是当务之急。为使在机场三期扩建工程范围内勘探出的3500余座墓葬发掘工作不影响工程进度，今年春节，空港新城考古研究基地和机场建设指挥部人员放弃休假，组织劳务千余人加班开展考古发掘……未来5年，这里将投资470多亿元，新建70万平方米的东航站楼，115个机位的站坪，35万平方米集出租、大巴、地铁、城际、高铁为一体的综合交通枢纽及其配套设施。西安咸阳国际机场将形成4条跑道、4座航站楼，东西航站区双轮驱动的发展格局。一座"平安、绿色、智慧、人文"的一流大型国际航空枢纽将呈现在世人面前。三秦儿女期盼已久的"一次换乘，通达全球"的美好出行目标指日可待……

十年磨一剑，空港变新城，大地有原点，丝路连苍穹。西咸新区的

"五朵金花"正在你追我赶：空港新城正倾力打造"高端商务、城市客厅"，沣东新城正在加紧打造"科技引领、现代都市"，秦汉新城正着力打造"依原傍水、文化之城"，沣西新城正奋起打造"信息高地、蓝绿网络"，泾河新城正重点打造"水韵蓝湾、住区典范"。我们有理由相信，西安、咸阳这两座千年古都必将在西咸新区这块沃土上交融绽放出更加绚丽的"美丽田园、现代西咸"丝路之花。

2021 年 6 月 1 日于海珀香庭

辑 五

拜谒马克思墓

去英国之前，心想着，到了英国无论如何也要找时间去马克思墓看看。

2003年10月16日，我们中国民航第14期中青班学员结束了在总部位于英国德比的RR公司的学习回到了伦敦，按照日程安排，3天后将起程回国。一直处于紧张学习状态的同学们除了参加英方安排的一些活动外，要么会友，要么购物，要么在伦敦市区游玩，而我决定去实现自己的夙愿——拜谒马克思墓。同学竹林兄担心我一人不安全，便主动提出陪我一同前往。

2003年，作者拜谒马克思墓时拍摄的照片

心中那片海

10月18日晨，坐了1小时左右的地铁，我们在海格特山下出了地铁站。当地的一名中年妇女告诉我们，马克思墓所在的海格特公墓坐落在海格特山一侧，和海格特公园连为一体，并指点我们沿着路边的一个醒目的标志前行就可以找到公墓。顺着妇人指示的方向，我们踏着满地金黄的秋叶，沿着蜿蜒的山路穿过层林尽染、飞鸟盘旋的公园，走了半个多小时便到了公墓。漆黑的拱形大铁门肃然沉重，看门的英国老人对我们说："你们是来参观马克思墓的吧？进去后直走100多米就到了。"我问他是怎么知道我们是来参观马克思墓的，他说："来这里的东方人差不多都是来看马克思墓的。"

进了公墓，两旁的花木之中既有考究的墓穴，也有破败的残坟。渐渐地，一个印在我脑海数十年的景象出现在眼前：一座长方体的墓碑，马克思的青铜头像端放在墓碑上方，马克思那一双闪烁着万丈智慧光芒的双眸直视前方；墓地整洁肃穆，光滑的大理石墓碑上镌刻着金色的全世界无产者再熟悉不过的那句名言："Workers of All lands Unite!"（可译为："全世界无产者联合起来！"）下方是马克思的又一名言："The Philosophers have only interpreted the World in various ways, The point however is to change it."（可译为：哲学家们只用不同的方式来解释世界，但重要的是要改变世界。"）墓碑下摆放着几束鲜花，几枝菊花已经打蔫了，显然是前几天敬献的，另几枝鲜红的玫瑰上面还闪烁着晶莹透亮的水珠，该是在我们来前献花的人刚刚放置的。环顾四周，芳草萋萋，马克思墓虽然比大部分墓碑气派醒目，但却没有我想象的那么宏伟壮观。我原想，一代伟人马克思的墓碑应该是一座占地数亩的独立墓园，墓碑四周应有人们集会凭吊的广场，广场下应有人们拾级而上参拜的台阶。显然，我的思想是东方的，想法是幼稚的。我久久凝视着这位自己从小就深受其主义影响的伟人，眼眶不禁有些湿润。

1883年3月14日马克思与世长辞，并于3天后安葬在这座公墓。碑文上写明他的夫人燕妮、大女儿和外孙先于马克思被安葬于此。我在想，痛失亲人的马克思，当时该是经历了怎样的情感折磨呢？马克思逝世后，他的二女儿和女婿又被安葬于此。从这个意义上讲，马克思墓实际上是他的家族墓地，但一个事实，却使我的这个认识不尽完全准确了，那就是在墓碑记录的马克思亲人名字中还有一个在他家工作了40年、为马克思一家忠诚奉献了一生的管家德穆特，这是不是能从一定意义上反映出马克思对工人阶级的情感呢？

我一遍遍地端详着墓碑上镌刻的每一个单词，仔细看来，有几个字母是破碎后补上的，似乎在诉说着整个共产主义运动风起云涌、潮起潮落在这里留下的历史痕迹，眼前的马克思墓和周围一些凋零破败的王公贵族、巨商大贾的墓地相比，在经历了岁月的洗礼之后，依然能这么庄严、肃穆、整洁地屹立于此，确实给我们这些来自社会主义国家、按照他所指引的方向不断探索追求的东方人以极大的欣慰和震撼。因为在资本主义的英国，政府是不会花钱来维护公墓的每一个墓碑的，我想这肯定也不会是公墓管理人员刻意保护的。那么，唯一的解释就是在马克思逝世后这100多年的历史长河中，世界共产主义运动薪火相传，始终有不少信仰共产主义的人用自己的实际行动守护着这一方圣地，表达着对这位全世界无产阶级的伟大导师、科学社会主义的创始人的崇敬之情。

正在我思绪万千之时，几个外国人手捧鲜花来到马克思墓，彼此交流之后，得知他们是来自澳大利亚的一家人。我问为何来拜谒马克思墓，老头子用不太流利的中文说："马克思不仅是中国人心中的伟人，在澳大利亚也有许多人崇拜、喜欢马克思，我周围的许多朋友都常来此纪念。"说着，一家人毕恭毕敬地向马克思墓敬献了鲜花，肃立良久。此刻，我的耳边不禁回响起1883年3月17日恩格斯在马克思墓前那篇充满激情的著名演说，他说："现在他逝世了，在整个欧洲和美洲，从西伯利亚矿井到加利福尼亚，千百万革命战友无不对他表示尊敬、爱戴和悼念。而我敢大胆地说：他有过许多敌人，但未必有一个私敌。他的英名和事业将永垂不朽。"难怪1999年英国剑桥大学、BBC（英国广播公司）在全球征询投票评选"千年第一思想家"，其结果马克思都是位居第一，爱因斯坦位居第二。

  在马克思墓前我们流连了1个多小时，临别前，我和学友竹林兄怀着虔诚的心情，向墓碑深深三鞠躬并合影留念。在回国后的日子里，我常常会翻看在英国时的照片，在马克思墓前拍摄的这些照片，常常会勾起我许多思索。我深感，一个人的伟大，莫过于他的思想和精神，马克思思想的光辉不仅指引了社会主义国家前进发展的道路，同时其思想的科学性也一再被资本主义发展的实践所证明。今年9月2日，《参考消息》以《经济危机让马克思主义复兴》为题，援引澳大利亚《悉尼先驱报》和英国《金融时报》网站文章时分别有这样两段话："对于努力要理解金融恐慌、各种抗议和其他影响世界的种种弊病的决策者来说，研究一下早就病逝的经济学家卡尔·马克思的著作大有好处。""几乎每次发生影响经济的周期性危机时，总会有人发出声音，声称'还是马克思说得对'。"看到想到这些，我们有理由相信，在今天多元文化的世界里，马克思主义作为一种学说必将永葆其生命力，不断滋润着人们的思想。

2011年12月13日于高科花园

樟宜机场

重视旅客的体验，恐怕在全球机场中没有比新加坡樟宜机场体现得更极致了。

步入樟宜机场，犹如进入了一座植物园。楼外郁郁葱葱，楼内蝴蝶园、胡姬园、水杉园、向日葵园、仙人掌园、瀑布、景观饮食餐馆、景观走廊、景观大厅、植物墙等无不让旅客感到惬意和放松。

在樟宜机场，你会有一种强烈的消费冲动。机场的商业规划不是候机楼设计的"顺便"产物，而是有意识地将商业规划整合为最初的规划阶段，确保零售规划的可行，从而在设计上让商业收入最大化；候机楼的高吊顶设计，扩张的垂直空间，辅之以自然光线创造出开放宽阔的感觉，有效地帮助乘客减轻焦虑而有心情去购物或用餐；将商店散布在娱乐休闲区和园林之中，将餐饮店整合入电视播放区，将中转酒店、休息室、温泉等"必备"的服务放在不太突出但却方便进入的位置；曲线式主题化的店面设计，新加坡本地的特色与国际知名品牌的平衡，对不同宗教乘客消费的多层次满足，游泳池、电影院给人的轻松，没有眼花缭乱的广告，没有刺耳嘈杂的广播，这些都会让乘客有一种"想多待一会儿"的心理冲动；对所有经营者设定统一的服务标准，所有外包服务项目都至少引进两家竞争者，承诺"烟酒、香水、化妆品的价格不高于其他亚洲主要机场，所有产品的价格不高于市区的同类产品价格，否则价格差价双倍返还，30天内绝对退款"，这些无疑刺激了消费者的购物欲望，提振了消费者的信心。

在樟宜机场，监控系统覆盖了所有的工作区域，通过这一系统可以及时接收机场用户或公众的实时反馈，并通知相应的机场承包商；收集主要设备的实时反馈；准确评估承包商的业绩，即响应时间和设备下线时间。樟宜机场有一个事故管理中心（业务外包，主要职能是通过监控系统收集发布处理故障信息），设有24小时故障报告专用热线和智能化呼叫管理系统，所有的故障信息包括通告号、投诉性质、故障位置、报告日期、报告人、单位、承包商、任务下达时间、到达现场时间、完成时间、下线时间、投诉反馈等均通过这一系统进行编号、实时记录处理，极大地提高了排故效率。

在樟宜机场，我们听到最多的两个字就是"外包"。从候机楼内的商业零售、行李处理、乘客登机、保安、清洁到照明等无一不是外包，就连安检这样与机场飞行安全息息相关的核心业务也外包了。机场通过合同中约定的服务标准、奖惩措施、控制和监控措施对承包商实施管理，服务标准中规定了响应时间（即承包商抵达事故现场进行修复工作所花的最长时间）、减少设备系统故障等关键业绩指标、强制性的维护标准等，对承包商的管理量化标准细致明确，加之新加坡良好的法治体系和诚信的社会环境，大大降低了承包商管理中可能出现的扯皮现象。而机场当局的主要职能则集中在制定战略规划和对承包商的管理标准，以及依照标准加强对承包商的监管、协调各方、应对突发事件等方面。

樟宜机场1981年、1990年、2006年、2008年分别建成投运了第一、第二、廉价和第三候机楼，目前正在筹建第四候机楼。一座候机楼的设计都是在前一座候机楼高峰小时旅客吞吐量不到一半时开始的，如此超前的设计要在约1年的时间里通过考察及征求航空公司、驻场各方、"常旅客"等方面的意见，反复修改后敲定。规划设计充分考虑其永续性，充分考虑投入产出比，充分考虑旅客的体验。尤其是樟宜机场作为一个国际航空枢纽

2011年，作者（左）在新加坡民航学院学习，图为新方为作者颁发学习证书

港，充分考虑到中转旅客对时间的特殊要求，用轻轨将3座候机楼连为一体，大大减少旅客的中转时间，正是永续性理念的集中体现。

中国和新加坡社会体制、文化背景的不同，在企业管理上必然会有不同社会文化的烙印。适合的才是最好的。我相信，已经走出成功发展之路的西部机场集团在中国这片土地上也一定能够走出一条更加宽广的机场发展之路，在世界民航机场发展格局中也一定会赢得越来越多的尊重。

2011 年 12 月 15 日于高科花园

企鹅漫漫回家路

去澳大利亚，如果不到墨尔本的菲利普岛观赏企鹅登陆的情形，就好像到了中国没有去西安临潼看兵马俑一样，是一件十分遗憾的事情。不同的是前者看的是"活"物，后者看的是"死"物；前者是那样灵动，后者是如此厚重……

2002年3月28日傍晚，按照赴澳的行程安排，我们驱车前往位于墨尔本东南120多公里的菲利普岛。一路上放眼望去，落日的余晖洒在路两旁辽阔的牧场，羊群与牛群在蓝天白云下时隐时现，墨绿色的松树与别致的红房交相辉映，好像平日在艺术画廊里看到的一幅幅油画一样，让人心旷神怡。忽然，一位精神矍铄的白发老人驾驶一辆客货两用车从我们的车旁疾驶而过，转而驶向牧场里的红房，我不由自主地想起了《廊桥遗梦》中的男主人公——那位摄影师，似乎小说中男女主人公所发生的那段凄美的爱情故事在眼前这迷人的田园牧歌式的场景中，都是顺理成章、自然而然的事了，而男女主人公所发生的一切似乎也只能在这自然、安逸、充满诗情画意的地方发生。我甚至觉得，《廊桥遗梦》的作者写的也许就是我眼前看到的这一切。由于距离观赏企鹅上岸的时间尚早，我们先去看了被称为墨尔本的"好望角"的海豹岩，这里海风刺骨，海浪滔天，能多待一会儿是毅力和体魄强壮的体现，因此，这里也被称为男人的海、硬汉的海。

20时30分，我们准时来到观看企鹅登陆的萨摩兰海滩，晚霞把天际映照得绚丽多彩,眼前一片汪洋,海天相接,涛声阵阵,已有近2000人静静地坐在岸边,好多人都披着从酒店带来的毛毯,没有人说话,一个个都凝神望着海面,望着沙滩与海水相接的地方。滚滚雪浪一个接一个向沙滩涌来,海风裹挟着海水从每一个人的脸上呼啸而过,渐渐地,海面上一片漆黑,只有航海的标志灯亮着零星的灯光。终于,一只企鹅在惊涛骇浪中出现和登陆,它摇了摇头,抖了抖羽毛,看了看岸上的人群,又看了看左右,再回过头,似乎是在看同伴是否跟了上来,它好像是先头部队,先来刺探情报似的。接着,1只、2只、3只、4只、5只……15只小企鹅露出了水面,它们排成一队,好似一支整装待发的军队,正想向岸边挺进,不料一股海浪打了过来,把它们淹没了,但这似乎并没有吓退它们,海浪退去之后,它们依然整齐地站在沙滩上,再次向岸边进发,孰料又一股巨浪呼啸而来吞没了它们。正当我揪心之时,却惊奇地发现,随着巨浪的退去,它们又重新站了起来,把队伍整理一下,列成方阵,整整齐齐,迈着稳健端庄的步伐陆续向岸上走来。一队方阵刚离沙滩,又有一队方阵排列起来,好像阅兵式似的,不断行进上岸。我惊叹于这些身高约30厘米、世界上最小的企鹅与海风巨浪的搏击,这是多么悬殊的力量对比啊!这些小企鹅显得是那样无助,那样让人疼爱和怜惜,而一排排反复阻碍它们上岸的海浪

作者在墨尔本菲利普岛萨摩兰海滩拍摄到的企鹅登陆场景

显得是那样霸道甚至野蛮。看着这些步履蹒跚、一摇一摆、一点一点向岸边移动的可爱的小企鹅，每当巨浪再次吞没它们时，我恨不得一个箭步冲过去把它们抱上岸。沙滩上这20多米的回家之路对于这些小企鹅来说，却是那么艰难，而它们就是这样日复一日地重复着晨起晚归的出海归巢。

这些小企鹅黑体白肚，空中的老鹰看见时，以为是海面；海里的鲨鱼看见时，以为是天上的白云。上帝赐予企鹅这神奇的羽毛，成了企鹅对付天敌的不二法门。据说企鹅每天天不亮就下海，上岸的时间也因季节而不同，夏天大约21时，冬天大约18时。如此这般，也是为了躲避天敌的攻击。

排成方队的企鹅，一离开沙滩登上斜坡就各自走向自己的巢穴，秩序井然，丝毫不乱。岸边斜坡上，有成千的小土洞，鳞次栉比，间杂在树木草丛中，这就是企鹅的家，据说这些洞是相通的。企鹅栖息的区域和每个洞口都安装着磨砂灯，为的是不影响企鹅的视力，以免它们找不到家。我好奇地跟着一只上岸的企鹅，想看看它回到巢穴的情景，它好像累极了，走走停停，像小脚女人一般，但稍作休息，又接着向自己的家进发。我被它的坚毅和努力深深地感动着，一遍一遍地给它鼓掌加油。60多米的草坡它走了半个多小时，可惜我们的离开时间已到，我没能看到它归巢与"家人"团聚的幸福时刻。据说巢穴里居住着嗷嗷待哺的小企鹅，每到夜幕降临的时候，它们会纷纷伸出小脑袋迎接在海上辛苦一天归来的双亲，归巢的企鹅会把一天采集的食物（小鱼），用嘴喂给小企鹅，再整理整理自己漂亮的羽毛，为明天出海做准备。

回国后的这些日子，菲利普岛沙滩上那一批批、一排排世界上最小的企鹅搏击海浪、昂首艰难回家的情形始终在我脑海里挥之不去。我想，这应该算得上是自然界"以弱胜强""以小胜大"的经典事例吧。

2012年4月16日于高科花园

韩国纪事

最近，三星电子落户西安高新区，政府期许，媒体关注，百姓热议。聚会时朋友问我："你去过韩国，你说说这韩国面积不到中国的九十六分之一，人口也才是中国的二十六分之一，咋就能整出个三星电子这样世界级的超大超强的企业呢？"我一时语塞，不知如何回答是好，于是对朋友说："我还是给你们讲几件我在韩国遇到的事吧。"

2001年国庆期间，西安—釜山航班首航。我有幸随西安—釜山首航团赴韩国。此前，我从未踏出过国门（有时在国内靠近边境城市开会时，偶

图为作者拍摄的韩方举办的招待宴会现场

尔会去邻国的边境城市转转，但都是非正式的），心想：好不容易出趟国，却是个近邻的亚洲国家，恐怕社会境况和中国差不多，不会像欧美那么文明发达，没啥看头。

抵达釜山的当晚，韩方的招待宴会简朴而隆重，致辞谦逊而随和。宴会毕，几个同行的朋友就在酒店房间一块聊起了天。聊到口渴时，一看没开水壶，懂几句英语的我用电话叫服务员提壶开水来。服务员很快送来了开水，给我们每人倒了一杯，便离开了。在宴会上喝了些酒的我们，几口就把开水喝完了，我随即又打电话要开水，服务员很快又来了，给我们一人加了一杯后正要离开，我用不太流利的英语加手势示意服务员把手中的开水壶留下，一来省得她来回跑，二来我们也方便些，可服务员微笑着礼貌地摇了摇头把壶提走了。没过多长时间，开水又喝完了，我只好又叫服务员来，服务员依旧满面笑容地给我们杯子里逐个加水。这时，我坚持让服务员把壶留下，服务员说什么也不肯，并重复着3句话，我听大意是，她不怕麻烦，这是她的职责，也是酒店的规定。我很纳闷，急问为什么，服务员说是为了节省，在场的我们这才恍然大悟。在我有限的地理知识里，韩国好像并不缺水啊！那天晚上，我们神聊到凌晨1点，服务员约莫给我们加了十五六次开水，每次都是随叫随到、彬彬有礼、满脸微笑，毫无厌烦之意。

第二天，我们到庆州参观。庆州在韩国的历史文化地位，大约相当于西安在中国的地位，被誉为"没有围墙的博物馆"。司机师傅戴着白手套专注地驾驶着大巴在山里公路上匀速盘旋而上，雨后的窗外青翠欲滴、秀色可餐，我看了看车速约每小时20公里，不由自主地问师傅，这前后都没车，也没有相向而行的车辆，为啥开得这么慢呢？师傅说这是公司对山路行驶的规定。我又问，车上又没有公司的人，咋还这么守规矩？他说一旦被发现一次就会丢饭碗，何况车上还装有GPS定位系统，公司在总部可随时监控到车速。听罢此言，敬意在我心中油然而生，心想：好的制度，好的国民素质，加上高科技，这些恐怕是一个文明社会应具有的最基本的几个元素吧。

正当我思绪万千之时，车已到达国立庆州博物馆门口。一下车，遇到一个年轻人用轮椅推着一位老奶奶正要往展览大厅里走，一看便知是当地人。我问老人家是不是经常来，她说常来，差不多每周一次。进到陈列大厅，对于我们这些出生在三秦大地的人来说，盆盆罐罐之类的东西司空见惯了，便有些心不在焉。就在此时，我看到一群群看上去年龄大小不一的韩国学生在津津有味地看着展品，听着讲解员声情并茂的讲解。而在艺术画廊展厅的一角，一群学生席地而坐，正神情专注地描摹着展出的绘画作品。我蹲下来问一个学生他们是不是经常来博物馆，小家伙边画着画边对我说，他们每周来一次，他们的历史课好多都是在博物馆上的。我又问来多了会不会觉得没意思，小家伙忽然抬起头看着我骄傲地笑着说："这是我们的骄傲，怎么会呢！"神情和话语里爱国之情显露无遗。我被这个韩国学生的回答深深感动着，联想到古城西安及其周围有那么多博物馆，有多少人周末会扶老携幼常去光顾呢？有多少人会自觉到博物馆汲取民族文化的精髓呢？又有多少人会发自内心地为这些民族文化的瑰宝而自豪呢？看着眼前这个稚嫩的小孩，我强烈地感到一个民族的血液正在一个孩子身上滚烫地流淌着，一个民族的文化正在一代人身上默默地传承着……

在回酒店的路上，我感慨地对导游说："韩国人真爱国啊！"导游又自豪地告诉我们："亚洲金融危机来临时韩国政府呼吁国民共渡难关，上至总统和夫人，下到黎民百姓，全国男女老少都甘愿拿出自己的积蓄和金银首饰捐给国家。"我问："捐的钱物有没有登记造册、张榜公布？"导游笑着说："没有，捐款箱放在大街上，大家都是自愿捐的。"你看看，一场金融危机倒成了韩国人释放爱国情怀的绝好理由，倒成了韩国人弘扬爱国精神的绝佳契机。难怪韩国很快就能走出亚洲金融危机的阴影,难怪这个东方小国几十年时间便一跃成为"亚洲四小龙"之一。

我给聚会的朋友一口气讲完这些,对朋友说:你问的问题也许从中可以找到些许答案。"

2012年6月3日于高科花园

黄叶无声

周末，整理书房时，无意中翻到一张地图，打开时，一片发黄的树叶轻轻地滑落在地上。我定睛看了看地图，噢，原来是一张新西兰旅游图。我急忙俯身捡起那片飘落的黄叶，思绪也随着眼前这片黄叶飞向了远方……

2002年3月14日12时，我随陕西省一个代表团在澳大利亚的布里斯班参观完世博会会址后，乘F025航班飞往新西兰的奥克兰。由于奥克兰天气原因，飞机备降新西兰的基督城，我们在飞机上等了1个多小时后继续前往奥克兰，到达奥克兰已是21时30分了。时值新西兰夏末秋初的多雨季节，坐上大巴，透过流着雨水的玻璃窗看去，沿街没有太多的高楼大厦，行人稀少，似乎没有想象的那么好。接团的阿仪是香港人，她从大家的言语中听到了困惑和不解，便笑着说，新西兰是一个移民国家，面积比陕西省稍大一些，她来新西兰主要是图个安逸、清静，这里的自然环境适合人居。大家只是听听而已，却不以为然。

第二天，我们前往新西兰北岛东岸的天然奇景——维多摩萤火虫洞参观。一路上群雁低飞，万花迷眼，成群的牛羊在连天的芳草和潺潺的流水间游走，红房绿瓦掩映在茂密而错落有致的森林里，戴着太阳帽、衣着入时考究的青年男女坐着华丽的马车不时从田间小道飘逸而过……我陶醉在这梦幻般的景象里，相信了阿仪的话。此刻，我不禁想起了顾城——这位永远戴着一顶高高的、新西兰羊毛编织的卷檐厨师帽的"童话诗人",生活在这弥漫着醉人的花香和鲜牛奶味的田园里,怎么会魂断他乡呢?是因为新西兰激流岛上如诗如画美丽的风光泯灭了他的灵感,还是因为离开了故土他便失去了生存的根基?是因为陶醉在伊甸园的怀抱他忘记了责任和追求,还是他极端空想的自由主义的人生态度使他走向了极端?顾城的悲剧使我相信,做人如作诗实际上是困难的,不应该把诗和诗人等同起来。

正当我的思绪在诗人和诗情画意的风景中翻滚时,车停在了维多摩萤火虫洞景区门口。这是一处十分难得的活性岩石洞穴,洞口因水流长年冲击坚硬的黑石,造成一个个如球一般圆滑的黑石,煞是可爱。我们按照阿仪的要求,轻轻地屏住呼吸,乘船在黑暗中缓缓顺流而下,只听得水滴滴到溪流中清脆的响声。突然,顺着船主手电光束指引的方向望去,我惊呆了:萤火虫吐出的如珠子般的黏丝悬挂在崖体下,好似一条条金色的项链;萤火虫尾部发出的蓝色萤光,又似点点繁星,灿若银河,壮美极了。想起自己小时候在庄稼地里看到萤火虫的情景,与这里比,那实在是小巫见大巫了。我惊叹于新西兰政府和国民对自然的保护,这一点很快得到了验证,就在我们从维多摩萤火虫洞景区去路多路亚途中,阿仪突然停车,问其原因,说是看到了一只蝴蝶钻到了车前面的护网中无法挣脱,停下车是为了让蝴蝶飞出来。由此,国民对自然的呵护可见一斑⋯⋯

次日,在从路多路亚回奥克兰的路上,我无法按捺荡漾在心中的情思,信笔写下:"听着丽君的歌/穿行在毛利人生息的土地;望不断/碧草连天/数不清/绿树绵绵/看不透/流水潺潺/听不绝/鸟鸣燕欢;还有那/白云淡淡/红房绿瓦/牛羊群群/海映天蓝/远离了/天怒人怨/啼笑情缘/唯一个/'舒服'感叹。"突然,不知谁喊了一声:"看,好大的猕猴桃园!"我不由得抬起了头,看着路边成片成片的猕猴桃园,顿时兴奋起来。我让阿仪停车稍等片刻,对同行的朋友说:"我去猕猴桃园里照张相。"站在绿叶掩映果实累累的猕猴桃园里,抚摸着眼前一个个毛茸茸的猕猴桃,我久久不

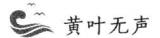

愿离去……汽车的喇叭声在催促我上路，我急忙拍了几张照片，本想摘一个猕猴桃留作纪念，又想要不了几天猕猴桃就坏了，只好摘了一片猕猴桃树叶夹在了我随身携带的新西兰地图里，小心翼翼放进了摄影包。上车后，阿仪正给大家介绍着猕猴桃，猕猴桃在新西兰叫奇异果，是上世纪初一个叫伊莎贝尔的人到湖北宜昌看望姐姐时把中国的猕猴桃种子带回了新西兰，经当地专家的培育，现已成了新西兰第三大出口产品……说着说着，阿仪不解地问我："你怎么对猕猴桃这么情有独钟？"我告诉阿仪，上世纪80年代，在县外贸公司工作的我的叔父赵志辉先生（小时候叔父过继给了没有儿子的我的姨婆，这在关中叫"顶门"），曾随政府考察团来新西兰考察农产品，将500多株猕猴桃品种引进周至金官农场，但由于新西兰猕猴桃抗寒性差而难以大面积推广。叔父和几名专家历经3个多月跋涉千余里在秦岭北麓寻找野生猕猴桃树，终于发现了几株优质的野生猕猴桃树，将其移植到金官农场进行人工栽培改良，并专门成立了猕猴桃试验站，进行大面积推广。经过近30年的发展，如今，周至猕猴桃早已声名远播，产量、面积已居世界县域之首，猕猴桃已成为周至最重要的支柱产业，已成为当地农民致富奔小康的重要财源。而作为周至猕猴桃引进、培育、推广的重要组织者、参与者和见证者的叔父，却在57岁时倒在了他为之倾注大量心血、汗水和智慧的猕猴桃园里，给当地百姓留下了"志辉，您走得太早了！"的无尽惋惜……

楼下，换纱窗的师傅的叫喊声打断了我的回忆，手捧这片来自新西兰已经变得发黄的猕猴桃叶，不知不觉泪水已盈满了我的眼眶……

2012年7月8日于高科花园

绅士风度

不久前,凤凰卫视播报了一则展示英国人绅士风度的新闻,电视画面上在小巷里门对门住着的两位英国老人,一个嫌把垃圾堆放在自己的家门口,便一袋一袋提到对门家门口,对门的老人又一袋一袋地再提过来,这样你来我往折腾得不亦乐乎,但二位老人始终没发生肢体和言语冲突,像是两个互不相识的人在干着各自的事。这倒使我想起了在英国曾亲身感受到的绅士风度。

2003年10月4日,为了完成出国前儿子一再叮咛要在英国踢球的荷兰籍足球明星范尼斯特鲁伊亲笔签名的任务,一大早,我们一行乘车从英国南部小城德比前往曼彻斯特。到达曼彻斯特后得知范尼斯特鲁伊效力的曼联队当天有一场和伯明翰队的比赛,要签名恐怕很难。我和同学唐小刚便决定去曼城队俱乐部看看,中国球星孙继海正在曼城队效力,也许会有意外的收获呢。

我们乘中巴10分钟便到了曼城俱乐部门前。曼城俱乐部的建筑很别致,整个球馆好像是一个婴儿的摇篮,周围是斜拉式的钢管,中间是球场,规模要比我曾看过比赛的德比体育馆大得多。可惜孙继海不在俱乐部,当天也没有球赛和训练,我们无法进入馆内一睹孙继海在球场上挥汗如雨、激情四射的场面。怀着对一名中国球星在此踢球莫名的心理,我们在瑟瑟秋风中绕球馆外转了一圈,随后走进球馆旁的一家商店。店内一个专柜专门卖曼城队队员的球衣，一件球衣一般30至70英镑，如需印上球员的名字和号码，要再加10英镑，现场制作、立等可取。我想了半天，回国给儿子总得有个交代，便买了一个曼城队的队旗和印有曼城队标志的小水壶，想着酷爱足球的儿子和小伙伴们踢球时带着这个水壶也许能找到一种感觉。

出了店门，不料大风骤起，大雨夹杂着冰雹倾盆而下。因为急着赶火车回德比，我们便顾不得这些，一头扎进了风雨中。正当我们像落汤鸡似的在雨雾中找不到方向，不知到哪里乘车去火车站时，不远处的一对英国老年夫妇看出了我们的心思，老先生快步走到我们跟前，给我们指着中巴车站的方向，又问我们是不是中国人，我们连声说是，他立刻用中文讲"孙继海，孙继海"，还竖起了大拇指。我顿时浑身一热，看来孙继海名气不小，作为一个中国人，我的自豪感油然而生，冰雹大雨带给我的不快随之烟消云散……

我们顺着这位英国老人指示的方向，以百米冲刺的速度奔向中巴车站，车站空无一人，我们寻思着大雨会不会使交通中断，心里越想越急。这时，一位高挑英俊的英国中年男子向我们走来，问我们去哪里，我用不太流利的英语说去火车站回德比，说话间一辆中巴车已向车站驶来，这位英国人招呼我们赶快先上车。

上车后，这位英国人顾不得擦去脸上的雨水，便急忙在我随身带的一本杂志上写东西，但由于杂志被淋湿，半天写不上字，他便从自己包里取出了一张纸（至今我还保存着这张纸），在上面写了两句英语，又画了一张路线图，递给了我。我仔细一看，一句是"我们要乘火车去德比"，一句是"在哪个站台上车"，图上画的是去火车站的路线。其实这两句英语我们还是会说的，到了城里火车站也还是能找到的，但在这滂沱大雨中，心急如焚的我们，能碰上这么一位好心人，心中便感到好暖好暖……

到站下车后，这位英国人冒雨带我们走了三四百米，指着前方已清晰可见的火车站，才和我们道别，朝相反方向疾步而去。我走了两步不由得停下脚步，回望这位英国人雨中匆匆的背影，想起这一路英国人的雪中送炭，心想，这应该就是人们常说的英国人的绅士风度吧。

其实，在英国，英国人的绅士风度随处可见。在周末的酒吧里，你常常会看见男男女女端着啤酒或红酒杯，三五成群站着聊天，一聊就是三四个小时，但整个酒吧却十分安静，看不到也听不到在国内许多公共场合有些人旁若无人大声"神聊"的场面；你会看到穿着笔挺西服的服务生毫无察觉地走到顾客身边，轻声细语地询问顾客的需求，小心翼翼地收拾着桌面的杂物，生怕弄出个响动来；你会看到舞池里俊男靓女们亲密有间高雅文明的翩翩舞姿。一次我和同学们在酒吧聚会，看到一对英国青年男女兴奋地谈论着什么，男士还不停地主动和女士碰杯。他们看到坐在不远处的我后，二人便友好地向我点头微笑。我请翻译试问他们有什么好消息可以分享，原来这是一对离异夫妇，离异后女方带着孩子，他们相约每个周末见一次面聊聊孩子的情况，刚才这位男士正在为前妻找到新男友而高兴。我请翻译问"今天谁买单"，男士说他买，他要祝贺前妻，祝她好运，也

2003年，民航第十四期中青班学员在英国Rolls-Royce公司学习，二排右二为作者

祝福他们的孩子快乐。

　　看看，这就是英国人的绅士风度。看来英国人的绅士风度还真是名不虚传呢。

2013 年 3 月 31 日于榆林机场

从花园城市到城市花园

周末的早上，迷迷糊糊中接到来自新加坡的一位朋友的电话。寒暄之后，他邀我再去新加坡看看。放下电话，我再无睡意，起身打开窗户，一股寒气袭来，不禁打了一个冷战。看着11月的塞上榆林已是万木凋零，心想，此时的新加坡正是芳草青青、花团锦簇的醉人时节。

2011年的这个时节，我有幸和同事到新加坡进行了为期1周的参观学习。

课间，老师的一句话——"新加坡正在建设城市花园"，引起了我的浓厚兴趣，我以为是我听错了，或是老师说错了，便举手问道："新加坡不是花园城市吗，怎么是城市花园呢？"老师笑着说："不错，新加坡正在实现由花园城市到城市花园的转变。"我好奇地追问："有什么区别呢？"老师用手比画着说："简单地讲，花园城市是花园在城市中，城市花园是城市在花园中。"我恍然大悟，心想，"城市花园"——这对于一个国家来讲，是何等的创举、何等的美丽图画啊！

我到新加坡，已经不是第一次了。2002年3月，我随陕西省一个代表团从澳大利亚回国途经新加坡，一下飞机，我们便马不停蹄地观光街道、纪念馆、海湾什么的，一个个汗流浃背、热得够呛，感觉市容市貌并不像人们说的那么漂亮，只留下了一个"潮热"的印象。

时隔9年，当我再次踏上这片世人叹为奇迹的热土时，第一次的印象全然颠覆了。从地面到楼顶，从公园到私家门前，从室外到室内，从城中到海湾，到处郁郁葱葱，到处花香四溢，整个一个绿的世界、一个花的海洋。

走进樟宜机场，候机楼外绿树芳草环绕，楼内蝴蝶园、胡姬园、水杉园、向日葵园、仙人掌园、瀑布、景观饮食餐馆、景观走廊、景观大厅、植物墙等无不让旅客留恋驻足，顿感惬意和放松。商店散布在园林和娱乐休闲场所之中，在让旅客产生"想多待一会儿"的心理冲动的同时，无疑也提高了旅客的消费欲望和信心，机场规划设计的匠心独运可见一斑。

据新方人士介绍，"城市花园"的设计方案是从全球24个国家170个公司的70幅作品中挑选出来的。南部公园、东部公园、中心公园作为"城市花园"的主要组成部分，占地约101公顷，建成后整个海岸线将被公园连为一体。这些公园并非简单的植物花卉的堆砌。的确，当你置身在南部公园，你会透过园艺的展示，感受到植物经济的重要性及对东南亚人日常生活的影响；当你漫步在东部公园，你会陶醉在水上花园的梦境中，惊奇于水和食物原来有着如此紧密的联系。据说这两大公园完全建成后，中心公园才会开建。

在参观过程中，新方人士不止一次提到一个叫NParks（新加坡国家公园管理局）的组织，从花园城市到城市花园这样一个庞大计划的实施，这个组织发挥着重要作用。这个组织的目标是给人们的家庭和办公区带来更多的公园和绿色空间，如今这个组织已在新加坡大约3318公顷的公共区域建造了300多个公园，它还负责3327公顷的自然保护区、100多万棵树木的管理工作。这些树木是新加坡的园艺珍宝，其中有160多棵被作为园艺树受到更加特殊的保护，它们是这座花园城市的绿色地标。园艺师们专门为这些树木定期体检、修剪，并提出保护的意见。

在雷雨阵阵的一个下午，我们冒雨来到占地约63公顷的新加坡植物园。这里不仅是一个公园，还是研究热带植物和园艺的一些国际组织的所在地。徜徉其中，丰富的物种会让你有一种眼花缭乱的兴奋，参天的大树会让你感到回归深林的静谧。60多万个物种，使这里活像一个植物博物馆，每年吸引着300多万人到此游览。看到几棵树冠如伞、形状极美的树，我好奇地问道："这树好像在新加坡的路边常看到，是'国树'吗？"讲解员笑着说："你好眼力，这树叫'雨树'，又称'五点树'，早晨5点树叶张开，下午5点树叶闭合，下雨时树叶自动闭合，很神奇的。"我半信半疑，仔细一看，树叶果真在雨中是闭合的，不由得在心里叹道：这大自然真是鬼斧神工，竟造出这等奇物！

在回酒店的路上，我对陪同的新方人士说："要实施'城市花园'这么宏大的计划，政府得投资多少钱啊！"新方陪同人员自豪地说："新加坡的绿化一靠国家，二靠全社会参与。NParks建立了集体所有制的管理模式，在新加坡有200多个公园组织，而无论是公共场所、学校、医院，还是私人住地，公园是由诸如学生、员工、志愿者、住户建造的，人们会自发地为这些公园的建造筹款。NParks改变了新加坡人的绿色价值观，增强了人们及整个社会对周围自然环境的保护意识。"

听到这里，我想起新加坡前总理李光耀在推动"城市花园"建设中说过的一句话："不留一片黄土。"（意即要让绿色覆盖到每一寸土地）难怪，作为世界人口密度最大的国家之一，新加坡居民的居住和生活质量却一直在世界各类排行榜上名列前茅。"新加坡经验"因此成了许多国家打造宜居城市的样板。近日，我看到由新加坡宜居城市研发中心和美国城市土地学会联合编写的《高密度城市的10项宜居原则》一书，其中"要接近自然，用绿色'软化'钢筋水泥带来的压迫感，使空气更加洁净"成为新加坡城市规划建设的十大经验之一。我想，这对正在高速城镇化的中国来说，无疑具有重要的参考价值。

2013年12月1日于榆林机场

英国的火车

前不久，到西安北客站送亲戚回深圳，宽敞、明亮、洁净的现代化候车大厅让我耳目一新，我不由得想起2003年在英国学习期间感受火车的情景。

德比火车站距我们的驻地European Inn仅百米之遥，一有空闲我常常会去转转。德比火车站是个小站，但来往车次却很多，有快车也有慢车。快车一般停站2分钟，慢车停站5分钟。快车基本上每5分钟就有1趟，仅每周一去伦敦的直达列车，从早上5时20分到晚上11时30分就有30多趟，去英国其他城市的车次多则40多趟，少则30趟，其密度之大可见一斑。

德比站虽小，但设施却很齐全。在室内窗口买完票即可直接进站，站台被鲜花绿植装扮得温馨如家，每隔十几米就摆放着一张供旅客候车的长椅，椅旁就有磁卡电话，你可随时拨打。卫生间男、女、残疾人分设（男厕的便池有高有低，可供身高不同的人使用），洗手池上方安装着烘干机，洗完手烘干机便会自动打开。这一切人性化设计，让人感到十分舒心。

最令我诧异的是，我们住地距火车站如此之近，却从来听不到火车进出站的声音。原来火车进站都不鸣笛，你若在站台上，不知不觉中一列车便到了你的身旁。列车出站时，则是由站台上站在列车首尾的两名工作人员观察已无人上车后，相互呼应一下手中的信号灯，吹哨即可，看上去程序非常简单。车站一无噪声，二无污染，难怪人们可以惬意地坐在站台的长椅上喝着啤酒吃着东西悠然自在地等车。这让我想起儿时夜深人静的时候，睡在终南山下我家的炕上，都能听到25公里外陇海线上的火车进出武功普集镇时"呜——呜——"的鸣笛声，不由得心生感慨……

和国内相比，英国火车的票价显得十分灵活。早买3天、1周或两周，优惠则大不相同(我们去爱丁堡提前两周买票，来回才27.5英镑，如当天买票则需76英镑)，当天去同一目的地不同车次票价也不一样，团体票折扣很大（如我们去诺丁汉来回每人才1.8英镑）。此外，车票当日有效，即在当天你乘坐任何一趟去目的地的列车都可以。毫无疑问，这些灵活措施增加了旅客的可选择性，满足了不同旅客的需求，加之车次密度大，旅客不用为乘坐不上当次列车而焦虑，退票现象也就因此大为减少了。

火车和航空、公路互为补充、互为依托的特点在英国也极为明显。在伯明翰机场，火车站就修到了机场门口，旅客下飞机后乘坐轻轨仅两分钟即可到达火车站。同时还有几条高速公路把机场和其他城市连为一体。这样便极大地提升了机场的吞吐能力。一次，我们乘火车从德比去诺丁汉，火车因故临时取消。正当我们着急时，工作人员告诉我们火车站门口有大巴去诺丁汉。尽管比原计划晚半小时到达诺丁汉，但两种交通运输方式及时、灵活、有效的互补，无疑解除了旅客心中的烦闷和不快，减少了旅客的抱怨。

我注意到，英国的火车不像国内挂那么多车厢。快车最多5个车厢，最少3个车厢；慢车就像一个大客车，车厢内有一个隔断将车厢一分为二。这样既可以节省动力，又可以节省旅客上下车时间，列车的运行效率自然也就提高了。

英国火车的舒适度也让我吃惊，座椅甚至比飞机上的还要精美，车厢干净整洁得如同五星级酒店一般，座位宽敞，有对座，也有单向座，还有互联网为旅客增添旅途的乐趣。想起1989年我第一次乘火车从西安到北

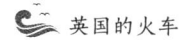

京，车内污浊的环境使我一夜间变得像个黑煤球似的，竟使接站的妻子没认出我来。当时我心想，这一节车厢折射出的文明差距便如此之大，人类文明的进程该是何等的艰难……不过，如今的高铁和动车使我国的火车有了革命性的变革，不光在速度上，还体现在车厢内的文明上，作为国人，着实值得骄傲和自豪。

2014 年 5 月 18 日于榆林机场

足球，原来你如此迷人

正在进行的世界杯，使我的眼前常常浮现出7年前在英国德比观看球赛的情景。

德比体育馆距我们的驻地European Inn仅10分钟车程，2003年9月20日下午2时20分，当我们抵达体育馆时，放眼望去，四面八方的人如潮水般地涌向体育馆，同学们开玩笑说："德比城空了！"

RR公司的职员告诉我们，开赛后不能拍照，我心里顿生几分遗憾。

我们拿着事先买好的球票，经过自动安检系统进入场内。

好家伙，场内助威声、鼓声已响成一片，看台几乎被坐满。我抓紧时间给同学们留影，抢拍一些有意思的画面。

不一会儿，运动员进场，和我在电视里看到的画面没什么两样。球员牵着球童的手，在悠扬壮美的乐曲声中，在球迷们的一片欢呼声中走进场中央。场面庄严，让我这个对足球并不懂的人不禁也随之心潮澎湃。

开赛了，我连忙问学友中的球迷：哪个是德比队，哪个是桑得兰队？哪些是德比队的球迷，哪些是桑得兰队的球迷？

桑得兰队和德比队同属英国甲级队，但桑得兰队明显比德比队技高一筹，频频在德比队门前制造险情，德比队门前成了两支球队争夺的主阵地。

上半场结束时，0：0。

中场休息时间，场上却另有一番景致：一群小朋友被工作人员带到一个球门前，他们看上去最大不过七八岁，最小的四五岁。一个戴有卡通面具的球员守着门，小朋友一字排开，在工作人员的指导下射门，年龄最小的助跑起来像企鹅一样不稳当，但出脚踢球却像模像样。我仔细观察，守门员开始故意不让小朋友射进，后面却故意做出竭力守门的样子，让每个小朋友都能射进一球。我用相机镜头拉近看，每个小朋友进球时都兴奋不已，有一种成就感。我想，这可能就是英国人从小培养足球意识的一种方式，这也许就是英国的足球文化。

下半场开赛了，本来技不如人的德比队却意外地先进一球，眼看比赛就要结束了，德比队胜利在望，德比队球迷们的欢呼声一浪高过一浪，但就在此时，我在相机镜头里看到桑得兰队的守门员走向德比队的半场，我正纳闷，桑得兰队的守门员趁队员发角球的机会，头球鱼跃破门，全场沸腾了。德比队的球迷们失望极了，坐在我后面的两位60多岁的老人喊声如雷，尽管我听不懂在喊什么，但从他们愤怒的样子看，分别是在发泄对德比队球员的不满，坐在最高处的一个七八岁的小女孩，拼命挥动拳头击打着塑料围墙，我急忙偷着摁下快门，记录下这两老一少对足球的酷爱和执着。

2003年9月20日，作者在德比体育馆观看德比队与桑德兰队比赛

这就是我看到的英国足球。

我对1∶1的结果并不像德比队球迷那么在意，在一片喊声中，我一直在思索：中国足球要冲出亚洲走向世界，似乎应该从英国人从小培养孩子的足球意识的方式中学点什么；90分钟的球赛始终喊声惊天动地，但球迷们都在自己的座位上狂热而理智地发泄着自己对足球的感受，相比之下，我们国内的球迷似乎缺点什么……回国后，我便迷上了英超，每每观看比赛时，这些问题总会萦绕在我的心头。

南非世界杯激战正酣，时过7年，可世界杯的球场上依然没有中国队的影子，作为国人，我不禁要问：中国足球，路在何方？

2014年6月25日于榆林机场

想起了英国球迷

没想到这么快，英国队就打道回府了。真应了那句话，在绿茵场上什么人间奇迹都可能发生。看着英国球迷个个失魂落魄的神情，我不由得想起了10多年前在英国火车上与英国球迷相遇的一段往事。

2003年10月4日，为了完成酷爱足球的儿子交办的要在曼联队效力的荷兰籍球星范尼斯特鲁伊亲笔签名的任务，我和同学一大早乘火车从德比来到曼彻斯特，但当日曼联队与伯明翰队有比赛，想找范尼斯特鲁伊签名几乎是不可能的，我便想"国脚"孙继海在曼城队效力，有他的签名也好回

2003年10月4日，作者在曼彻斯特返回德比的火车上，遇见刚刚看完曼联队与伯明翰队比赛的球迷

国给儿子有个交代。于是，我们便乘车来到曼城队俱乐部，不料曼城俱乐部当日无赛事，球场大门紧锁，我只好在俱乐部旁的商店买了曼城队的队旗和印有曼城队标志的水壶等纪念品，便冒着瓢泼大雨赶往曼彻斯特火车站，在一位英国女孩的指引下急匆匆上了回德比的火车。上车后，恰巧这位英国女孩就坐在我的对面，看着我们满身雨水，她不解地问怎么回事，我说："我们去曼城队俱乐部了，那边突降大雨。"女孩用疑惑的目光反问："为什么去曼城俱乐部？"我说："那里有中国球员孙继海。"说话间，我随手从袋子里取出刚买的曼城队的队旗，没想到我的这一举动立即遭到了她的讥笑，她连连摆手，表示不屑一顾，并用眼睛死死盯着我手中的旗子。原来，在我们坐的这列火车上，有一大批刚刚看完曼联队与伯明翰队比赛的曼联队的球迷，这女孩就是曼联队的球迷之一。同学小刚反应比我快，叫我赶紧收起曼城队的队旗，看我满不在乎，他小声对我说："小心曼联队球迷看你冒雨买曼城队的队旗，如此看重曼城队，把你的旗子撕成碎片。"小刚是个十足的球迷，对球迷的心态自然把握得比我到位，他这么一说，我连忙把旗子装进袋子，女孩这才把紧锁的眉头舒展开来。在此后的1个多小时的车程里，这女孩一直以各种方式表达着她对曼城队的小觑。

小姑娘在利兹下了车，可我的周围还坐着十几位曼联队的球迷，最小的不到10岁。谈起曼联队今天以3∶0大胜伯明翰队，他们个个手舞足蹈、滔滔不绝。尽管我不能完整听懂他们说话的内容，但从他们兴高采烈的样子看，他们获得了巨大的精神满足。出于对孙继海的关切，我还是试图想听听这些球迷对曼城队的看法，然而他们那种对曼城队蔑视的神情与那个小女孩并无两样。对自己喜欢的球队狂热而忠诚，似乎每个球员都是明星；对自己不喜欢的球队嗤之以鼻，似乎没有一个好球员——这就是英国球迷的爱与恨。我谨慎地问一位长者球迷对孙继海的看法，他做出孙继海进球时两臂向上一耸一耸的模样，倒挺像的。我想，这至少说明孙继海在英国球迷心中还有些影响，心里多少有了一些安慰。

在舍费尔德转车时，我们弄不清该上哪趟火车。正当我们左顾右盼时，在一个车厢口站着的英国小伙子向我们招手，得知我们去德比后，他招呼我们赶快上车。车开了，我们惊奇地发现和我们同一车厢的大多是伯明翰队的球迷，显然伯明翰队的球迷不像我们先前见到的曼联队球迷那么兴奋，整个车厢显得有些安静，只有那位招呼我们上车的小伙子自言自语地摇晃着走来走去。原来这位小伙子喝多了，我问身边的一位英国女士："他在说些什么？"她说："他在发泄对这场球赛结果的不满。"我们就是看着这位醉汉球迷的表演一路到了德比。

当我们走出德比车站时，门口站着许多警察，我这才意识到今天曼彻斯特大街上、沿途的车站站台上警力的布置显然非同寻常。英国朋友告诉我，每到周末英国许多城市都有足球赛，为了防止球迷闹事，当局在赛场所在的城市和各有关车站都会加派警力。看来，"足球流氓"并非子虚乌有。

10多年过去了，每每看到足球，每每回到家里看到儿子卧室里满墙贴着的足球海报，看到挂在门后的曼城队的队旗，当年那些英国球迷的模样就会浮现在我的脑海里……

2014年6月28日于榆林机场

热泪为祖国奔涌

同样一首歌,同样一首诗,在不同的场景演唱、诵读,你会有不同的心理感受,甚或你会情不自禁地泪流满面。朋友,你可曾有过这样的经历?

2003年,我们民航第十四期中青班学员在英国德比学习期间,恰逢中华人民共和国成立54周年。临近国庆,同学们不约而同想到要组织一个party(聚会),来庆贺祖国的生日。我们略一筹划,从场地、横幅、彩条,到订餐、酒水、蛋糕,再到节目,20多位同学很快分头忙了起来。每位同学就像是给自己过生日一样,那么积极认真,那么兴奋渴望,生怕把分工的事情没有做好。

国庆节那天上完课,大家一起拿着准备好的东西前往住地附近的一家中式餐馆。餐馆不大,也就十几张长条桌,我们把桌子两两一拼,拼成了5个大桌,挂起"祖国生日"的横幅,拉起彩条,摆上酒水、蛋糕,餐厅的气氛一下子欢快起来。

活动开始了,大家争先恐后地表演节目,有的深情高歌,有的动情朗诵,有的发表感言,有的讲笑话,有的随着音乐翩翩起舞……所表达的内容都是对伟大祖国的感恩祝福,对远方亲人的感怀思念……《我的祖国》《我和我的祖国》《歌唱祖国》《在希望的田野上》《同一首歌》《好日子》被同学们手挽着手一遍遍唱起,毛主席的《沁园春·雪》、范仲淹的《岳阳楼记》、艾青的《我爱这土地》、舒婷的《祖国啊，我亲爱的祖国》被同学们捧着酒杯一遍遍朗诵……此刻，每个人都用自己的真情表达着一个游子对祖国对亲人真挚的爱恋，没有人在意唱歌的音准，没有人在意朗诵的韵律，只有对祖国对家人感情的释放。坐在不远处的外国人，看到这些年轻的中国人如此开心、如此动情，也被深深地感染，随着音乐起舞，给我们报以掌声。

不知不觉已到晚上11点多，大家提议共同举杯，合唱《我和我的祖国》《我的祖国》《歌唱祖国》。当齐声唱起"我和我的祖国，一刻也不能分割，无论我走到哪里，都流出一首赞歌……我的祖国和我，像海和浪花一朵，浪是那海的赤子，海是那浪的依托……"我分明看到同学们的眼里都饱含着热泪，这热泪是每个中国人对伟大祖国的衷心依恋和真诚歌颂；当唱到"这是美丽的祖国，是我生长的地方，在这片辽阔的土地上，到处都有明媚的阳光……"我分明看到同学们红润的脸颊上荡漾着作为中华儿女的自豪；当同学们伴着欢快雄壮的旋律唱到"五星红旗迎风飘扬，胜利歌声多么嘹亮，歌唱我们亲爱的祖国，从今走向繁荣富强……"我分明从同学们激情澎湃的合唱中听到了一种神圣的使命感……

是啊，这些年来，无论在学校，还是在工作岗位；无论是独自一人，还是与同学、同事、朋友聚会；无论从广播电视里还是在歌厅里，我曾无数次唱过、听过这些歌曲，也不止一次动情过。但唯有这次，身处异国他乡，唱起这些歌曲，我才深深地感到，祖国，对海外游子意味着什么！祖国的强大美好，对生于斯长于斯的人们意味着什么！也便不难理解此时此刻同学们的热泪为何为祖国而奔涌！

2019年9月4日于西安咸阳国际机场

辑 六

给父母的一封信（一）

亲爱的父亲、母亲大人：

　　近来筋骨可好？

　　今晚不知咋的，心里总想着家里。思念之情愈来愈浓、愈来愈烈，儿便不由自主地拿起笔，写信给你们。

　　自参加工作以来，儿一直未给家里写过信。有时长时间不回家，常常想着写信给你们，但总被琐事缠住。但你们含辛茹苦把儿养育成人，儿又怎能忘掉你们、不想你们呢！

　　随着年龄一天天地增长，每每想起你们生活的艰辛，儿的心中一阵阵楚酸。这是一种怎样的感情呢？儿想，这大概就是千百年来人们一直称道的骨肉之情吧。有时，儿想你们想得入神，不知不觉就是好几个钟头，往事历历在目，一桩桩、一件件，使儿的心灵不断地在震动，在自省。当儿如今将要成家立业之时，方才懂得了父母将儿方寸之躯拉扯成五尺男儿，是何等的不易啊！

　　当年儿读书考学之时，一心想着将来扬名声显父母，挣钱报答你们的养育之恩。而今，儿不但无以能为，还常常向你们伸手，这又怎能不使儿愧疚万分呢？儿为长子却少在家中，家中诸事竟由二老支撑，为儿不能力行。二老已年近花甲，多有病痛，儿却不能侍奉，未尽半点孝道，每每念此，儿又怎能不撕心裂肺呢？嗟乎，人非草木，孰能无情？儿心愿一天未

20世纪80年代，作者在陕西周至老家为父母拍摄的合影，父母身后为秦岭之精华——终南山

了，身心将永不安宁。父母海量，受儿九叩，以慰儿惭愧之心。

　　世易时移，儿今已是26岁的人了。儿对社会、对人生的认识在很大程度上当归于二老语重心长的教诲。儿命途的不顺，也使儿本来脆弱的性格变得不屈不挠、勇往直前了。但茫茫人海，风谲云诡的社会，也使儿常常陷入极度痛苦之中，有时竟像汪洋中的一只孤舟，看不到绿洲和彼岸，随风漂移着，想挣扎，想拼搏，然而却力不从心。但是，哪怕被生活碰得头破血流，儿从不气馁，从未动摇过自己的理想和信念，决心奋斗到底。儿可亲可敬的二老双亲，当你们知道你们的儿子在生活和事业上不是软骨头时，你们当开怀畅笑才是啊！

　　年年岁岁花相似，岁岁年年人不同。二老年事日增，为儿唯盼双亲保重身体，晚年阖家幸福。二老的健康幸福便是儿辈最大的愿望和幸福，儿在外也能安心工作、努力成人了。

　　已是子夜时分，儿思亲无边，不能入眠。也许二老亦在念叨着远方的不孝之子吧。

儿叩上

1989年11月10日于西安

给父母的一封信（二）

亲爱的父亲、母亲大人：

　　近来家里一切可好？

　　后天就是年三十了。年年岁岁，每值此时，我早已收拾好了行囊，想着与家人团聚了。可今年之情形异于往年，延红平时多病，乘车多有不便，在家需要照顾，作为丈夫尽心服侍，理固宜然。值此佳节来临之时，我只有用这薄纸一片，寄去我对你们的万千眷情，祝父母二老福如渭水，寿比终南，愿全家欢乐，万事如意。

　　日子过得飞快，回顾过去的一年，我们家双喜临门，父母二老相继为两个儿子办完了婚事，了却了二老心头的两桩大事。在此，请二老再次代我向蜜绒和建立道喜，愿他们恩恩爱爱、相敬如宾、互帮互学、白头偕老、孝敬父母、永远幸福。

　　在新的一年——1990年，我们家的中心任务是什么？我以为"以经济建设为中心，努力提高经济效益，开创经济建设新局面"已是不由分说的当务之急了。眼下，厂子刚刚建起，百端待举，新产品亦未销出，原材料行将用完，如此等等，都需要早做安排，周密计划，尽快付诸实施。望全家在欢度春节的同时，集思广益，议一议，提出一些具体办法和措施，过一个简单、实在、革命化的春节。城里初三开始上班，我想家里过完初五亦该抓紧生产了，时间就是金钱、效率就是生命……

代问我的姐姐、妹妹好!

祝二老安康、阖家幸福,祝全家前程似锦!

儿叩禀

1990 年 1 月 24 日于西安

给儿子的一封信（一）

亲爱的儿子：

这几天爸爸把你写的信一直装在包里，有空就取出来看看，每看一遍，爸爸都心潮澎湃。每每看到"当然我也明白，高考的金榜题名是对你们最好的感谢，所以我会努力的，一定要让你们自豪一次，从小到大都没考上过一次心仪的学校，这一次必须得考上！最后，希望通过我的努力，让2009年的6月8日，咱们一家开开心心！"这段话时，眼睛总会一次次的潮湿……为你长大了，有了一颗感恩之心；为你有了争一口气，考上大学的信心和决心……

你从小就是一个真诚善良、有爱心、有理想、关心时事、善于思辨的孩子，爸爸对你寄予的期望一直很高，希望你能考上一所像样的大学，将来能站在一个较高的起点上，在社会上，在事业上，在人生的道路上有所作为。

但2008年的高考，无论对你和爸爸都是当头一棒，你在反思"功夫没下到，学习不踏实、浮躁，知道怎么学太晚了"的同时，要求复读，尽管中间有过出国的想法，但最终还是选择了复读这一正确的道路，爸爸看到了一个不逃避现实、勇于挑战自我、乐观自信的儿子，爸爸从心底为你高兴。尤其你说的"让我复读一年，我就不遗憾了""谁愿和一个复读生谈恋爱"的话，常常萦绕在爸爸的心头。爸爸在想，儿子有了这样的人生的感悟、体验和认识，就一定会在这一年里拿出百倍的信心、千倍的努力，为了圆自己的大学梦，为了证明自己不比别人差，更为了将来能站在一个更高的起点上成就一番事业，做一个对社会有用的人，去拼搏，去奋斗！

儿子，在你反思的同时，爸爸也在反思这些年对你的教育，有成功的喜悦，也有失败的教训。儿子高考失利，爸妈也是有责任的，如对你日常生活要求不严，以致懒散的生活习惯影响到你在学习上没有养成严谨、细致、规范的好习惯；从小学就一直给你请家教，以致你放松忽视了课堂学习，对家教有一种依赖心理，缺乏独立自主思考解决学习问题的能力；在你没有考上重点小学、初中、高中的情况下，爸爸为了你能受到良好的教育，无论上学还是生活，什么事情爸妈都帮着你，使你从小缺乏一种挫折感，以致你从小就缺乏一种竞争心态和意识。

然而，当今社会是一个竞争的社会，考大学需要竞争，就业需要竞争，要成就一番事业更需要竞争。你无论作为普通人，还是社会精英，都会自觉不自觉地处在一个竞争的氛围，否则，你就没有好学上、没有好职业，始终在社会中、在一个团队中处于被支配的地位，期望与现实间就会有巨大的落差。

然而，要在竞争中取胜，要在竞争中脱颖而出，就必须有一个较高的平台，这个平台就是大学。现在单位招考录用人，在看重能力的同时，越来越看重第一学历教育，第一学历成了一个人步入社会的第一张名片，第一学历越高、学校越好，这张名片就会越亮，就会增加你在招考录用中的话语权，就会提升你的人气和人际交往的层次，从而为你的事业和生活奠定一个好的基础。

正是基于这些原因，爸爸坚决支持你复读，并在复读过程中对你提出了更严更高的要求，盼你能尽快改掉懒散、粗枝大叶的学习习惯，做每一道题、每一次考试，都能按照高考的要求，做到严谨、细致、规范；盼你能尽快改掉做题依赖老师的心理，独立思考、独立完成；盼你能尽快树立一种竞争意识，一步一个脚印地往前追、往前冲、往前拼；盼每一天都能看到你的进步。爸爸深知在和你沟通的过程中，自觉不自觉地会用成人的心态去要求你，总是希望能用爸爸成功的经验和失败的教训换得你的警醒，使你少走弯路，有时便忽略了你青春期的心理生理特征。但光阴似箭，时不我待，高考一天天在逼近，一分一秒在逼近，希望儿子能够理解爸爸的一片苦心。

爸爸欣喜地看到，儿子在一天天进步，严谨、细致、规范、整洁的好习惯在一天天养成，独立思考解决问题的能力在一天天提高，对明年高考必胜的信念在一天天坚定。

当下，最主要的是尽快总结期中考试前这段学习的得与失。对每门课所复习过的每个板块、每个知识点都要进行分析、归纳、总结，看看哪些知识点已完全掌握，哪些还含含糊糊，哪些还有漏洞，对含糊的有漏洞的要尽快弄懂弄通，跟上老师的教学进度，否则，随着复习的深入，后面的知识点会越来越多、问题会越堆越多，会使自己越来越忙乱、越来越被动、越来越紧张，你会心态失衡、信心动摇的。

儿子，今天距离明年的高考只有185天了。"学习莫畏坚，攻书莫畏难。高考有险阻，苦战能过关"，这是爸爸对你的寄语。希望你继续保持当前这股势头，认真、努力，坚持做到以下几点：

一是始终保持良好心态。种瓜得瓜，种豆得豆。只要把功夫下实，心无旁骛，明年就一定会有好收成。

二是明确每天的学习目标，跟上老师的教学进度，让问题不要过夜。

三是不断总结学习方法，随时记在本子上。

四是坚持独立自主地做题答卷。做题坚持"四步法"（弄清考的知识点，明确做题思路，按步骤按规范做题，总结做题的方法）；改错坚持"三步法"；考试坚持抓住基础题，稳做中档题，放弃全不会的题，以及"不求得高分，但求不失误"的原则。

五是分秒必争。高考每一分都会影响你人生的命运，绝不能轻言放弃，时间对每个考生来说都是均等的，放弃了时间即放弃了成功。

　　只要你做到了这些，就会天天有进步。每天前进一小步，考试就会前进一大步，高考就会水到渠成、马到成功。

　　儿子，爸爸相信你，坚信你能成功！

　　另外，学校要求你们写《致家长的一封信》，你应注意写信不光是要把想表达的意思讲清楚，还要注意书信的格式规范，比如开始要有抬头称谓，落款要有署名、年月日。

父亲

2008 年 12 月 1 日于高科花园

附：

致家长的一封信

　　想必已经看过我所剪下的那篇席幕蓉的《严父》了吧，之所以会剪下这篇文章，是因为它确实写进了我的心里，其实本来早就想给你看了，但一直没有开口。

　　可能是因为代沟和青春期的叛逆及渴望有独立性使得咱们之间产生了些许隔阂，但这些隔阂你和我妈总是无法察觉，即使察觉了也不予理睬，这样也就使得很多事难以谈开了，其实这一点都不奇怪，就连我与我相差3岁的人对话都会有一些代沟，何况咱们相差近30岁呢！所以与你们之间的一些态度不对或种种冲突不是因为我情感冷淡，也不是因为我不懂感激你们对我的爱。不知你们现在理解了没？说句实话，其实你们为我付出的一切我都明了于心。

　　当然我也明白，高考的金榜题名是对你们最好的感谢，所以我会努力的，一定要让你们自豪一次，从小到大都没考上过一次心仪的学校，这一次必须得考上了！最后，希望通过我的努力，让2009年的6月8日，咱们一家开开心心！

2008 年 11 月

给儿子的一封信（二）

亲爱的儿子：

此刻，爸爸正在西安咸阳国际机场值班，正在想你……

转眼，你上大学已经9天了，这9天的大学生活、军训生活，你一定会有一个全新的感受，一定会有很多收获吧！

在你上大学前，爸爸啰啰唆唆跟你说了很多嘱咐的话，今天，爸爸还是想再啰唆啰唆。

大学，是你过去13年学习的结晶，是你过去1年顽强拼搏、孜孜以求、不懈奋斗的硕果。它饱含着你的心血、汗水和智慧，也饱含着所有关心、帮助、支持过你的人的殷殷之情，来之不易，你要倍加珍惜！

大学，是你人生的一个极其重要而关键的新起点。走向社会所需的知识，主要靠这4年来掌握；走向社会所需的能力，主要靠这4年来培养和锻炼；走向社会所需的文化素养，主要靠这4年来积淀。你能否把握好这4年，是你未来能否顺利走向社会并有所作为的关键，为此，爸爸对你有以下建议：

一、要尽快明确大学学习的目标。关于这一点，爸爸非常赞同并支持你考研的想法。现在本科毕业生多如牛毛，尤其是二本，在人才市场上缺乏竞争力，要在未来就业时占据优势，研究生学历是最基本的要求了。不管原来如何，上了大学，大家都在同一起跑线上，希望儿子你倍加珍惜大学良好的学习环境和机会，不松劲，不懈怠，将来能顺利考上国外一流大学的研究生，能继续接受发达国家的知识、文化、理念教育，成为学贯中西、兴国富民的有用之才。为了实现这一目标，要尽快转变学习方法，适应大学的学习模式，制定具体的学习目标和计划。除了注重专业课的学习外，尤其要重视外语、数学、语文的学习，考试绝不能挂科。

二、要积极参加学校组织的各种社会实践（包括校园内）活动、文体活动和社团活动，以积累经验、增长见识、开阔视野，培养适应社会的思维和能力。

三、要和老师、同学加深友情，建立和谐的人际关系。大学的老师和同学，是你走向社会后最重要的人际关系，好人缘是事业兴的重要条件。要在日常学习生活中善于助人为乐，勇于解人之困，乐于急人之难，尊敬师长，善待学友。

四、要关心时政，广泛涉猎各种知识。在当今中国，经济和政治紧密相连，不关心时政，就难以把握经济研究的方向并取得现实的成果。要继续保持和发扬你关心时政的好习惯，将经济和政治结合，更加深入地思考问题。要把学校图书馆当作你业余学习的主战场，用先进、科学的知识和文化占领自己的思想阵地，树雄心、立大志、沉下心、去浮躁，多读书、读好书，在读书中思考现实和未来，在思考中读书，寻找破解问题的钥匙。

五、要强身健体。吃饭是强身之本，锻炼是健体之道。要按时吃饭，荤素搭配，注意营养，少吃零食，保持卫生；要坚持每天锻炼1小时，不间断、不偷懒。儿子，你必须懂得，体质和体能是日积月累的结果，没有好的身体，人生的一切美梦都是镜中花、水中月，将化为泡影。

六、要学会感恩。逢年过节别忘了给亲人、老师及帮助过你的人，打个电话、发个短信问候问候。

谨嘱，望儿吸纳并付诸实践为盼！

祝儿：

奋发进步！

学有所成！

父亲

2009年9月18日夜于西安咸阳国际机场

给儿子的一封信（三）

亲爱的儿子：

新学期已经开始一周了。开学那天，爸爸要上机场值班，匆匆间给你叮咛了几句。有些话也许你听进去了；有些话也许你还没有听进去；听进去的，也许你还没有来得及进行深入思考。这些天我总觉得还是对你有话要说，想把意犹未尽的话对你说说。

大学是你人生的一个新起点，是你一生极为重要极为关键的阶段。从上学期你在学校的学习生活表现来看，进步很大。表现在，一是学习努力，且成绩较好，没有挂科；二是通过自身努力参加了学生会，能积极参加集体活动并融入团队；三是和同学间建立了和谐的人际关系；四是是非观念增强了；五是节约意识增强了；六是自信心增强了……凡此种种，爸爸都看在眼里，喜在心头。

在寒假中，爸爸也在你身上发现了一些不容忽视的问题，这些问题如不纠正，对你今后的成长进步是极为不利的。

一是关于理想问题。开学那天，你对爸爸讲，你没有太高的追求，将来只要能找一份收入差不多的工作就行了，不想给自己那么大压力。爸爸听了非常震惊，这些天一直在琢磨着你的这一番话。爸爸以为，这实际上反映了你有无理想，有怎样的理想，如何实现理想的重大问题。理想即目标，人生没有目标，就好像飞机飞在空中不知道目的地，不知道朝何处降落，这是极其危险的。而目标又可分为长期目标、中期目标、短期目标。目标的制定既不能太高，也不能太低；高了脱离现实，实现不了；低了不用努力即可实现，又失去了制定目标的意义。所以，一个合理的目标，应该是"蹦一蹦就能够得着"，即通过努力可以实现，但绝非唾手可得。爸爸从你的话里感受到：首先，你的人生目标含混不清。"收入差不多"是一个什么概念？用什么来衡量？其次，这个目标隐含着一种贪图安逸享乐的思想。对于一个大学生来说，这个目标没有任何挑战性，缺乏一种精神追求，缺乏一种对家庭对社会的责任担当。凡事"取乎其上，得乎其中；取乎其中，得乎其下；取乎其下，则无所得矣"。就是说，一个人制定了高目标，最后有可能只达到中等水平；而如果制定了一个中等的目标，最后有可能只能达到低等水平；如果制定了一个低等目标，就可能什么目标也达不到。你的目标如此之低，在这样一种毫无意义、毫无压力的目标驱动下学习，将来的结果就可想而知了。很显然，你如果在这样一种目标下学习，你实际上已经把未来工作和生活的压力提前转嫁给父母了，你实际上已逃避了并无法承担起本应由你承担的责任和义务，你实际上已经宣布了自己未来必将与贫穷结缘。这是一个极其危险的信号，是一种要不得的思想。爸爸以为，放眼未来的就业形势，在大学期间积极为出国读研做准备，将来集中西文化文明于一体而后就业，必将选择余地更大、路子更宽、层次更高，这是最为理想的，而这个目标并非遥不可及。只要你明确这个目标而不动摇，用这个目标时时提醒自己、激励自己，在学好各门基础课的同时（千万不能挂科），把外语学好，考上国外好大学的研究生是完全有把握的，关键是从现在起就得一步一个脚印地朝这个目标积极准备，不懈努力，持续奋斗。

　　二是要有闯劲。爸爸对你从小管教较严，其结果有两个方面：一方面你身上没有坏毛病，思想健康、品质纯洁，这当然是成家立业之本，很好！另一方面，使你"闯劲"不足。闯，首先要敢作敢为，敢于担当；其次要敢于争先、不甘落后；再次要不怕失败、屡败屡战。你复读成功，不就是你败了再战，自己闯出的一条路吗？在当今社会，敢闯才能拥有主动权，敢闯在团队里就会有号召力和凝聚力。作为男子汉，尤其要有敢闯的意识。

　　三是要增强自律意识。一个人做事，首先得有目标，然后编制计划，下来就是如何围绕目标去落实计划了。这里有一个极其重要的问题，就是作为一个个体，目标的制定，计划的实施，全在个人的自觉，全在个人的自律。一个有明确目标且为之不懈奋斗的人，必然是一个自律意识极强、非常有定力的人。人生征程漫漫，如果凡事总靠别人提醒、督促，是很难做好做成事的。只有不断自省自律，才会朝着目标不断进步。自律需要毅力，要能耐得住寂寞，而这两点恰恰是成就事业的关键因素。

四是要学会待人接物。这听起来似乎是小事，实则不然。因为别人对你的第一印象，往往是从这里开始的，它体现了一个人的修养、学养、教养，体现了一个人的文化和素质，切莫忽视。见人主动打招呼、问声好，主动起立让座位，主动端茶倒水；与人交谈时，专注地听人讲话，礼貌地给予回应；他人有困难时主动出主意，想办法帮助他人；尊老爱幼，不嫌贫爱富；等等。这些都是一个人文化涵养、品格修养的体现。一滴水可以反射出太阳的光辉，世上多少人和事，既成于此，又败于此，切莫视为小事。

五是要注重练笔。写东西是从事任何工作的基本功，总结报告、讲话材料、体会感想、文件通知、研究论文，都离不开"写"。光看不练不是真把式，只有常动笔，才能学思结合，才能将所学的东西经过思考内化成自己的东西。大学期间，尤其要加强论文、评论、读后感（或体会文章）的练笔，要努力在校刊校报甚至大众媒体上发几篇文章。写时不要求大求全，一事一议、一事一写即可，坚持下去，受益无穷。

六是要正确处理网络学习与书本学习的关系。毋庸讳言，现在已进入一网若比邻的时代，网络学习已成为学习的一种重要途径和手段，但必须注意要正确运用网络。使用网络是为了更快捷地汇集掌握有益、健康、有用的资讯，而不能把网络当作娱乐、聊天、看花边新闻的工具。同时，要看到网络学习的局限性，学习内容肤浅、零散，很难深入阅读和长时间集中注意力，这种碎片化的学习不利于人的全面发展。要看到书本学习的由点到面对建立完整系统的知识结构的重要性。在大学，书本学习依然是最基础、最重要的获取知识的途径，绝不能重网络学习而轻书本学习，更不能以网络学习代替书本学习。

夜已深，就说到这儿，希望爸爸的话能引起你的思考，对你有启发和帮助。

父亲

2010年3月17日夜于西安咸阳国际机场

给儿子的一封信（四）

亲爱的儿子：

你好！

新的学年已开始两周了，经过大一的学习生活，不知你有何感悟，有何经验，有何教训？在思想深处好好总结思考过没有？爸爸曾经对你反复说过，一个不善于总结经验教训的人，是不会有进步的。

纵观你在大一的学习生活，进步明显，表现在：一是学习方向比较明确，逐渐明确了在大学打牢基础，毕业考国外大学研究生这一基本思路；二是学业完成得比较好，说明你在校学习比较自觉认真，能吃苦，对自己能比较严格地要求；三是能积极参加社团活动，锻炼自己的实践能力和独立自主的能力；四是感恩意识不断增强；五是和同学关系融洽；等等。这些都是值得肯定的。

大二是大学学习极为关键的一年。一是要分专业，专业如何选择；二是要为考研出国做好一切准备（去哪个国家去哪所大学学哪个专业？它们对中国学生有什么要求？雅思或GRE（留学研究生入学考试）必须达到什么标准？这些都要认真考虑、十分明确并认真准备才行）。

结合你暑期的表现，爸爸想对你大二的学习生活提几点希望：

一是要进一步明确发展方向。要认真思考学什么专业、考哪个国家哪个大学哪个专业的研究生，并要为之刻苦努力。

二是要增强自律意识。凡干成事的人都有定力，这定力就是目标明确后的自律自控能力。能够自律自控，是在国外学习生活的重要前提（报纸都给你看了，这是留学国外的人和专家学者的一致看法），从你暑期在家的情况来看，你的自律自控意识和能力比较差，表现在学习生活的计划性系统性不强，上网时间不能自控，自觉学习（读书看报）的时间没有有效保证，生活用品随处摆放，等等。这让爸爸十分担心你去国外后能否顺利学习生活。希望你高度重视，凡事皆提前做好计划、设定时间，迅速养成自律自控的良好学习生活习惯，做一个有定力的人。

三是要锤炼吃苦精神。无论是从事体力劳动还是脑力劳动，扑不下身子、怕苦怕累，是干不成事的。还记得那天你给爸爸打下手收拾阳台的杂物吗？地上的东西一大堆都没整理到位，爸爸忙得汗流浃背，而你却说累了，要去睡觉，你的举动让爸爸感到惊讶、不可思议。当年我和你爷爷在一起干活时，只要爷爷没有休息，我是绝不会提出自己先去休息的，非但如此，我还要请爷爷先去休息呢。你的举动既缺乏对长辈的尊重，也缺乏对长辈的体贴，是要不得的。当你走上工作岗位后，你就会明白，领导和同事看一个人，往往是从小事和细节看的，不注重小事和细节是会吃大亏的，这就是细节决定成败的道理。吃苦的人往往会赢得他人的尊重，能吃苦是干成事必备的品质。

四是要广泛涉猎各种科学知识。要在学习好必修课的同时，重视选修课的学习，以增强你的知识厚度；不限于学校老师讲的内容，未讲的课本内容也要自学完，以增强知识的系统性，掌握不同的思维方法；每天都要关心了解国内外时事政治，对重大的政治、经济、社会问题，都要有自己的见解，以提高自己对问题的预见性和敏感性，以及分析问题的能力；每一个学期都要认真阅读两本经典文学名著或哲学著作，长此以往，坚持下去，会不断提高你的审美能力。

五是要进一步加强和老师、同学的沟通交流，尤其是与老师的交流，增进和老师、同学间的友谊，这些都将是你人生的宝贵财富。

六是在政治上要积极争取进步，争取早日入党。

七是要锻炼好身体。身体是一切的载体，没有好的身体，一切梦想皆成空，一定要把强身健体放在十分重要的位置加以重视，除了一日三餐按时吃饱吃好外，每天都要自觉坚持锻炼至少40分钟，要把锻炼身体作为每天的必修课、硬指标去完成。

总之，爸爸希望儿子在大学既要练就强健体魄，又要学会知识技能，更要学会做人做事，成为有事业心和责任感的有用之人。

祝儿子不断进步！

父亲

2010年9月16日于西安咸阳国际机场

给儿子的一封信（五）

亲爱的儿子：

转眼你已进入大三第二学期的学习了，你考上大学时的情景，恍若昨天，历历在目，这让我想起了孔圣人站在河边的一句感慨："逝者如斯夫，不舍昼夜。"时间是那样无情，又是那样有情。说它无情，是因为它不可逆转、不可重复；说它有情，是因为它对每个人都是公平的，任何人想改变它，都是不可能的。爸爸多想回到你这青春年少的年龄，为自己的梦想从头再来啊，可又怎么可能呢！

站在大三后半学期这样一个时间节点上，就不能不思考毕业后的事情了。其实，关于你毕业后的方向，从你上大学时，我们就一直在讨论，有一个基本的共识，就是走出国门，到世界最发达的国家去学习深造。其原因有三：一是"现代化、全球化、一体化"已成为当今世界的潮流，只有使自己成为学贯中西、具有世界眼光和全球视野的复合型人才，将来才能有大作为；二是爸爸一直尽我所能让你接受最好的教育，努力使你不输在"起跑线"上，这一点你是清楚的；三是为了你就业有一个较好的起点，有一份好的工作和收入，能够有好的婚姻和社会地位。也许现在你还不能深刻地理解这些，甚至认为对你干涉太多，相信将来你一定会有深切体会的。

好在，通过这个寒假，我们反复地沟通交流，兼听一些专家的意见，你终于不再徘徊，做出了抉择：到英国去读研。爸爸为你的选择感到欣慰。

目标已经确定，但目标不等于结果。好的结果是要靠坚定的信念、科学的态度和拼搏奋斗的精神去获得的。为此，爸爸想给你特别提醒几点：

一是要树立必胜的信念。目标既已确定，就要毫不动摇，无论过程多么曲折艰难，都要矢志不移。经历过高考落榜，但又靠信心和拼搏战胜自我、重登龙榜的你，对此应该有更深切的感受。高考的跌宕起伏都过来了，眼下的雅思、GMAT（经企管理研究生入学考试），又算得了什么呢？又怎么能成为实现自己梦想的拦路虎呢？相信儿子只要拿出当年复读的勇气和信心，拿出当年复读的拼搏精神，就一定能够取得好成绩，跨过这道坎。

二是要有强烈的时间观念，科学地管理好时间。从现在起到今年11月份申报学校，仅有8个月的时间。此间，你在学好专业课、通过英语六级考试的同时，还要参加两次雅思考试、两次GMAT考试，任务确实繁重，压力确实不小，但没有压力的目标，又有什么意义呢？只要把压力转化为动力，必然会战胜自我、实现自我超越。为了实现既定的目标，科学地管理好时间，抓住当前就显得尤为重要了。为此，一要把专业课的学习在课堂上解决好，把笔记做好，问题随时解决掉；二要切切实实地管理好课外所有的时间，列出日程表。当前最重要的是每天要对雅思的听说读写及单词有足够的量的安排，保持进度，不能有丝毫的放松，不可有任何的侥幸心理。

三是要取消一切与学习、与雅思和GMAT考试无关的活动。牢记目标和责任，排除一切干扰，专心致志、心无旁骛，集中精力打歼灭战，不可图一时的轻松、高兴和快活，耽误了自己的美好前程，葬送了自己的梦想。

四是每天要安排40分钟锻炼身体的时间，放松身心、强身健体。此为一切之根基。

儿子，人生又一个重要的时刻已经到来，拿起百倍的信心，鼓起百倍的勇气，付出百倍的努力，为自己的梦想发起冲击吧！胜利一定属于你！

爸爸深深地祝福你……

父亲

2012年2月28日草于西港雅苑

给儿子的一封信（六）

亲爱的儿子：

当你收到这封信时，你在英国学习生活已近半年了，也就是你在英国的学习日程即将过半,你有没有时光飞逝的感觉呢?

在这5个多月的时间里,爸爸妈妈通过电话及微信的文字、语音、视频通话功能看着你在做人、学习、生活等方面不断进步,在朝着既定的目标刻苦努力,甚感欣慰和自豪;同时,也在分享着你的收获。

在英国读研到了目前这个阶段,大约都是最艰难的:虽然已过了英语语言关,但上课要完全听懂,还得在语言上倍加努力;课程重,且是全新的教学模式,需要尽快适应;作业要求高,需要自己翻阅大量资料才能顺利完成;生活上逐渐失去了新鲜感,有些想家……这些都是去英国读研的大部分孩子在这个时间段的表现,你是不是也是这样呢?还是已经自我超越,跨过这个坎了?

为了帮助你跨过这个坎,在剩下有限的时间里顺利完成学业,爸爸想提几点建议:

一、要时刻牢记目标。这个目标就是要拿到硕士学位和毕业文凭。在和你通话时,爸爸已多次提醒你在英读研是"宽进严出",绝不可认为过了语言关,每天完成规定的学习任务,就可以万事大吉了,要周密计划,科学分配好精力和时间,更加刻苦努力才行。同时要时刻警醒自己,没有"补考"、没有"亡羊补牢"的机会,切不可心存侥幸。

2014年,作者儿子廉子在英国硕士研究生毕业

二、要向老师和学长多请教，尽快熟悉考试模式、评分要领。

三、不要浪费身边的资源和机会，要和英国老师、同学多交流。这样不仅可以提高自己的语言能力，直接体会英国的文化，重要的是有助于革新你的思维模式。

四、每天都要安排时间到图书馆去读书看报。除看《泰晤士报》，查阅与学习有关的资料外，能读一两本英国原著，如历史、哲学或人物传记（如《丘吉尔》《莎士比亚》等方面的书籍），一方面有助于你对学习课程的理解，另一方面，必然增强你对整个英国乃至欧洲历史、社会、文化的了解，极大地提高学习的广度和深度。即使完全看不明白也没关系，只要每天看几页，看完一两本书，必获大益。

五、刚刚闭幕的十八届三中全会将使中国进入全面深化改革的新阶段，要注意研究全会通过的《决定》原文，关注陆续出台的政策，注意将这些政策与英国相关政策进行比较，有助于你更加深入地了解东西方政治、经济、社会、文化，对你写论文也会有很大帮助。

六、要利用节日或假期，约几个知心同学多到各地走走看看，加深对英国社会、文化的了解。春节如能去欧洲其他国家看看更好。

七、每天要坚持锻炼身体，哪怕是半小时。

八、无论是交友还是游玩，谨记安全。

九、把每天所学、所思、所悟，看到的、听到的、想到的，用日记简明扼要记下来，将是你一生的财富。

望儿谨记！

祝儿平安健康！

盼儿学成归来！

父亲

2013年12月2日于榆林机场

感谢儿子出国前对新加坡有关资料的翻译，使老爸能得以完成从《花园城市到城市花园》一文，此文已在《陕西日报》发表，多家媒体转载。

胃怎么样了？要按时吃药，没有了我托人再带。

父亲又及

2013 年 12 月 3 日晨于西安

从伦敦寄给爸妈的明信片都收到了。奶奶还是老样子，看不见，不会说，但每次爸爸回家把奶奶抱在怀里，对着她耳朵喊几声，似乎奶奶还是有心灵感应的，会转过头来，眼睛睁一睁。大妈照顾得很精细，奶奶的生命体征一切正常，家里一切都好，儿子放心。明信片的内容让爸妈感到很温暖，就是字写得丑了点。

父亲又及

2013 年 12 月 3 日午于西安发信前

附一：

儿子的信

爸爸：

　　奶奶身体还好吧？你也要注意身体啊！我妈一个人在家，多关心关心。我都挺好的，不用老担心，多大的人了都。明年等我顺利毕业了，和我妈一起来啊！我带你们玩！

儿子

In London

2013.10.28

附二：

我的奶奶

廉子

2014年2月7日晚9时（伦敦时间），身在英国的我接到父亲的电话，得知奶奶去世的消息。虽然这几年因奶奶身体每况愈下，已经有了些许的心理准备，但当这一天真的来临，加之身在异国又逢春节而倍加思念亲人，瞬间泪如雨下，奶奶与我的片片回忆涌上心头……

我的奶奶身形偏瘦，个头不高，皮肤白嫩光滑，80岁住院的时候，小护士们还都在感叹羡慕。我一直很好奇，如此一个看似娇小的女人是如何在那个艰难的岁月里将6个生命拉扯长大。日后偶尔在假期回到周至老家与奶奶在一起生活，才打消了我的好奇。每天早上四五点，奶奶就会去前院用膝盖高的大铁桶，一桶一桶地接水，再提到后院，烧水做饭，打扫家里的每个角落，日日如此。最后一次见此情景，奶奶已年过七旬。

对奶奶最初的印象应该在我6岁的时候。为了保护弟弟猛子，我与村里的小孩发生了口角，被一脚踹到了肚子上，正当我号啕大哭的时候，奶奶过来了，扇了踢我的小孩一耳光。奶奶的这一举动，我至今记忆犹新，因为奶奶平日都很和蔼，这是我唯一一次见奶奶打人，原因是我被人欺负了。我9岁那年爷爷过世，父亲把奶奶接到了西安家里住，平日父母上班只有我和奶奶在家,奶奶是一个对我学习要求很严格的人,不让我偷看电视。年少顽皮的我知道奶奶听力不好,经常佯装说话,奶奶总以为有事找她,很是着急。每每这些小伎俩得逞,我心里便暗暗高兴,心想"谁让你总是逼我学习"。后来奶奶病重卧床,神志不清,没有意识,谁都不认识的时候,只要对着她耳边喊"虎子(我的乳名)来了",奶奶会立马哇哇大哭,我知道奶奶这是想我了;每当奶奶半夜病情发作哭喊,让所有人手足无措时,只要喊句"虎子学习呢",奶奶的哭声就会立刻停止,屡试皆应,我知道这是奶奶对我学习一直以来的上心。

往后的几年里奶奶身体越来越差,差到连"虎子来了""虎子学习呢"都屡试不灵的时候,亲戚朋友都在劝父亲:"算了,还是送回老家吧!这样对老人挺折磨的,你看你也因为照顾老人憔悴了。"但父亲依然坚持对奶奶给予最好的治疗以延长生命。在奶奶最后的岁月里,父亲被调往外地工作,但无论多忙,父亲每月都要挤时间回家看一次奶奶,抱上抱下,换尿布,擦身体,搂在怀里喂饭,即使奶奶最后连他都不认识了,只会像个婴儿一样大哭,父亲也要在奶奶耳边高声地喊话、唱歌逗她,乐此不疲。

虽然在别人眼里奶奶只是还拥有生命体征而已,但在我看来,奶奶依旧在发光发热,她让我一次又一次地感受到了儿子对母亲的孝顺。即使奶奶已经退回到了婴儿的状态,父亲却从无怨言地将所有的爱都倾注于她。每每看到这些画面,我的心就一次次地被震撼着……这也让我深刻地体会到,一定要对老人长辈好好孝敬,对朋友则要滴水之恩当涌泉相报。所以,在奶奶最后的时光里,她用生命给我这个孙子上了一堂人生观和价值观的课。

此时奶奶已经去世10天了,父母怕我在异国担心,影响学业,现在才告诉我。再过两天,奶奶就要入土为安了,没能回家送奶奶最后一程让我很遗憾，但我与奶奶的故事，我们这些孙子与奶奶的故事并没有画上句号。奶奶，我会在英国好好读书，拿到研究生学历，您就在天堂安安心心地看着吧！爷爷等您好久了，总算团圆了！

2014年2月8日清晨5点于英国

后 记

这本小册子就要付梓了，我的心既兴奋又忐忑。兴奋的是，儿时的梦想终于实现了；忐忑的是，读者该怎么评价呢？

2013年，西安市文联、作协第二届作家签约仪式在市政府会议室举行。记得我是倒数第二个上台签约的，陕西省作协副主席、西安市作协主席吴克敬先生在和我签约时突然对我说："你一会儿代表签约作家做个表态发言。"我脑子蒙了一下，压低声音说："这怎么行，我一点准备都没有，这么大场面。"克敬先生不由分说地笑着说："你不用准备。"在签字台上就那么两分钟不到的时间，又在众目睽睽之下，我无法再解释争辩，就惶惶然下台了。屁股还没坐稳，主持人便宣布签约作家代表上台发言，我只好硬着头皮上台。在往台上走的以秒计的时间里，我想，既然没有准备，就不说官话套话了，说几句心里话吧。

面对台上的文化界领导，台下的专家、学者、作家和媒体，我说："刚才克敬先生和我签约时，要我代表签约作家表态发言，事出突然，我没有任何准备，虽荣幸之至，但诚惶诚恐……记得我七八岁的时候，一个夏风习习的夜晚，收割了一天的人们都在麦场上乘凉，我躺在父亲的怀里，看着满天星斗，父亲左胳膊搂着我，右手扇着芭蕉扇子，问我：'强娃（我的乳名），你将来准备干啥？'我毫不犹豫地说：'想当作家、记者。'父亲笑着说：'当作家得著书立说，当记者得写大文章，你得好好读书学习才行……'几十年来，无论工作多忙，我始终没有放弃对文学梦的追求……今天，我站在这个舞台上，终于可以大声地告慰我已逝去14年的父亲的在天之灵：'儿子当年的梦想实现了……'当然，我深知要成为一个真正让人民认可的作家，还有很长的路要走，唯有深入生活、融入人民，讴歌时代、赞美劳动，抒写中国人民奋斗之志、创造之力、发展之果，展示可信、可爱、可敬的中国和中国人的形象，文学创作之路才能越走越宽广。这是我的心声，是我文学创作永恒的追求。我想，这也应该是今天签约的所有作家的心声和追求，我们一定要做到，我们也一定能够做到……"

当年在签约仪式上的发言，犹在耳畔，把心、情、思沉到人民之中，真情倾听时代发展的铿锵足音，把普通人为改变命运的不屈奋斗精神表现出来，把普通人对美好生活的不懈追求表现出来，把有筋骨、有道德、有温度的东西表现出来，记录下这个变革的大时代普通人的真情、温情、深情，成为我业余生活的重要组成部分。于是，便有了这本小册子里对亲人挚爱的追忆，对友人恩德的萦怀，对世事沧桑的顿悟，对奋斗精神的讴歌，对异域文化的沉思，以及望子成龙的殷情……朋友们每每在媒体上看到我的小文，便鼓励我把这些文字结集成册，而我心里一直在打鼓，觉得拿不出手，怕对不起读者，但一想到这里面的每一篇、每一句、每一字都是自己真心、真情、真意、真爱的表达，是自己倾情投入、用心写作的，绝大部分篇章在《人民日报》《中国民航报》《陕西日报》《西安晚报》等媒体刊载过，由编辑老师把关润色过，我的惴惴之心便有了些许释然。再说，丑媳妇总要见公婆的，再一次接受读者的检阅是一种幸福，我便有了付梓的勇气，下定了付梓的决心。

后　记

　　谨以这本小册子回报所有注视着、关切着、期待着的目光，感恩并献给这么多年来一直支持、帮助、鼓励、关爱我的亲人和朋友们。

廉涛

2022 年元旦抗击新冠肺炎疫情中于海珀香庭